MIAO WAN
庙湾

李成砚 著

陕西师范大学出版总社

图书代号：WX18N1805

图书在版编目（CIP）数据

庙湾 / 李成砚著. —西安：陕西师范大学出版总社有限公司，2019.4
ISBN 978-7-5695-0432-3

Ⅰ.①庙… Ⅱ.①李… Ⅲ.①散文集—中国—当代 Ⅳ.①I267

中国版本图书馆CIP数据核字（2018）第281290号

庙　湾

李成砚　著

选题策划 / 刘东风
责任编辑 / 郭永新　陈君明
责任校对 / 王　翰
出版发行 / 陕西师范大学出版总社
　　　　　（西安市长安南路199号　邮编710062）
网　　址 / http://www.snupg.com
印　　刷 / 重庆新金雅迪艺术印刷有限公司
开　　本 / 787mm×1092　1/16
印　　张 / 19
插　　页 / 4
字　　数 / 180千
版　　次 / 2019年4月第1版
印　　次 / 2019年4月第1次印刷
书　　号 / ISBN 978-7-5695-0432-3
定　　价 / 69.00元

读者购书、书店添货或发现印装质量问题，请与本公司营销部联系、调换。
电话：（029）85307864　85303629　　传真：（029）85303879

目录 contents

第一辑 砚边散记

疙瘩柳 003

庙　湾 006

蓝花花寻迹 012

柞水札记 017

春　雪 022

莲碧颜如玉 024

戏说麻将 026

煤海散记 032

品　茶 035

访欧散记 038

第二辑　艺苑风景

史实与艺术 063
枣花变了 066
琳琳的故事像首歌 068
一路歌舞到天涯 071
"一黑到底"亦风流 073
画说曹明华 077
"蝴蝶王"王冰如 082
仙道画家贾慧法 086
张玉民的内心独白 095
慎独修为话周瑛 099
王百战素描 102
孙光其人 106
"美髯公"陈默 113
墨　缘 116
猫　痴 120
宋亚平写意 126
金希明其人其字 128
翰墨情深吴建军 131
墨宝堂速写 135
花蕾初绽小卢希 138

第三辑　人物春秋

陈琮英：让历史告诉未来..................145
史志诚和他的"畜产经济理论"..........156
美国西部：四个陕西牧羊人的故事......167
近访靳羽西..................................173
张继成：位尊不失公仆心..................178
高强弄潮记..................................181
崔荣基：让"权智"遍布全球............183
实干家胡振西...............................186
女杰唐代英..................................189
渭水河畔竞风流............................193
悬壶济世有传人............................199
杏林妙手白宪廷............................202
"万源"的新思维..........................204
丰　碑......................................208
支　点......................................216

第四辑　随笔札记

OK！麦当劳 223
呼啦圈，你慢点晃！ 227
美容误区 229
春来柳绿正清明 233
《吕祖百字碑》注 236
广告小议 243
买鞋遐思 245
建设农业科技示范园区要注意三个结合 247

附　录

打好创新牌　唱响"三农"歌 259
一张涉农报纸的崛起历程 269
李成砚：用思想拨响报业的弦歌 282

后　记 291

第一辑 砚边散记
YAN BIAN SAN JI

2007年秋为甘肃华池县乔河乡乔山新村题写的村名

疙瘩柳

在陕北的黄土高原上踽踽独行，山似棋盘中之子，沟似棋盘上扭曲之格儿。山峁沟壑，阡陌纵横，绵亘数百里而不衰，疑是这地球原本就是这般沧桑耆老，心下就生了怯意。往北行至极处，山峁不见了，沟岔不见了，有的却是成片的田畴。随便找一处树荫乘凉，便感到城里人用的空调实在不如这一缕清风畅快，立时腋下津津生风，旅途困顿全无。细细观察，原来是坐在一个伞状的柳树下，树身顶端的疙瘩告诉你，这便是疙瘩柳了。

在陕北，疙瘩柳如平原上的梧桐树一样随处可见，但它却没有梧桐的骄气。它不占耕田，路边、田畔、坡洼和农家的庄院周围都是它的生存之所。一合围粗的树干，敦实、挺拔，有如陕北汉子的坚强和韧性，默默地矗立在山河之上，蓝天之下。树梢嫩极，春三月随便扯下一枝，拧了青皮，放在口上去吹，一曲苍劲清脆抑或深沉的乐章就流泻出来，随风飘扬。伏天里，年轻后生吆喝着牲灵架上碌碡在场上碾麦子，毒日头晒得地皮烫脚，风儿也不见了影儿，用它拧一个柳箍儿戴在头上，便觉一丝清凉爬上头顶；饮上一气家人送来的浆水汤，顿时劲儿就足了，扯开嗓子吼喊起来：

阳湾里的核桃河畔上的柳，
我想着干妹子却开不了口！
……

陕北有数不清的物产，人文的、地理的，外人却不感到新奇。一抬足，一搭眼，人们首先感兴趣的就是疙瘩柳，而回荡在耳畔的信天游宛如一道佳肴上的佐料，又似一株直心肠的疙瘩柳，纯朴流畅，悠扬明快，天人合一，毫无矫揉造作之感。

但疙瘩柳的别致并不在此。细细端详，树干的上端好似鸟巢，生在上边的柳枝宛如一丛丛、一垄垄韭菜。冬日里，农人砍下了柳枝，粗的做农具的把儿，细的做编织用的柳条儿。春上就沿了砍过的痕迹处，奇迹般又生出一茬嫩枝，疯疯张张，秋天就能长到盈寸之粗；树干却不图高长，一味粗壮，树身虽笨拙，但枝条却万般柔细，如女子的秀发，于是外地人就笑起关中灞河两岸的垂柳是多么地柔弱。而疙瘩柳抵御着风沙和四季的焦躁，俨然是一位陕北高原的硬汉子了。

中华民族是讲究奉献的民族，这一点在疙瘩柳的身上得到了最充分地体现。年月久了，它的肌肤似铁锈，如鳞癣，碰之掉痂。用锯连根截下，解成薄扇扇的板儿，就成了扬场用的锨板，筛面用的箩框；有心计的俊婆姨巧女子用柳条编织了耍活儿，在上面雕烫烙印了花纹，制成工艺品，赚回了一大把一大把的外汇……疙瘩柳却依然不骄不躁，次年又从原处长出一枝嫩条来，风韵不减当年。就这样,它伴随着日月更替,也伴随着人类走向一个又一个辉煌。

春天,许多树木都在开花,如梨树、杏树、桃树之类,大红大紫,很是风光。疙瘩柳却默默地将它那宛如蒲公英花似的柳絮张扬开来,这就是它的"花"了,可怜兮兮,只消飞舞几天,就消失殆尽,不能引人驻足留影,但它无怨无悔。疙瘩柳滋生繁衍的方式就更加独特了:春天,随便折一小节柳枝插入土中,再干旱它也能生根发芽,长出嫩叶。因而外地游客到了陕北,就去寻觅这疙瘩柳与其他树种之不同,竟没有发现它的异处。议论说,就这么个树,能有多大的魅力,啧啧!游人走远,却仍然忍不住要回过头来,只见一群鸟儿落在柳树上,树枝被压弯了,颤抖着,摇曳着,像是要折了的模样。一个鹞子从空中俯冲下来,鸟就惊飞了,柳枝复归于直,硬铮铮俨然城里老头儿老太太们晨练时那样俯仰起合。心下就想,疙瘩柳生于贫瘠而不囿于贫穷,出于简陋却能张扬生命的灿烂,它随时给与之伴生的一切生灵奉献着自己的一切,一如黄土高原上那一代又一代不屈于苦窘的陕北人。这大概就是疙瘩柳品格的极致,也是它的魅力之所在了。

1994年4月

(本文荣获人民日报《大地》月刊社"首届文学与道德暨创作研讨会"二等奖)

庙　湾

　　一半是黄土山梁，一半是石头沟岔。窝在陇东大山腹地深处的这个小山村，宛如塔克拉玛干大沙漠中的一粒砂石，普通得引不起任何人的注意。沟壑咬碎了田畴，一块块耕田就像一件件披挂不整的烂皮袄，挂在了山的腰，山的顶。水在河槽里流淌，石头就咬碎了水的缠绵与柔情。溪水清浅，像一条未拉紧的绳索攀绕在山石之间。

　　也许是生来俱无，这个被称作"庙湾"的老庄周围，却很难找到庙宇的踪影，而在几里以外的刘沟、雪山畔，倒是有后人修建的圣仙庙、龙王庙，但这与"庙湾"的称谓毫无瓜葛。查遍府志、县志，及至上溯近百年聚居在此的大户的《李氏族谱》，也未尽然。皇天后土，山高月小，水落石出，这难道就是它的极致吗？

　　这支来自陕北高原最北端毛乌素沙漠南缘，秦、晋、蒙三省（区）交界地带，素有"鸡鸣闻三省"之称陕北府谷的逃难一族，在其《李氏族谱》上是这样记载他们的逃难迁徙史的，兹录于此：

　　查我李氏者原籍不详。据老人传说在陕北府谷生地也居住，以务农为生。约在光绪十一二年，从陕北府谷生地也动身迁移至全和长，即内蒙伊克昭盟地区伊金霍洛旗，以雇工生活一二年。因当时家大人多，又遇灾荒不能久居，为谋生而南迁逃荒讨要，将富公侄子李怀义留于全和长。因怀义娶妻刘氏，不愿离开娘家，只得留于其地。当时南下共九口人，只有一匹老白马。次年，动身迁移吴旗（今吴起）三道川齐桥，途中过河，不慎将惟一家当一口锅打破在冰上。至此，齐姓接济李富公等在齐桥、马全嘴齐家的田土上务农养家，在齐桥庄户群邻的扶助下艰苦度日。不久，又迁居马全嘴，李富公给齐姓拉长工。因其勤劳、诚朴、忠厚，三年之后，主人就分养给牛羊若干，日子逐步好起来。直到光绪二十六年（公历一九零零年）迁居于庙湾，从此结束了逃荒讨要、颠沛流离的岁月，但仍不时外出拉长工。曾先后给齐桥、白豹洼子拉长工约十年之久。

　　光绪二十七年、民国十八年大年荒，世间米珠薪桂，黎庶死去万千，我族由于省吃俭用，略有积蓄，未受饥饿之困荒。民国九年，发生了惊人之地震，我族未发生人丁伤亡事故。

　　一九二一至一九三〇年，各地小集团土匪刮票子，抢民财，迫害百姓，张廷芝匪部将我族牛羊牲口抢走，趁机敲诈我庙湾大部分钱财等物，数目不详。一九二八、一九二九年，高祖富公因不满土匪骚扰民众，被土匪捉拿捆绑，从山上滚落至山下致死。在"文革"运动中受到错误的划分成分，后经三中全会拨乱反正，平反昭雪。

经过上述艰难曲折，迎来了幸福温暖的今天。但本族上辈祖先均因遭受兵燹、匪劫、年荒和艰辛劳苦，第二世兄弟五人，第三世二十二人，均为农民，寿高六十八岁为最，享寿均不太高。在一九三九年前参加革命的仅李应甲、李应升二人，四十年代初期李应珊、李应庚、李应述等公先后从政公干。李应述为县处级，李应珊、李应庚为正科级。四十年代后期，先后参加解放战争，从军的有李应廷、李应和、李生俊、李生华、李生学等。到五十年代参加革命者李生芳等二十多人。现阶段本族人丁昌盛，共有六十多人在外工作。

全户人丁旺盛，仅华池县除分居在怀安乡庙湾村、刘家沟两个村外，李良子乡马河村、毛掌村，悦乐镇店坪村，温台乡田河村，柔远镇李家崾岘、张阳洼、高石崖等村，山庄乡山庄村，乔河乡田桥村，远在定西地区、西峰市、陕西省吴旗县白豹乡崂子沟等地（亦有居住）。因居住分散，往来稀罕，甚至自己人见面不相识，名讳紊乱不整。第四世李生兰、李生贤、李生芳等，带头提出创修家谱之倡议。为整派安名，经讨论研究，第一世是"单"字，无法列派，从第二世"怀"字开始，在"怀、应、生、成"四个字派的基础上，又新题二十四字，为七言诗。其诗曰：

怀应生成永兆祥，

荣旭兴隆富发强，

德儒建树俊茂彰，

文明继世瑞源广。

……

庙湾，村子不大。阳峁梁、老庄梁、双梁、柏树峁、西山梁、细嘴梁、背梁，几架山梁把庙湾簇围其中，宛若一个硕大的聚宝盆里镶嵌了一颗明珠，众福捧寿，吉祥如意。山峁的东边、北边，不出一里，就是陕西吴起的地界。桑掌沟、酸刺沟、庙掌沟，三条沟里流淌的小溪汇入庙湾河。狭窄的溪流，滋养着三十来户人家。溪流自东向西，流经陕西吴起的王庄，再流入甘肃华池的小城子（城子湾、潘沟岔）、田阳洼、康嘴子、高桥、糖坊嘴、寺儿桥、染砭、高石砭、硷根底、倪中庄，直至怀安乡政府的城东向南一拐，汇入元城川的河系。村子的半山腰上，人们挖掘了许多半圆形的土窑洞。树木葱茏，四野肥沃。绿色曾覆盖了除去耕田以外的塄坎沟洼，一庄一户的硷畔周围，树木的绿色围护着农家院落。鸡犬之声相闻，塑就了民风的淳朴憨厚；山水的隔离，又形成了蛰居者保守和倔强的性格。走进一家，老年人均操着硬声硬气的陕北腔，年轻人一口地道的当地方言，婆姨女子凑在一起，南腔北调，既有三道川（吴起）口音，又有东路（陕北）话、庆阳话、华池话，更多的是当地方言。于是，一家人就用几种方言在交流。

庙湾地处偏远，村人却纯朴厚道。解放战争年代，中共陇东地委、三边医院、教导队就在这个当时只有十来户人家的小山村居住办公，坚持革命斗争。革命的理想熏陶着每一个人，村子里就有十多个年轻人投奔了革命，参加了当地的游击队，他们中有人还当上了游击队担架队队长。中华人民共和国成立后，有人荣任了华池县人民政府第二区（元城区）区公所区长、区委书记，陇西外贸公司经理等，也有人终因文化浅薄，革命胜利后，又回到了这个滋养过他们的小山村。

大山永远也遮不住他们的视野。外面的世界激励着淳朴的山里人，山里人向往着外面的世界。中华人民共和国成立不久，村里有人就背了铺盖卷儿，走出大山，踏进政府机关的大门，一边干着杂七杂八的活计，一边习文识理，竟进步很快，后来还当上了公社书记。父辈们赤裸了脊梁，顶着曝晒的日头，在黄土地上辛苦劳作，农闲时，挑了家什外出打工挣钱而终年不能闲着。他们举全家之力供儿女们进学堂，上大学，读书识理，走在人前。儿女们自然争气，就有人考入了北京、兰州、西安等大都市的高等学堂，毕了业，便被分到省上、市上、县上的机关单位。士农工商，五行八作，行行有人，令方圆百十里的亲戚朋友脸上有光。于是，庙湾的声名开始远播。就有人议论说，这儿还真的成了出人才的地方了。真的是有神灵在荫护着他们？要不，就这么个弹丸之地，既不通公路，又不出矿产，长不盈六里，阔不足五里，怎会有这么多人才？

　　时代的变迁，让人们开始感到这个世界的渺小。庙湾太小，容不下恁多人了。合作化前后，就有人开始陆续或迁居川道，或迁离村子三里五里，另开辟一片新天新地。勤劳是山里人的本能。庙湾人扛了錾锤，去挖河里的青硬磐石，打錾成碌碡、碾盘、石磨等卖给陕甘两省的邻人，或给自家的小院里箍上三孔、五孔石窑。一崭青石，他们硬是洗凿出了好看的水纹花棱，又使了水泥，箍的石窑比祖辈们初到庙湾时箍的那一溜儿十几孔石窑显得更加精致、美观。也有人开始学做木活，打制的各种时兴家具，成了四邻八方婚娶的陪嫁或炫耀日子滋润与否的标志之一。也有人拜了陕北的毡匠学做毡活，擀的毛毡四六见方，平实棱铮，经年不破。村子一时又成了出匠人的地方。

　　拿出甘肃版图，庙湾就像牛的犄角，挑在甘肃狭长版图的一隅，地势的走向使它与陕西有了亲密无间的关系。村子离甘肃的华池县城30公里，距辖属的怀安乡政府也有20公里，但距陕西吴起的白豹、长官庙两个乡镇却只有十多公里。由于地域偏远，村人没有见过县长，更没有见过省长，但对上级的指示绝对贯彻执行。每年除了国家必收的公购粮和其他款项归了甘肃外，其余如胡麻、豆子、苦荞等经济作物多被村人用牲口驮到陕西来卖。地域优势，使他们可以详尽地比较陕甘两省土特产和农资商品—如粮食、化肥、农药以及生活用品价格的高低贵贱，又可以不出半天把两省今天什么货物紧俏，明天将会有什么东西涨价等调查得悉数准确。游刃于两省之间，往往就省出一笔不该多花的钱来。

他们始终恪守"宁可人亏我，不叫我亏人"的处世哲学，过着"山高皇帝远"的生活，却崇尚现代社会的进步和文明。村人们谨守"耕读传家"的先祖遗训，现代文明又教化着他们，他们终于明白村子落后的原因是闭塞。于是，他们的子女或南下西安、广州、杭州，或北上银川、乌鲁木齐，或东赴京城，或西去兰州，一边打工学习各种技能，一边自学文化知识，不少人获得了自学考试毕业证书，成了人才。有的就开始学做生意，在县上、镇上、村上开了药店、百货店、榨油坊、米面加工厂，腰包开始慢慢鼓了起来。计划生育、交粮纳税、捐资助学等样样走在前列，村子遂成远近闻名的仁义村。

甲戌年（1994）春月，我在庙湾小居。大山掩映的这个小山村四野泛绿，鸟鸣柳嫩，人欢马叫，一派勃勃生机。遂以为喜，记下如上文字，或可为村志也。

1994年6月

蓝花花寻迹

浑厚，凝重，壮阔。

山峁连绵不断，沟岔蜿蜒伸曲，桑田支离破碎。满眼黄土，满眼褐雾，一种雄性的赤裸和伟岸、博大的美。

这就是陕北高原。

站在山上远眺，心胸一下子开阔了。一种满足，一种慰藉。农田就挂在半山腰或跃上山顶，"拦羊嗓子回牛声"便在幽幽深谷间飘荡：

日落西山羊进圈，
干妹子还在那硷畔上站。

我和哥哥隔道河，
杨柳遮住看不着。

半山腰伸出一条白练似的羊肠小道。听人说陕北的山路藏在肚里,是母的。果真!顺手一指:"十来里!"壮实后生得足足走上两三个钟头哩!陪我寻访《蓝花花》知情者的向导指着一座石窑院:

"到了,就这家。"

"进窑里咯!先上炕。"主人是一位年逾七旬的老人,红脸庞白髯须,身体硬朗。他帮我们卸下行李,叫儿孙们沏茶递烟端洗脸水,忙得不亦乐乎!

晚饭是陕北有名的剁荞面羊肉汤。老人饭量好,两海碗荞面下肚仍要和我们比吃第三碗,我们连忙拱手告饶方才作罢!

吃过饭,老人的儿孙们围坐在炕上、脚地,孙媳妇炒了几道菜,老人把家酿的软糜子酒在小瓷碗上满了,每人三下。三碗下肚,我便觉得飘飘然了。老人好饮酒,声称喝得"五湖四海",拳赢"盖世英雄"。喝上酒,老人话就稠了:"你们做记者的,专拣出名地方走,那是好营生,我们这小地方没啥看头。"老人说,这地方不出名,出名的是人。说着就哼起歌来:

青线线蓝线线蓝格英英的采,
生下一个蓝花花实实的爱死人。

五谷里的田苗子数上个高粱高,
一十三省的女儿哟数上蓝花花好!
……

老人声音低沉沙哑,韵味却十足。我欲"套"他肚里的"文章",遂举碗过眉,豁出"海量",与老人又干了一碗。

"够意思,满上!"老人咂咂嘴——

你们问蓝花花是不是真事?我亲眼见的。那时我还小,大人们常常谈论镇子上的事,我记得真切。

蓝花花不姓蓝,她原名叫姬延玲,小名叫叶子,1919年出生在我们延安南川临镇街一个受苦农民的家里。她母亲一辈子生了四个儿子和她一个宝贝女儿。叶子16岁时,已出脱得水灵灵的,长就"苗格窕窕身子花格楞楞的眼",俊巧美丽,惹得周围的小伙子心神不定。说媒的人踏破了门槛,却都被这姑娘一口回绝了。人们因此就送她一个绰号——"蓝花花"!

正在这时,陕北开始"闹红"了。刘志丹你们晓得吧,他率领的杨森骑兵团打下了临镇。骑兵团里有个士兵,能歌善舞,文武双全,他与蓝花花一见钟情,两人就私下定了终身。不久,红军急令渡黄河东征,两个年轻人只能洒泪告别,各居东西。

你说气人不气人,世上真有食子的虎嗍!红军东征后,蓝花花的父母不惜牺牲自己女儿的终身,将女儿卖给临镇富户任老五的猴小子任小喜。

你问猴小子是个甚货?嗨!小个子,瞎心肠,别看他年龄比蓝花花小,却无恶不作,吃喝嫖赌占全了。不久,猴小子在宜川抢劫时碰上了硬钉子,被人给处决了。蓝花花再次被父母卖给了同镇子的石家。石家虽富,心肠却黑得太。蓝花花在石家受尽了凌辱,没过上一天好日子。1942年正月,她撂下一儿一女死在了石家。当时乡亲们都替蓝花花打抱不平,婆姨女子一说起这些就落泪,蓝花花的父母这才伤心得死去活来……

这下可苦了蓝花花的情人了。他得知蓝花花病死的消息,如五雷轰顶,一病不起。这后生心痴哟!《蓝花花》就是他躺在病床上写下的相思之歌。那时候,全中国都知道有个信天游《蓝花花》哩!知名度绝不下于后来的《刘三姐》。

老人讲得如痴如醉,不时用颤抖的双手擦拭满含老泪的双眼,饱经沧桑的脸庞显得十分冷峻。陕北人是以倔强、淳朴、粗犷、豪放而著称的。有人说陕北人因了憨实,不会谈情说爱,那则是大错特错了。眼前的这位老人,年轻时是个赶牲灵的汉子,经常在无定河畔的一个歇脚店里打尖,日子久了,便与店主家独生女儿对上了象。店主看这后生憨厚诚实,颇有心计,就应允了这门亲事,后生便成了倒插门。老岳父过世后,这后生不想再开店,便带着妻儿回到老家,正儿八经务农为生。老人说起这些往事,眉飞色舞,脸上的皱纹如风吹春水荡漾起来,老眼顿时放出了光芒。老伴在一旁嗔怪道:"不嫌人笑话,又喝多了!"

陕北人生活在大山的褶皱里,思想保守,性格内向,生就了含情不露的天性。情,深藏在心里;爱,却不挂在口上,有的只是默契。为了爱而寻死觅活者并非鲜见。允诺了你,那份情,那份爱就是真挚的、永恒的、矢志不渝的。

入夏了,火炕还烧得热乎乎的。我躺在炕上,昏昏沉沉,满脑子的蓝花花,不知何时入睡。一觉醒来,已是日上一竿了。走出门外,空气温润,沁人心脾。远山近峁被弥漫飘拂的浓雾遮掩得只剩下星星点点、时隐时现,这在平原或都市是很少见的一景,令人不禁拍手叫绝!谁家下沟驮水的毛驴脖子上铜铃"丁零零"响个不停,隐隐地,远处就如丝如缕地飘浮起一男一女的对歌声:

山头上刮风树林林响,

月亮地等妹妹哟好心慌。

山丹丹花儿背洼洼上开，
你有那心思慢慢来。
……

1990年7月

柞水札记

野山情趣

鼠年初夏,正值草长莺飞,杏黄麦香,余一行驱车往访柞水。车子进入秦岭山谷,但见山石嶙峋,树木葱茏,河水清浅闪亮,绕河石奔流而下,山道因山势而逶迤,若一挂乱麻绳九曲十八拐,使车子不能疾驰。仰观危悬巨石,俯览千仞绝壁,道路如挂在半空,窄极窄极得令人骇怕。

翻过秦岭,又颠撞撞行了两个小时,山势就忽然开朗,道路坦缓,山上树木密集,溪水开始向南流去。再行数十里,峡谷中就多了人烟。木柴篱笆围就的屋舍,房前一片密密的青竹,高丈余,鸟雀登枝,压弯的竹管似要断去;屋后是一溜木耳架,木耳棒早已发黑。后坡上,凡能站脚的地方皆种了庄稼。出柴门沿慢坡而下十余步,便是小河。流水潺潺,清澈得让银银的鱼儿不能隐身。主人从上游引了水渠,水从屋檐下淌过,水车便嘎吱嘎吱地转动起来,妇人就在水磨上开始劳作,一圈又一圈地重复着一个动作。不远处，一帘瀑布从石壁上顺势而下，弄出的轰隆隆的震响声在山谷间回荡。

　　河谷豁然宽阔。两岸一叠叠青山，宛如一座翠屏，崭露出一片江南秀色。一畦平畴，笼在薄纱似的白烟中，更增添了一层妩媚的色彩。傍着河水，沿了山脚，一栋栋砖屋掩映在庭院丛林中。正不知到了何处，车上人说，柞水到了。我蓦地一惊，真是山不转路转，我竟也到了柞水地面。万千大山镶嵌了这颗绿色的翡翠，是该好好地瞧瞧了。

　　沿乾佑河南行，眼前群山错列，峰顶黛青，山腰凝翠，回环曲折，似入仙境。路旁的巨石上刻了"石瓮"二字。向导说，这里无山不洞，无洞不奇，于是便就近选了一洞探访。景是妙景，洞是溶洞。沿石阶攀缘而上，便见"佛洞"二字，不及歇息，便抬脚踏入"佛门"，顿觉腋下森森，两眼洞黑，就惊叫不已。少顷，镇静了神气，随了导游，观石乳、石猴、石菩萨、石剑、石帘、石梳、石烛以及石塔、石笋、石八戒等等景致，竟疑是佛祖做法，不禁唏嘘起来。观者皆随形适意，弯腰勾背，若猴子上下攀缘。离佛洞不远处有一"天洞"，洞虽小却有"龙宫""三重天""玉皇殿"等"天宫"设施，使人遐想万千。游者左拐右弯，上上下下，待出了洞口，导游小姐说这才仅走了不足一公里的路程。看表，时间却过了两个小时。等再到登山的路边，腿便有些隐隐作痛了。

　　路边不远处即是乾佑河。乾佑河向南流入汉江，进入湖北，注入长江水系。我们在河边洗了手脚。清风徐来，沁人心脾。懒洋洋卧在河滩的石子堆上，看云聚云散，想世事沧桑，感觉此处便有十二分的安闲惬意了。一些好玩的人拣了薄闪闪的石片，一扬手扔了出去，石片倏地从水面上飘过对岸。上游也有了哗哗的水声，一群人嬉闹着打起了水仗，但水溅在身上，风干后却没留下一丝水印。玩了好长时间，顿觉肠鸣咕咕。路边便有汉中的米面皮、关中的浆水漏鱼儿在叫卖，遂上岸向妇人要了来吃，更觉这野山深处觅了这类吃食，在城里是如何也没有这个情趣的。兴奋之余，就讲起洞中所见物事，那妇人漾起慈目，说："你们只看了十之一二，佛洞、天洞仅是这众多溶洞中的两个洞，溶洞在这里不稀罕的。"听了妇人的话，便再也不敢小觑这地方的峻险和平凡了。

乾佑镇

在家读过一本书，书中说，从秦始皇实行郡县制到清高宗继位的历代王朝，多数将乾佑河一带划为中原流放区，朝臣被贬便禁锢于此。到了清乾隆四十七年（1782），当朝又以"山大林密，易藏奸宄"为由，在此设立军事机构孝义厅，直属西安府。现在的乾佑镇位于乾佑河畔，古孝义厅的旧址和如今的柞水县城就坐落在这里。

乾佑镇一条大街，绵延数里，其屋舍庭院建筑构造别具风格，处处流露着陕南文化的流畅和精巧。街巷名称也颇独特：河堤街、太白路、悬月路、迎春路等，小街巷的汇合处，便是整个城的繁华所在。我们乘兴沿小巷深入，便见居民家家户户雕梁画栋，屋脊连着屋脊，俨然一幅风情画。居民住宅大楼上的主人们在阳台上皆摆了三盆五盆的花草，盎然成趣。街的南头一阵喧哗，是一群女子，不知是哪个说了笑话，引逗得大家笑得要掉出泪了。见来了外人，立即噤了口，微笑而过。这才发现，这地方典型的"养女不养男"，姑娘们格外地白净秀丽，呢喃细语从她们口中轻轻呵出，使人仿佛置身江南的水街幽巷了。

　　天幕暗黑下来时，街面上依然人声鼎沸。国营商店业已关门，小贩却在商店门前的路灯底下摆起了小摊，木梳、皮筋、挖耳勺等日用小百货应有尽有。南街的夜市也已开张，西安城里的羊肉泡馍、四川的麻辣烫、新疆的烤羊肉串在这里一应俱全。一长溜罩了红罩子的灯光在炊烟弥漫和鼓风机声中把夜晚的山城映得红红火火。个体商店顾客出出进进，小书店里人头攒动，却出奇地静。一对男女手携了手拿着几本新书从书店出来，一边走一边说着只有他们才能听清的话，纤细的身材被路灯照得愈变愈长……街的对面，两个外地人相遇了。湖北人说："操！这多日不见，又发横财了？"陕西人说："阿达发财去呢！你瞧我这身披挂。走！吃夜市去，我请客！"两人便朗笑攀谈起来。或许，一宗新的买卖就要在这里洽谈了。街的北头，南方人开的家具店还在营业，与兰州的牛肉拉面馆、山西的刀削面馆、南方的川粤菜馆遥相呼应。迎春路的新街和北关的招商市场、批发贸易中心的霓虹灯广告闪烁着、跳跃着，街上豪华的歌舞厅、录像厅、影剧院传出现代都市的气息，使山城的光彩愈加夺目了。我品味着，咀嚼着这里的一切。当年孝义厅森严的气氛早已荡然无存，代之而来的是浓浓的陕南文化和楚秦文化的大融合，内心便对这块弹丸之地肃然起敬了。

　　踏着夜色回到下榻的宾馆时，薄雾的湿气已袭上了衣衫。心下作想，这里有着大都市永远也寻觅不到的纯朴和自然的、美的韵味，就活该是个诱人的地方了。什么时候，约了朋友，在这里小住些日子……这样想着，不知不觉便甜甜地睡去了……

1996年5月

（本文荣获《中国作家》杂志社、人民日报社老干部局"思想道德和文化建设与文学创作研讨会"散文类一等奖）

春　雪

　　一场难得的春雪，使尘封了许久的山峁沟壑在一夜之间变得更加娇柔俊美了。

　　雪显然不厚，却显得滋润。黄土高原的黄褐色肌肤像羞羞答答的村姑，被一块白纱笼罩了面庞。

　　白天飘浮在空中的尘埃连同雪花一起回归了大地。清晨，场院上往日喧闹的麻雀还没有早醒！村子静极，还没有农人走动。村外一条隐隐约约的路，延伸到很远很远。东方渐渐发亮，田野上开始呈现出明晰可见的垄沟，如晾晒外翻的皮毛大衣，曲曲弯弯；垛在场院边的麦秸垛，星罗棋布，似烤黄的夹心面包，上面覆盖了不算很厚但却均匀的雪。

　　村子开始有了犬吠。一条黑犬跑出村巷，站在土堆上跷起一只后腿，一股热气开始从地上升腾。雪的宁静被破坏，湿漉漉一坨地皮中间却见了泥土。一村夫走出巷道吼喊，黑犬跑掉了，溅起一串雪浪……

　　雪没有家，大地就是它的归宿。

这是一种境界。满山遍野的春色被洁白的雪花夺了去。山峦似一条卧龙，老练持重，她在做飞腾的准备吗？

太阳出来了。大地的雪白在银丝万缕的朝阳下得到了完美充分的体现，万千雪花如金银首饰，五彩缤纷，光彩夺目。雪原无垠。这地球该叫雪球或银球才合适呢！

空气毕竟不似冬日那般清冷了。初春的雪在老辈人的眼里是五谷杂粮，在年轻人的眼里却有了更深刻的滋味和内涵。走在这雪原的氛围中，一种自豪、一种高洁的感觉就在心中滋生。

喝罢酽茶的农人开始走向田野。田野的本色被雪所覆盖，但过冬的麦苗却从雪里钻出一根两根，似绿色的旗帜，呼唤着一种神圣。杨树枝丫上披挂了雪花，鸟雀飞上去，一阵雪雨扑簌簌从树上落下。鸟雀受到惊吓，落到地上，翅膀又扇起一团雪雾……轻轻扒开雪面，捧起一掬泥土，农人慰藉地笑了……

地上的雪开始融化。雾气款款拂过地面，在阳光下折射出一道虹。"到底暖和了！"农人喟叹。怅惘和希冀同时敲击着他的心鼓。

雪在暖阳下开始残缺不全。麦苗的嫩叶上挂上了晶莹的露珠，如玲珑剔透的珍宝，耀眼夺目。

"春雪狗都攆不上！"小孩子们开始领悟这句谚语的含义。

雪覆盖着春，春催着冬，景致各异，色彩缤纷，这不是一个美丽而又有着双重色彩的世界吗？

1994年4月

莲碧颜如玉

一日傍晚，忽地想看荷花，想那托盘似的碧叶，展脱娇艳的红花，在一片绿水中，随风摇曳，该是怎样一种景致！就往莲湖路上走去。

整个长安城，也就是此处莲最盛，花最丽了。

远远地瞥见数十个小红灯笼，圆圆的，亮着，高挂在公园古风犹存的矮墙上。觉得自己的心就随了那红灯笼去，感受到一份塞外军营的恢宏，又掺着一份皇家夜宴的精致。往前走，看见一道圆门，身不由己地要往里走。那圆门的一侧，偏还立着个妙龄少女，高挑的个儿，瀑也似的秀发，着一袭牙白旗装，微微笑着，浑如一个花仙子。花仙子轻启朱唇："欢迎光临！"看花的人就鱼贯而入，以为此处便是看花的所在了。

临湖，有小圆石桌、石鼓凳儿，脚下是绿茵茵的草坪，不由得想起远古的风。远古的风里，也有这石鼓凳儿小石桌儿，桌旁几个着长袍的人，啜了清茶，雅气地交谈。在石凳上坐定，放眼莲湖，湖边草丛中随意点缀着的圆圆的灯，似玉珠，散发着淡淡的光，给莲湖的夜色又添了几分雅致。

看花，花却时令未到，蓄含了苞，羞涩地团在枝头。那就看叶儿吧！听蛙叫吧！看游人出没莲叶间吧！看灯红月小，楼高云淡吧！时间久了，倦了，饥了，恰就有年轻小伙递上了菜谱。大热天，看小伙子扎着领结，穿着白衬衣，精神抖擞，也就动了进餐的念头。随意点几个菜去，作想上菜肯定要慢，便消停地坐等。不料没到半支烟功夫，鸡尾酒上来了，炸牛排上来了，盘龙鳗上来了，喜得几个同行者，拍手咂舌，吃了个事不有余！

盘碟都已撤去，余味还在嘴里，作想这个厨师，用的是甚魔法？也就是平常的肉鱼蔬菜，一经他的手，怎的就这般精美可口？唤服务生去请了来，却是个敦实青年，说话老练得很。旁人说，此乃甄建立，自小就用砂子在炒勺里练炒功，又说如今已是国家特一级厨师了，还不到而立之年呢！

难怪！

夜深天凉，玩得已困，便慢慢地朝外走。旁边石桌上的几个小青年，正在咿咿呀呀唱着卡拉OK，品着菊花香茶，玩兴依然不减。微风飘过，莲叶的清气沁人心脾，心中便又得了几分自在。到得门外，忍不住返身看去，但见那门楣上三个大大的字：颜玉轩。字字遒劲有力，潇洒飘逸，灵动活泼。心想绝非出自寻常人之手。一问，果然，是这古城的一位名人写的。人说，这轩主是个名叫彦玉的女中豪杰。心下作想的是，没有大眼光、大魄力，何以能造出这长安城里独一无二的好去处？

慢慢地踱去，心里又在盘算，什么时候，再来此处看这小红灯笼，听那蛙声闻那莲香，大快朵颐。

1994年9月

戏说麻将

中国人聪明，开发了许多绝活，麻将便是其中之一。如今，无论是酒肆茶楼还是大街小巷，只要有人群的地方，几乎都有麻友或炫耀战绩，或痛陈败情，或交流经验，或切磋技艺。亲朋好友凑在一块，主人说"搓几圈？"客人说"那就搓几圈！""几圈"可长可短，或半日，或一宿，此乃"麻友"暗语。一推一就，一场天昏地暗的搏杀就开始了。

四个人凑在一块，天造地设，正好麻将一场。旧社会有人曾诌了四句俚语："一个中国人，闷得发慌；两个中国人，就好商量；三个中国人，无水和尚；四个中国人，麻将一场。"足见这136张骨牌的影响和魅力之大。我对麻将本是不愿染指的，但却往往碰到三缺一。有了这种情形，自然就有人悉心开导，百般殷勤，慢慢地也就领略了几次"搓麻"的苦衷。有一年春节，去一好友处造访，离开饭桌，友人便铺开麻将摊子。却之不恭，便搓将起来。玩至午夜，深觉疲惫不堪，谎称次日有要事去办，必须回家。友人怏怏送我下楼，却发现我停放在楼道的新近置买的山地车不翼而飞，顿时懊悔至极。友人却宽慰："罢罢罢，丢了就丢了，想开些，今晚就不走了！"于是上楼继续开搓。这一夜打下来，我只剩得奄奄一息，觉得头晕脑涨，天旋地转，其情其状狼狈不堪，遂立誓今后在任何情形下，再也不做这种伤害身体的傻事了。

中国人善玩。棋有棋理，麻（将）有麻（将）风。中国人好玩麻将，正如日本人之好相扑，美国人之好棒球，英国人之好板球，都是一种斗智斗勇的游戏活动，但蕴含其中的深刻内涵却是各不相同的。据说20世纪初，中国的麻将传到国外，很时髦了一阵子，有人说这是对梅毒和鸦片的回敬。当时很多美国人与日本人家里都备有一副麻将，但却不易得其门而入。中国的留学生囊中羞涩，自然就有人在纽约干起了教人打麻将的副业，每小时一元，收入颇丰。但时日不长，老外们便连呼上当，为珍惜时间计，他们便把麻将当作艺术品束之高阁。一位当年在日本留学的朋友曾对胡适之先生感叹说，日本人的勤劳真不可及！到了晚上，登高一望，家家板屋里都是灯光，灯光之下，不是少年人跪着读书，便是老年人跪着翻书，或是老妇人跪着做活计……由此足见其民族的长进和文明了。

有一年，胡先生曾和几位朋友到"一品香"开房间打麻将，胡先生居然输了。身上现钱不够，只好开了一张支票。胡先生年轻时曾荒唐过一阵子，不仅打麻将，而且赌钱，但后来改了。他曾为麻友们算了这样一笔账：麻将平均每四圈耗费时间两个小时，少说一点，全国每日有100万桌麻将，每桌只打八圈，就得费400万个小时，也就是说，把16.7万个日子的光阴给白白扔掉了；金钱的输赢，精力的消磨，都还在其外。

胡适之先生算的这笔账，还只是在当时的人口基数下考虑的，倘若把这笔账放到现在来算，恐怕就成了天文数字。君不见，时下的"搓麻"之风愈刮愈烈，"麻坛"新秀层出不穷，大有随风蔓延之趋势，有时还耽搁了正事！

　　有一青年，在某中学任教，麻瘾特重。一日，他刚从酣战两天两夜的麻将桌上下来，就夹了书本去给学生上课。走上讲台，发现黑板还没有擦，就有些恼火："今日轮谁坐庄？"学生不敢吱声。坐庄？坐什么庄？底下便窃窃私语。少顷，一学生站起来，诺诺地说："是我。"老师大怒："你先站着！"便翻身去取板擦，却找不见，脸便愈沉了下来："骰子呢？"学生这才醒悟过来，老师还迷在麻将上呢！于是气就足了，"在这儿！"就走上讲台去擦黑板。老师这才顿醒，连呼："口误，口误。"为人"传道授业解惑"的老师，失责与荒唐，令人汗颜！

　　麻将有时也能把人打蠢了。有人曾概括麻将的打法：盯着上家，看着下家，就是不让你和。世界上大多数竞技都鼓励相互配合，麻将却不。一人对三人，各自为阵，独立作战。真可谓爹死娘嫁人，各人顾各人。有了这种打法，便逼着你学会拆别人的台。你要"饼"，哥们儿却偏给你"条"，你要"万"，他却偏给你"饼"，宁可自己受损，把庄黄了，也要竭尽全力破坏别人。于是，"拆"就成了常用的麻将语言。有某友玩麻将，竟一夜不和一把，甚感懊丧。这回轮他坐庄，三副落地，对坐者单吊。他摸了一张"发"，见桌上已有俩"发"，就犹豫不决，口中便念念有词。他早已停张待和，如果扔下这张"发"势必拆牌应付，于心不甘。好一阵工夫，别人都不耐烦了，催着出牌。他在犹豫中突然拿出勇气，"啪"的一声打了出去，对坐"嘿嘿"

一笑，亮出底牌，正好是"发"，他竟输了。他越想越气，下轮牌刚拿到手，便谎称小解，来到厨房，迅疾打开炉灶，在锅里放水下米，唤儿子坐在锅边，吩咐道："只管让烧，几时糊了喊我。"就又回坐在麻将桌上，心却想着儿子那边的情况。几圈下来，还是不和，难以忍耐，就高呼儿子："稀饭咋样了？"儿子欢喜地上前道："我把它全给喝了！"老子一个耳光就过去了，谁让你喝的？那是让"糊"的，懂么？牌友不好再打下去，只好收煞。看这老子和儿子的笑话……

  细细想来，麻将不过是一种游戏罢了，犯不着较真儿。但玩者往往沉湎其中，就生出事来。我曾听说某女士长于麻将，常常呼朋引类，打到深夜，雍容俯仰，满堂生春，不仅技压侪辈，赢多输少，且曾创下三天三夜不下牌桌的辉煌纪录。一日她去邻家玩麻将，自家6岁小女在阳台上呼她回来，她说即回，便搁置脑后，至邻人唤她说女儿已坠楼骨断，性命不保时方急得背过气去。但女人好玩，打麻将善于随机应变，出手麻利，却是实情。春笋一般的玉指砌洗麻将，灵巧无比，使许多男士望尘莫及。当年倜傥不羁的名士卢冀野就曾领教过无数次女士们的"豪迈"，心中自是佩服不已，甘拜下风。他曾在同僚中打趣说，政府于各部之外应再添设一个"俱乐部"，其中设麻将司，司长一职非太太（女人）莫属矣！

  王尔德说过："除了诱惑之外，我什么都能抵抗！"中国的麻将诱惑力太大，参与者众多，或可载入吉尼斯世界纪录。我从事写作，常常挑灯夜战，耳畔噼噼啪啪洗牌扔牌之声相闻，有时就恨起麻将的制造商来，但终又恨不彻底。南方制造麻将，兜售麻将，可是南方人却很少玩这类玩意儿，玩的大多是北方人。譬如在古城西安，一张小桌，几块烂砖，四个人便露天酣战，行人熟视无睹，全不似哪里吵架干仗了去助阵观看那种趋之若鹜。但南方人也会玩麻将。有商客自南方来，北方人感到生意不好谈，就说晚上"轻松轻松"。"轻松"即是玩麻将。主人有意放和，或让客人自摸了"炸弹"，输赢是有钱额兑付的。一两个小时后，主人言称累了，让客人休息，第二天生意一谈就成了，且有给主人的"回扣"。此类玩法，虽能成事，却让人担忧。商界人却戏谑曰："毛毛雨啦！"

中国的"玩"文化很多，但麻将却暴露了人性当中最丑陋自私的一面，这种暗伏杀机的场面，非一般玩法所能及。麻将玩老了，尤其是再赌上几文钱，人格就会受到不同程度的破坏，渐渐便失去了协作配合的精神。

现在的人玩什么都要有点刺激，麻将也不例外。起初输赢小，渐渐提高；起初是挚友，渐渐成了赌友，一旦成了赌友，便没有友情可言。某单位有俩挚友，言必称弟兄。有次玩麻将，弟扣了兄的一张牌，兄情知弟在作祟，也不计较，弟偏以牌示兄，兄便以兄之威严数落弟。弟不服，辩之，言辞不投，兄便一记耳光过去，说你小子还活成人了。大打出手，人仰桌翻，闹得不欢而散，从此结成仇人，路遇也不招呼。

有的人家玩麻将，常有小孩坐在一侧充当庄家，老爷子却晾在一边作了壁上观，有时还玩个块儿八毛的，刺激着孩子们的竞争欲。也有人以玩麻将为主，见人就赌，百二八十，成千上万，他都敢来，日久便成了赌棍，倾家荡产，妻离子散，幸存唯有几位麻友，几副骨牌，一把瘦骨头，一身臭烟味，活脱脱一股恓惶劲。这样的人，能有什么出息呢？

中国的麻将迷太多,连当年著名的《大公报》总编梁启超也不例外。但他说过一句很富有哲理的话:"只有读书时可以忘记打牌,只有打牌时可以忘记读书。"倘若我们把上面这两句话都做到了,我以为适当玩一两回也未尝不可。但若只学了后一句,那就坏了。现在中国人要干的事情很多,中国人应读的书也很多;睡觉过头是一种罪过,醒得早起得晚同样是一种罪过。经常沉湎于麻将的人,离退休也好,在职者也罢,都是不应该的。如果再加赌上几文钱,那便是一个十足的阿混了。西安有一青年,嗜麻成性,新婚宴尔未过三日就耐不住嗜玩的性子。一日晚饭后,他又说晚上单位学习文件,不能耽误。妻问什么文件,答曰上级136号紧急通知。妻有些纳闷,就尾随其后,便见丈夫走进朋友家,随后就从窗口传出搓麻将的声响,妻就明白了。待几个人打得正热,妻顺门而入,揪住丈夫耳朵问,你真胆大,怪道你这两日神不守舍。你是要我还是要麻将?丈夫就泄了气,脸上无光,随妻回家,发誓今后不再去玩。后来听说这人真把"麻瘾"戒了,还成了单位的先进个人。

善哉善哉,阿弥陀佛!

1994年4月

(本文荣获第七届中国报纸副刊好作品评选散文三等奖)

煤海散记

这里是黄土高原的一隅。

当年,秦始皇遣公子扶苏、大将蒙恬督修的万里长城,起伏在她浑厚、凝重和颇具阳刚之气的莽莽山脊。来自毛乌素大沙漠粗糙的西北风,紧贴着鄂尔多斯高原的胸脯吹过来,带着大漠的苍凉和颜色,越过残垣,跨入了这片贫瘠的黄土高坡。于是便生就了苍苍无边、茫茫无沿、大小起伏、重重叠叠地疯长着的荒寂。梁峁上偶有古塞残堞,河滩有时也能掘出几块生锈的戟铁,耳畔就依稀啸过胡笳的悲鸣。东北方,九曲黄河挟裹着高原的泥沙,过了托克托,完成了她的第七曲,掉头向南,在峡谷中一口气奔跑了700多公里,跳入龙门。黄河古道就这样成了山西、陕西的天然分界线。

这里的一切曾是贫苦的代名词,"走西口"曾是当地人的希望之路。斗转星移。若干年后,面对着这片先辈们曾刀耕火种、洒满血汗的热土,你会有无限的遐思和感慨。

由内蒙古南下的黄河虽然充当了界河的角色,但并未充当地下矿物的分界线。东岸，山西到处埋藏着乌金一样的宝藏。如今，地质队的钻探机告诉人们一个似乎是从秦始皇陵墓中发掘出来的，又似乎是从太平洋打捞起来的一个陌生名词——侏罗纪。侏罗纪距今已有1.4亿多年。上亿年的期待终于使人们和她亲近了——陕北，有海一样浩瀚的煤田。

煤就是宝。

神木有煤海，府谷有煤海。煤海和煤海加在一起，使神府的内涵相当于165个抚顺。煤到处可见，动土即有煤。生于斯长于斯的村民们曾经用煤来垒猪圈，围院墙，填沟垫渠，真可谓"挥煤如土"。但心疼还是心疼，可又没有办法，因为除了煤还是煤。有人算过一笔账，如果把全中国现有的采煤机械都集中到这里，那么，仅神府煤田就可开采二百余年。就这样，神府煤田当之无愧地被列为世界八大煤田之首。

得让这块"黑宝"来活泛人们的腰包，胆识也就从此开始放大了。府谷人在城下流过的黄河上撑起运煤的船，往上游可到河曲，往下游可达佳县。但毕竟没有大流量的运输线，煤还是煤。铁路建设大军响应了能源开发的呼唤，由神木，经府谷，跨黄河，至朔线，打隧道，穿屏障，风枪作响，硝烟弥漫，打桩架桥，风餐露宿。一到此处，你会为那些为火车铺轨的人们感叹不已。

神府煤田的发现犹如闹了地震，使整个地球为之一颤，美、日、英、法、加拿大和德国等十几个国家都感觉到了。纷至沓来的各国企业家、银行大亨、煤炭专家，从大柳塔进入煤海，望"海"兴叹，皆表示了十二分的投资热望。火车的汽笛唤醒了这片土地，也换来了大宗外汇，殷切的希望就这样熊熊燃烧了起来。

我在煤田采访时，见某机关干部拿一张报纸，点燃，投入炉腔，煤竟奇迹般呼呼地燃了，说，这叫"精煤"，无须选洗加工，全是煤中精品。有人曾因其色调取名褐煤，当地人还叫它炭，都不为错。神府煤的最大优点是含硫、含磷量特低，发热量大。美国宇宙油轮公司副总尊伯提尔先生惊叹："这里是全世界罕见的优质煤田。"

当年秦嬴政横扫六国，统一天下，成为"千古一帝"，给后人留下了一堵横跨东西、长达万里的长城，这位具有赫赫功绩的秦王，却不曾料到，他把一大块肥得流油的土地一劈为二，那长城的脚下就踩着东胜和神府两个煤田呢！

在陕北的神府煤田上走一走，便觉得这里的地下处处都有宝！不仅煤多，且石头也多，石头也是宝，铁矿石、石灰岩、硫铁矿、石英砂就藏在石类家族中，储量甚为可观。无石头处即有天然气、石油、泥炭、瓷土、原盐、铝矾土等物产。靠了这些不会说话的宝贝，许多县都发了"横财"，吃财政补贴的县逐年减少，昔日"走西口"的男人婆姨重回家园，大挖其"宝"，投股集资建厂办矿，规模越搞越大，日子越过越好，真让外地人眼馋。

人们不会忘记那些将一腔热血倾注在这片黄色土地上奋争和探宝的民族之子，他们用双手改写着那段辛酸的历史，赋予明天新的契机。站在鄂尔多斯高台的支点上，眼望这个多姿多彩的盆地，使人的心胸不由为之宽阔、惬意。神府，一个不甘沉沦，不甘寂寞，已经充满了生机和活力的凝重之地，正在悄然崛起。

1992年2月

品　茶

茶是"中国牌"饮料。在世界上,茶被称为"和平饮料",因为茶性温和,与咖啡不同。种茶、制茶、饮茶,在中国具有悠久的历史。早在唐代,陆羽便著《茶经》一书,成为世界上第一部有关茶的专著。此后历代的茶书竟有100多种。

茶与中国文化的关系甚深。文人无一不饮茶,且喜欢饮茶清谈,称之"茶话"。饮茶时,略备点心,则称"茶点"。《水浒传》第十八回中,"宋江便道:'茶博士,将两杯茶来'"。"茶博士",乃茶楼侍者。明代著名画家王绂曾题《茅斋煮茶图》云:"呼童扫取空阶叶,好向山厨煮二泉。""二泉"即无锡惠山的"天下第二泉",泉水甘洌清澈,为煮茶上品。现代著名文学大师老舍笔下的茶馆,鲁迅先生笔下的咸亨酒店,无一不备茶水,为饮者用。

中国古代文人讲究茶叶、水,也讲究茶具,用紫砂制作的茶具,可谓一大发明。紫砂具有透气性,最宜制作茶具。紫砂茶壶讲究造型,壶上刻画题诗,又成为特殊艺术品。我国紫砂茶壶当以宜兴壶最有名气，有高有矮，有大有小，且用法各有不同。喜欢绿茶的，应选矮而小的壶，因为沏绿茶，水温不宜太高，以85度左右为宜。喜欢红茶的，应购高壶，高壶容水量多，保温时间长，红茶要用高温才能浸出精华。绿茶与红茶不同，绿茶属原生茶，红茶则是发酵茶（经过发酵加工）。

也许有人会认为，天天喝茶，无非是往杯子里放上一把茶叶，冲上开水，如此而已。其实，只知道怎样沏茶，而不会品茶者何其多矣！所谓品茶，要品色、香、味。买了紫砂壶，还应买一紫砂杯和一白瓷杯。紫砂壶中的茶水，先倒入紫砂杯，以鼻闻茶香后，再倒入白瓷杯，观其色，品其味。这样，才算把茶的色、香、味都欣赏了一番。著名紫砂壶收藏家、号称"江南壶怪"的许四海先生认为，每次沏绿茶，开水进壶后，一两分钟即把茶水倒进杯中，不可久泡，倒时，要把茶水倒干。等到要再喝时，再往壶中冲开水，按同样程序操作。紫砂壶易结茶垢，有的人认为茶垢越厚越好，其实不然。因茶垢如同水垢，于人体无益，不妨洗去茶垢，以保清洁。

人们饮茶常以开水沏之，但也有用冷水"沏"的。科学研究证明，茶叶中含有一种较理想的降血糖物质，因为其耐热较差，常在开水浸泡会遭到破坏。糖尿病人若想饮茶降血糖，可取未经制过的粗茶（干品）10克，用冷开水浸泡5小时，然后每次饮服50～100毫升，每日3次，直至血糖稳定在正常值以内。

饮茶不能忽视"茶品"。陕西是茶叶的主产区之一，茶是宫廷贡品。《华阳国志·巴志》记载，西周时代，巴国（今陕西紫阳）始将茶"纳贡之"。到唐代，不但成为仅次于麸金的第二位贡品，还建立了茶马贸易互市之制。明、清两代，不论官茶、商茶均贮边易马。西北少数民族长期饮用陕西紫阳茶，已成为他们的生活必需品和最嗜好的保健饮料。清代即有"自昔关南春独早，清明已煮紫阳茶"的诗句。紫阳富硒茶，比皖、浙、闽等地茶含硒量高6～32倍，药用价值高，可以抑癌防癌，保健强身，延年益寿。人植茶，茶养人。在产茶区，茶农们"宁可食无肉，不可吃无茶"。清早起来，在那专备的茶壶里放上自产的茶叶，倒开水少许，须臾，将头遍茶水滤出倒掉，再倒入适量开水，便一壶一碗开始"吃"将起来。甘甘洌洌，馨香十里。品够了，便觉一天精神抖擞，似又年轻了几岁，才开始做活计。

　　茶助文思，又有益健康。朋友，不妨沏上一杯茶，闲暇时呷上一口，细细品味……

1991年5月

访欧散记

2004年12月4日至16日，我用了十多天时间，对荷兰、比利时、卢森堡、法国、摩纳哥、意大利等6国进行了考察，走马观花访问了大大小小十多个城市、乡村、企业和农庄、牧场，所见所闻，感慨良多。

一

荷兰首都阿姆斯特丹是个百面妖娆的城市，它是世界经济的历史枢纽之城，也是艺术之城、运河之城、博物馆之城。这里气候宜人，冬季气候温和，很少低于0℃。虽然出发时西安已是冬天，寒气逼人，但在这里感觉不到一丝寒意。

我们到达阿姆斯特丹的当地时间是12月4日下午4时许，这时北京时间已是深夜。

阿姆斯特丹国际机场距市内15公里，是欧洲重要的枢纽机场，年起降、客流和货运吞吐的综合排名欧洲第五位，世界排名第十四位。整个机场犹如一座城市，商业服务功能十分发达，许多设施在世界机场中堪称独树一帜。

阿姆斯特丹1926年建市，是荷兰最大的城市，市区人口约110万。阿姆斯特丹也是荷兰第二大港，港内外交通运输十分发达。阿姆斯特丹人居水上、水入城中，人水相依，景自天成。独特的水景观使其旅游业十分发达，全市共有160多条大小水道，与1000余座桥梁相连。漫游城中，桥梁交错，河渠纵横。由于地少人多，河面上就泊有2万余家"船屋"。

阿姆斯特丹最有特色的当属运河，运河边的酒吧、餐馆、礼品店鳞次栉比，工艺品店里摆满了木屐和风车，有的店面还以风车做装饰。这座填海而成的"水上城市"，曾用风车抽干堤坝内的积水，风车为荷兰创造了陆地，所以荷兰也被称为"风车之国"。

沿着运河乘坐玻璃船游览阿姆斯特丹，能够真正体会水城独特的韵味。河道两旁是典型的荷兰传统民居建筑，民居的窗户都是细长的，房门仅能容得下一个人进出。导游老万介绍说，这是因为荷兰政府当年征收房产税是按门的面积征收，门越大交纳的税就越多。无奈，人们只好将门尽量做小，却把窗户做得很大，家具什么的都从窗口吊运进出。家家门口、窗台上都摆放着鲜花，让人感到温馨而优雅。由于气候湿润，空气清新，家家户户的玻璃窗干净明洁，透过玻璃窗向里望去，主人在客厅的一举一动让游人看得清清楚楚。老万说，荷兰人十分好客，游人可以随便走进一户居民家中，主人会热情地招待你，与你一边聊天，一边品红酒、吃点心，但你绝对不可以在屋里拍照，否则会被主人驱逐出屋的。

在阿姆斯特丹，咖啡馆和茶楼并不多，最多的是酒吧。酒吧规模都不大，一般不超过20平方米，一个吧台，几个吧凳，几张小桌。游客们有的坐吧凳，有的站立，显得闲散适意。酒吧可以沿街摆放桌凳，吸引游人驻足。

在阿姆斯特丹，本地人大多以晚餐为正餐，意大利菜、西班牙菜、墨西哥菜、泰国菜、中国菜、印度菜和土耳其菜，应有尽有。阿姆斯特丹有一条唐人街，各式中文招牌让人恍若就在国内，餐馆、点心铺、烤鸭店等鳞次栉比，老板、服务员用四川话、陕西话、闽南语、河南话、湖南话、粤语招呼游人落座、沏茶、点菜，让我们感到亲切、热情。

鲜花是荷兰重要的出口商品。位于阿姆斯特丹西南郊的阿斯梅尔花卉市场是世界上最大的花市，花卉通过拍卖销往世界100多个国家。受荷兰格罗宁根市远东基金会的邀请，我们先后对阿姆斯特丹、格罗宁根等地的花卉拍卖市场、农产品加工企业、农场和奶牛场进行了考察。

荷兰花卉的拍卖市场和运送系统非常发达，堪称世界之最。我们饶有兴趣地参观了世界上最大的巨型花卉拍卖市场——阿斯梅尔花卉拍卖市场。据介绍，该拍卖市场占地面积达71.5万平方米，是荷兰5000个园艺公司所共同拥有的股份联合体。拍卖市场有5个交易大厅，每个大厅有300～600个购买商席位，共设有13座电子拍卖钟，所有的花卉产品均通过拍卖大钟成交，不同品种、不同规格鲜花的数量、价格都在拍卖钟上显示。当购买商看中某种鲜花并决定以拍卖钟显示的价格购买时就按动按钮，拍卖成交的产品按照客户的要求进行包装，然后送到市场的发货中心。发货中心设有植物检疫和海关，集装箱货车就在海关出口处等待，待海关放行后立即将花卉运送到附近的谢尔波机场，保证第二天就能在世界各地的花卉市场上零售。拍卖市场全年销售量达35亿枝和3.7亿盆，其中80%销往国外，年出口总值达25亿欧元。为保持信誉，当天未被出售的花卉都要销毁。拍卖市场还是荷兰著名的旅游景点之一，年接待游客达22万人。

荷兰的自然条件不是很好，但却能依据本国自然资源和环境条件确定农业优先发展战略。经过几十年的努力探索，走出了一条适合本国国情的农业发展之路，由农产品进口国变为出口国。到20世纪60年代后期净出口值排在世界第四、第五位。20世纪90年代以来，荷兰每年农产品净出口值一直保持在130多亿美元左右，约占世界农产品贸易市场份额的10%，在美、法之后居世界第三位。

此次考察虽然不能窥其全貌，但却深受启发。

荷兰位于西欧北部，面临大西洋的北海，处于马斯河、莱茵河和斯凯尔特河的下游河口地区，全国约有四分之一的国土面积低于平均海平面，阿姆斯特丹市内地势低于海平面1~5米，被称为"北方威尼斯"。荷兰国土面积为4.15万平方公里。人口1550多万，是世界人口密度最大的国家之一。从公元13世纪起，荷兰人就开始利用传统风车作为排水动力，在天然淤积的滨海浅滩上围海造田。17世纪至19世纪，随着荷兰城市的发展和工业革命的推动，荷兰围海造田的技术不断提高，规模不断扩大，速度不断加快，不仅围海，还围湖造田，以此增加农业用地，扩大农业生产。

荷兰农田作物生产主要以马铃薯、小麦、甜菜为主，是世界上最大的马铃薯出口国，其良种输出占国际良种市场的60%

以上，销往世界80多个国家。园艺生产在荷兰占相当份额，主要是蔬菜、水果、花卉、植物、鳞茎和苗木，蔬菜出口居世界第一，鲜花出口占全球市场的60%，大部分蔬菜鲜花在温室内生产。温室产业是荷兰最具特色的农业产业，温室建筑面积为11亿平方米，占全世界玻璃温室面积的四分之一，居世界领先地位。乳品和肉类生产占农业总产值的60%，是世界上最大的乳品、猪肉出口国。

值得一提的是，荷兰的农产品加工业处于世界领先地位。发展最快的产品有：干酪、肉类制品、巧克力、糖果、马铃薯制品和饮料。目前，食品和饮料加工业的营业额约占荷兰工业总额的30%。

我们参访了荷兰北部的格罗宁根省。该省人口57万人，省会格罗宁根市是荷兰的第四大城市，人口约17万人，这里的农产品加工、畜牧业、花卉等产业在荷兰位居前列。前不久，格罗宁根省代表团来陕西访问，杨凌示范区与格罗宁根市远东基金会签订了在食品加工技术、农作物和花卉优良品种引进、冷冻精液等领域进行重点合作的意向书，他们对我们的到访非常欢迎，格罗宁根省政府官员Mr.F.Ronda、格罗宁根市远东基金会Mr.J.Ebbink和李济蜀先生陪同我们考察。

在kollummerwaard试验农场，总经理Mr.Kristelijn给我们介绍了有关情况。该农场成立于1918年，共有10名工作人员，2003年共收入100万欧元，经营上还处于维持水平。1996年前全荷兰有17个这样的农场，之后合并成4个，针对不同地区的自然环境和不同的农作物品种进行试验。这个农场主要对小麦、土豆、萝卜、蔬菜进行试验，共有40公顷土地，不施用农药，他们希望通过努力达到增加产量、减少污染的目标。

这个农场着力开展各种测试服务，主要服务对象分为大学、农会和农场主三个层次，农场每年都会从大学和农会拿到一些试验项目，许多农场主也会到这里进行信息咨询，这些全部是有偿服务。我们还参观了花卉中心，负责人Mr.D.Osinga给我们介绍了有关情况。荷兰共有10000公顷的郁金香，4500公顷百合。我们参观的温室占地25公顷，花卉的园艺生产场所都是大面积玻璃温室，实行无土栽培，供水、供肥、调温、调湿等全是自动化，实行电脑控制，年产值可达到150万欧元。花卉中心作为农协的一个培训中心，负责人Mr.D.Osinga表示非常有兴趣到中国来建立培训机构，也欢迎中国学生前去学习。我们邀请他到杨凌来考察，他愉快地接受了邀请，并希望尽快成行。

我们还参观了Koepen奶牛场，销售经理Mr.Verbeek接待了我们。这里共饲养了300头奶牛，非常现代化。他们致力于培育健康、漂亮、牛奶产量高、品质好的奶牛。这里的每一头奶牛都会有一个终身的编号，各种资料都会存放在电脑中，公司每年会从全球范围选择优质公牛进行人工授精，出售胚胎，同时对公司奶牛进行改良，以保证他们的奶牛都是最优秀的奶牛。在公司会议室里，摆满了公司奶牛的获奖证书，荷兰排名第一的Lucky Milk就是该公司的产品。

我们还顺访了风车村和木鞋加工厂。风车是荷兰的象征，当我们对荷兰围海造田的伟大工程表示由衷赞叹时，接待我们的Bbbink先生自豪地说："荷兰人民每时每刻都在进行着一场战争，和大海的战争。"木鞋则是荷兰人以前最常用的一种鞋，这种鞋非常结实，非常适宜在泥泞的土地中劳动，现在已演化成一种旅游产品。在这两个参观点，我们既领略了优美的环境，又体会到荷兰的传统文化，欣赏之余，不得不佩服荷兰人民的勤劳、勇敢和智慧。

从事了这么多年的农业工作，始终觉得农业是一个弱质产业，但老万却不这么认为。老万是一个土生土长的台湾人，加入荷兰籍已二十多年了，听说我们是来考察荷兰农业时，高兴地说："搞农业很有前途，人总是要吃饭的嘛！"

通过考察，我们认为，我国在以下几个方面可以借鉴荷兰农业产业化的经验：

一是充分发挥比较优势，做强做大优势产业。荷兰农业发展获得成功的一个基本原因就是按照比较优势原则，进行农业资源配置和结构组合，使农业充分发挥了比较优势，实现了比较优势。

荷兰的农业发展坚持从农业的比较优势出发，农业的资源配置和结构组合充分体现了比较优势原则，即对于优势领域就多发展、多出口，对于非优势领域就少发展甚至不发展，用进口来弥补国内消费。在发挥比较优势的基础上，通过进口那些非比较优势产品，满足国内市场的需求，既提高了农业资源的利用效率，又提高了农业的外向度，实现了农业的有效发展。荷兰的日照很少，于是他们就因势利导，减少粮食作物种植面积，建设牧场，发展畜牧业。另外，食品工业作为农业的下游行业，对农业的发展有着巨大的推动作用，在许多农业发达国家，食品工业往往都是第一大产业。

二是高度重视市场体系建设。荷兰的市场体系十分完备，农产品交易系统非常发达，形成了有效的农产品营销制度。农产营销活动紧紧围绕消费者的需求和市场变化进行，以产品链为核心，每一种农产品都形成了自身的产品链，沿着产品链把产前、产中和产后的各项活动联结为一个有机整体。政府十分重视市场体系建设，制定了严格的市场准入制度和公平交易制度，对市场交易活动进行严格管理，为农业一体化经营发展提供了良好的市场环境。阿姆斯特丹花卉市场的规范、便捷、高效就是荷兰市场体系发达的一个缩影。

三是建立发达的农会组织。目前荷兰耕种面积超过3公顷的专门经营蔬菜的农场有150多家，经营花卉的农场有1500多家。小本经营，资金短缺，技术力量薄弱，因此市场竞争能力十分有限。为了壮大市场操作能力，许多农场主联合起来组成适合市场需要的合作组织——农业生产合作社和农业协会。农业协会是更加广泛意义上的农业合作机构，是由农场主和政府有关部门如工业部门或商业贸易部门共同组成的合作性质的农业组织，农业协会不仅是沟通政府与农业生产厂家的有效渠道，而且也是沟通农业生产厂家和销售商的有效渠道，因此，农业协会在发展荷兰现代农业的过程中发挥了非常重要的作用。

四是为农业提供坚实的科技基础。荷兰有着相当发达的农业教育、科研和推广系统，农业教育、科研和推广被誉为荷兰农业发展和一体化经营的三个支柱。政府把发展农业教育、科研和推广事业作为重要职责。农业教育由初等、中等、高等和大学四个层次组成，已经形成了十分完善的体系。除正规农业教育外，荷兰的农业职业教育和技术培训也很发达，培训系统几乎覆盖了农村的每个角落。教育使荷兰农民具有了很高的素质，大多数农民都能讲流利的英语。农业科研由农业实验站、区域研究中心、研究所和大学等部分组成，各自的研究方向和重点不同，分工明确，并相互协作，研究经费充足，设备先进，许多研究领域在世界上享有很高的声誉。研究成果及时推广给农民，很快就转化为生产力。农业科研和推广为农民提供了雄厚的科技支持，科技进步对荷兰农业增长的贡献率已超过了80%，这是荷兰农业具有持续竞争力的根本原因所在。

二

由于此行主要是考察欧洲的农业，因此，前面对荷兰发展农业的情况做了较为详细的介绍，通过荷兰可以让读者初步了解欧洲国家农业发展的有关情况。

接下来的几天，我们在老万的带领下，先后参访了比利时布鲁塞尔、卢森堡、法国巴黎、摩纳哥、意大利罗马、米兰以及梵蒂冈等地。

比利时位于欧洲西部沿海，东与德国接壤，北与荷兰比邻，南与法国交界，东南与卢森堡毗连，西临北海与英国隔海相望，人口1135万，国土面积30528平方公里，是一个高度发达的资本主义国家，也是欧洲著名的洼地国家，是世界十大商品进出口国之一，全国GDP的大约三分之二来自出口。国土面积虽然不大，但各具特色的旅游景点遍布全国。首都布鲁塞尔不仅有闻名于世的滑铁卢古战场，而且也是欧洲联盟的总部所在地。

比利时的农业也十分发达，已实现了高度集约化生产。其农业以畜牧为主，畜牧业以养牛和养猪为主，主要农作物和农产品有甜菜、小麦、蔬菜、家畜、肉类和奶制品。比利时农业主要由大型农场进行操作，畜牧业及肉类和奶制品加工是比利时农业的第一大组成部分，占农业总产值近65%。

20世纪90年代初，随着人们对环境保护的重视和生活质量的提高，欧盟出台了扶持生态农业的具体政策，比利时也随之推出相应的措施。如在饲养禽畜时禁用含添加剂的饲料，禁止在放牧的草场上使用除草剂等。家禽粪便等有机肥的使用也有明确的标准，一旦有关指标超标就要进行惩罚。

在支持农业方面，主要措施有四个方面，一是欧盟，主要负责制定农业公共政策、农产品进出口法律法规、农业生产补助政策，组织研究国家间合作和地区发展战略；二是比利时联邦农业部，主要负责国际性谈判，制定以保护农民利益地位为核心的法律法规，协调公共健康关系和动植物健康关系等；三是地区级农业部，负责地区级农业支持政策的制定与执行；四是省级农业部门，尽管农业在比利时各省的重要性不同，但每个省均有自己的农业支持政策和支持体系，以维护当地农业地位和保证农民利益。

自1850年工业革命以来，比利时农业在国民经济中的比重不断下降，农业劳动力比重自1880年的25%下降到2006年的不足2%，这种状况目前还在继续，且在欧盟其他国家同样存在；农民数量下降的速度比农业总面积下降的速度更快，导致农民人均耕地面积增加；同时，农作物产量成倍增长，农业劳动生产率大幅度提高，比工业革命前提高了30~50倍。农产品自给率大幅度提高，粮食自给率在90%左右。爱诺省是比利时最大的农业省，也是比利时最大的马铃薯生产省，有5000个农户，户均耕地面积达50公顷。

我们在比利时乡间穿梭,大地上遍布着绿色,星星点点的牛羊漫步在绿荫下啃食着青草。阳光下,一幢幢欧式建筑散布在田野上,人们自由闲适地开展生产生活,这就是比利时农庄的写照。

在这里,我还是要向大家介绍一下布鲁塞尔。

布鲁塞尔是比利时首都,位于塞纳河畔,被誉为欧洲最美丽的城市。布鲁塞尔拥有全欧洲最精美的建筑和博物馆,摩天大楼和中世纪古建筑相得益彰。布鲁塞尔有1000多年的历史。在布鲁塞尔南郊,有一片起伏的开阔地,是著名的滑铁卢古战场,1815年法国皇帝拿破仑就战败在这里。布鲁塞尔也是欧洲历史悠久的文化中心之一,世界上许多伟人,如马克思、雨果、拜伦和莫扎特等都曾在这里居住过。

布鲁塞尔是欧洲著名的旅游城市,素有"小巴黎"之美誉。城中有众多的名胜古迹和博物馆,城外有茂密的森林、波光潋滟的小湖和碧草如茵的草地。其中给人印象最深的是布鲁塞尔的"三大件":第一公民小于廉、原子球塔和滑铁卢古战场。景观有滑铁卢古战场、布鲁塞尔广场和Victor Horta博物馆等等。

坐落在市中心的大广场,建于公元12世纪,整个广场呈长方形,长110米,宽68米,地面全用花岗岩铺砌而成,是古代布鲁塞尔市的中心,大文豪雨果称其为"世界上最美丽的广场"。大广场上最醒目的建筑是布鲁塞尔市政厅,它是比利时最典型的哥特式建筑。市政厅对面曾是法国路易十四的行宫,现为国家博物馆。市政厅左侧门上有个天鹅雕像的是天鹅咖啡馆,马克思和恩格斯曾在此共同草拟《共产党宣言》。在大广场北面,竖立着世界著名的"尿尿小童"的铜像,以青铜制成,高60厘米,建于1619年,是个光身叉腰撒尿的儿童,形象逼真。据说500多年前，这位名叫于廉的小男孩一泡尿浇灭了进犯者的导火索，拯救了全市居民，故立此像来纪念他。

三

驱车从布鲁塞尔去法国巴黎，必经卢森堡。

卢森堡位于欧洲西北部，被邻国法国、德国和比利时所包围，是一个内陆小国，也是现今欧洲大陆仅存的大公国，国土面积2586.4平方公里，人口58万，因国土小、古堡多，又有"袖珍王国""千堡之国"的称呼。卢森堡是一个高度发达的资本主义国家，也是全世界最富有的国家之一，国民人均GDP多年以来一直位居世界首位，并常年维持在10万美元以上。同时，卢森堡是高度发达的工业国家，还是欧元区内最重要的私人银行中心和全球第二大仅次于美国的投资信托中心。金融、广播电视、钢铁是其三大经济支柱产业，该国失业率极低，人均寿命80岁。

卢森堡的农业以畜牧业为主，粮食不能自给。农牧业产值约占国内生产总值的0.3%，农业用地13.09万公顷，农业人口约5000人，占全国人口1%，主要农产品有小麦、黑麦、大麦和玉米。

卢森堡人虽然传统，但并不守旧，也不像德国人或瑞士人那么古板。卢森堡人喜欢握手，人们在见面时握手，离去时也要握手。卢森堡人对工作早餐有特殊的偏爱，边吃边聊；假如卢森堡人邀请你去他家进晚餐，给女主人带去一束花或者一盒糖则是应有的礼节。但绝对不要送菊花，对卢森堡人来说，菊花意味着死亡。

卢森堡有许多著名的景点，阿道夫大桥就是其中之一。阿道夫大桥建于19世纪末至20世纪初，是一座由石头砌成横跨卢森堡大峡谷的高架桥，支撑桥梁的拱门左右对称，蔚为壮观。大桥连接了卢森堡的新、旧两市区，游客可以从桥上眺望远处的美丽风景。

在欧盟，卢森堡的汽油价格最为便宜，许多过往的车辆都在此加油。因此，加油站就常常排起了长长的车队。

从卢森堡到巴黎，高速路两旁风光旖旎，十分美丽。老万一边开车，一边给我们介绍当地的自然景观和风土人情，几个小时的车程并不觉得多累。当我们到达巴黎时，已是华灯初上，满目璀璨。

四

巴黎是法兰西共和国的首都，地处法国北部，塞纳河西岸，是法国最大的城市，欧洲第二大城市，面积105平方公里，人口214万。巴黎建都已有1400多年的历史，塞纳河蜿蜒穿城而过，罗浮宫、埃菲尔铁塔、凡尔赛宫、巴黎圣母院、凯旋门等享誉世界的著名景点就在巴黎。巴黎不仅是法国，也是西欧的一个政治、经济和文化中心，巴黎香水素有"梦幻工业"之称。

举世闻名的艺术宫殿罗浮宫，始建于12世纪末，当时是用作防御目的，后来经过一系列的扩建和修缮逐渐成为一个金碧辉煌的王宫。从16世纪起，弗朗索瓦一世就开始大规模收藏各种艺术品。如今，博物馆收藏的艺术品已达40万件。值得一提的是，罗浮宫正门入口处有一个透明金字塔建筑，它的设计者就是著名的美籍华人建筑师贝聿铭。

埃菲尔铁塔，这个在巴黎任何角落都能望见的巨塔，建于1889年，是为当时的国际博览会而建的，建好后遭到很多非议，说是一堆烂铁破坏了巴黎的美。如今，这座曾经保持世界最高建筑纪录四十多年的埃菲尔铁塔成了巴黎最重要的标志。来到巴黎的世界各地的游客都要在这里驻足留影，流连忘返。

凡尔赛宫位于巴黎以西20公里处，原来是王室狩猎的地方，路易十四开始（1682）至法国大革命期间的王宫，以其奢华富丽和充满想象力的建筑设计闻名于世。这也是所有到巴黎的人必到的地方。

享誉世界的巴黎圣母院，建于1163年，历时400年完工，是哥特式教堂的代表作。巴黎圣母院内部装潢严谨肃穆，彩色玻璃窗设计引人，飞扶壁及怪兽出水口惟妙惟肖。凯旋门地处宽阔的戴高乐广场，这里是香榭丽舍大街的尽头，从戴高乐广场向四面八方延伸，有12条大道，凯旋门就耸立在广场中央的环岛上面。这座拱门是在拿破仑时期1806年由夏尔格兰负责动工修建的，建成于1836年。根据拿破仑的命令，它被用来纪念法国大军凯旋。凯旋门高50米，宽45米，凯旋门的每一面上都有巨幅浮雕。建筑物里还有一座小纪念馆，馆内记载着这座纪念性建筑物的历史。在这里，游人可以看到558位将军的名字。

巴黎香榭丽舍大街的时装店和化妆品店给人感受最深的是这些店似乎并不是在销售商品，而是在引导潮流。游客要特别小心那些密布在著名景点旁边的纪念品、工艺品店，相同的货在不同的店会相差很大价格，少的差上30%～50%，多的竟然差上一倍，而且有不少纪念品实际上就是"中国制造"。

我们来到这里时，正好是圣诞节前夕，巴黎的节日气氛十分浓郁，大街小巷到处是熙熙攘攘的人群。在一些商店里，有的游客整箱整箱地购买香水和时尚的化妆品，服务人员手忙脚乱，应接不暇，但脸上始终洋溢着笑容。

巴黎是浪漫之都，也是艺术之都，更是鲜花之都。无论是在房间里、阳台上、院子中，还是在商店里、橱窗前和路边，到处都有盛开的鲜花，到处都有迷人的芳香。至于那五彩缤纷的花店和花团锦簇的公园，更是常常让人驻足观赏，流连忘返。

下来说说法国的农业！

法国不仅是一个工业大国，也是一个农业大国，其农产品出口长期居欧洲首位。

在二战以后短短四十多年的时间里，法国就实现了由传统农业向现代农业的转变。到20世纪80年代，法国从传统农业转变为现代农业，成为世界农业最发达的国家之一。在农业现代化过程中，法国面临的第一个突出矛盾是人多地少，土地分散和农场经营规模小。政府先后出台了一系列措施推动土地集中，促进规模经营，为农业机械化提供条件。为转移富余劳动力，法国政府根据1962年的农业指导法补充法，设立了"调整农业结构行动基金"，70年代初又设立了"非退休金的补助金"，给年龄在55岁以上的农民一次性发放"离农终身补贴"，鼓励到退休年龄的农场主退出土地；同时，鼓励部分青年农民到工业、服务业去投资或就业，政府给予奖励性的赔偿和补助；其他青壮年劳力由政府出钱进行培训后再务农。

法国鼓励土地集中和联合经营，政府规定农场继承权只能给农场主的配偶或有继承权的一个子女，其他继承人只能从农场继承者那儿得到继承金。推出税收优惠政策，鼓励父子农场、兄弟农场以土地入股，联合经营；对农民自发的土地合并减免税费，使农场规模不断扩大。政府组建"土地整治与农村安置公司"，拥有土地的优先购买权，通过贷款从私人手中购买土地，把买进的低产田以及小块分散土地集中连片，整治成标准农场后低价出售给有经营能力的中型农场的农场主。

政府的参与和引导，大大加快了土地集中的速度，促进了农场经营规模的扩大。到2003年，农业人口占总人口的比例由40%减少到2.2%。在促进规模经营的多种方式中，租赁经营成为主要方式，目前，法国60%以上的农业用地是以租赁方式经营的。

在促进农业机械化方面，通过补贴等方式鼓励农民使用现代化农业机械。政府为鼓励农户购买农业机械及配件，给予20%～30%的补贴，为农场提供25%的乡村道路建设补贴。同时，鼓励建立共同使用农机设备的合作社，促进农业机械化；积极发挥农业协会组织的作用，主要依靠发明者和制造商通过农业协会等民间组织，利用电视和专业报纸等媒体发布公告向农民宣传推荐，以此推广农机化新技术。

在农业科技推广方面，法国建立了数量众多且类型各异的农业科研机构，拥有庞大的农业科技人员队伍。国家农业研究院现有工作人员近1万人，年度预算达30多亿法郎，其主要任务是为法国农业现代化提供基础研究和应用研究，内容涉及从国土调查到各种高科技在农业中的应用。国家和地方政府、农业行业组织和工业企业都从各自不同的角度共同参与农业技术的推广和普及，全国形成了一个农机、农药、化肥、良种和先进农艺的立体推广网络。

法国非常重视提高农民素质。20世纪60年代以后，为了适应农业现代化发展的需要，法国通过各种措施推动农业教育，提高农民素质。他们建立以中等农业职业技术教育、高等农业教育和农民成人教育为主要内容的农业教育体系，培养农林牧等各个领域、各个层次的人才。除了正规农业院校教育外，法国每年还有10多万农民接受职业培训。此外，一些协会也承担对青年农场主的培训，安排青年农场主到其他国家和地区实习一到两年，以学习先进的农业生产管理和技术。同时，对从事农业经营者提出一定资格要求。法国政府规定：农民必须接受职业教育，取得合格证书，才能享受国家补贴和优惠贷款，取得经营农业的资格。相当于高中一年或二年的"农业职业能力证书"和"农业职业文凭"持有者，只能在农场或农业企业中当雇工；具有高中二年以上学历的"农业技师证书"持有者，或通过农业职业和技术会考的学生，才有资格独立经营农场。法国有的农场继承人在接受基础教育之后，还要再上5年农校，并经过3年学徒期，考试合格并取得绿色证书才有从事农业经营的资格。足见在法国当农民也是一件不容易的事情。

五

在法国去往意大利途中，要经过许多大大小小的城市，但给我留下印象最深的有两个地方，一个是尼斯，另一个是摩纳哥。

尼斯位于法国东南部地中海沿岸，属于阿尔卑斯山的东南边缘，是法国第二大旅游城市，也是欧洲乃至全世界最具魅力的海滨度假胜地之一，每年到访旅客数量超过了400万，是这座城市人口数量的近10倍。尼斯属于典型的地中海气候带，终年温暖。

全长3.5公里的滨海大道，汇集了众多饭店、购物中心和海滩区。海边豪华别墅比比皆是，昂贵商品和艺术气息的交织使尼斯形成富丽堂皇与典雅优美的独特美。因此，尼斯被人称为"世界富豪聚集的中心"。

来到这里时已是下午，我们下榻的酒店就在海边，许多游客躺在海边沙滩上享受日光浴，温润的地中海风吹拂着脸庞，惬意舒适。

从尼斯驱车赴意大利罗马，必经摩纳哥。摩纳哥是欧洲三个公国之一，也是世界第二小的国家（面积最小的是梵蒂冈），总面积为2.02平方公里，全国总人口为7.5万多人。摩纳哥地处法国南部，全境北、西、东三面皆由法国包围，地形狭长，东西长约3公里，边境线长4.5公里，海岸线长5.16公里，为世界上少有的"国中国"，也是世界上人口最稠密的国家之一，是个典型的袖珍国家。摩纳哥是一个高度发达的资本主义国家，国民极其富裕，是全球富豪最集中的地区之一，同时也是世界上人均收入最高的国家之一。由于地域狭小，摩纳哥主要以博彩、旅游和银行业为主。摩纳哥的街道几乎仅能容纳一辆车子单向行驶。让人赏心悦目的是，街道虽然逼仄，但街道两旁的居民门前台阶、阳台、窗台上到处都摆放了盆栽的花卉，阳光下，各种颜色的花朵竞相开放，争奇斗艳，万紫千红，把一座袖珍城市装扮得十分美丽俊俏。

六

经过几个小时的长途跋涉，我们来到意大利米兰。

米兰，因建筑、时装、设计、艺术、绘画、歌剧、足球、商业、旅游、制造业等闻名于世。米兰是意大利最发达的城市和欧洲四大经济中心（法国巴黎、英国伦敦、德国柏林、意大利米兰）之一，是世界时尚与设计之都和时尚界最有影响力的城市，是世界历史文化名城、歌剧圣地、艺术之都。欧洲著名足球队AC米兰足球俱乐部、国际米兰足球俱乐部历经了百年风风雨雨，发展成为今天世界上顶尖的足球豪门。

米兰是世界公认的四大时尚之都之一，汇聚了众多世界时尚名品，如阿玛尼、范思哲、普拉达、杜嘉班纳、华伦天奴、古奇、莫斯奇诺等。米兰时装周是世界最为重要的时装周之一，有世界时装晴雨表之称。

在米兰，主教大教堂是世界上最大的哥特式建筑，始建于1386年，完成于1813年，马克·吐温称之为"一首用大理石写成的诗歌"。这座教堂曾举行过拿破仑的加冕礼，也让达·芬奇为其苦思冥想。更有甚者，为了这座教堂，达·芬奇还发明了电梯。如今，这座教堂已经不仅仅是宗教精神的象征，更是时尚的象征，意大利的象征。

在米兰稍事休息后，我们继续驱车前往意大利首都罗马。

意大利首都罗马是有着辉煌历史的欧洲文明古城，罗马帝国时期中国正处于东汉，而东汉延伸到欧洲的丝绸之路，首次将中国和罗马联结起来，东汉时罗马人第一次来到了中国，顺着丝绸之路来到了东汉京师，也就是丝绸之路的起点洛阳，所以一直有着"东洛阳、西罗马"的说法。

在罗马城区，最为著名的当属古罗马竞技场和许愿池。公元80年建成的这座雄伟的古罗马竞技场，堪称公共建筑的楷模。在这里，人们可以看到古罗马建筑最基本的结构和最伟大的成就之一：拱券结构。据介绍，竞技场设计了宽敞的阶梯和走廊，并设计了80个拱门，每一个拱门的入口处都标有数字，方便让观众很快找到自己的座位，可以让5万人于10分钟内进入剧场内坐定。这样的设计即使在今天也算是很先进的。竞技场的功能性设计也非常合理，角斗士从何处出入，在哪里休息，猛兽关在哪里，死伤者从何处抬出，都有清晰的分布。

罗马的许愿池也是全球最大的巴洛克式喷泉，池中有一个巨大的海神，驾驭着马车，四周环绕着西方神话中的诸神。在远古时代，出征的罗马男子会来到许愿池旁投下一枚银币，祈祷自己能凯旋。很多游客在喷泉边排着队往里抛硬币就是被这座城市迷住了的证明。

意大利是一个高度发达的资本主义国家，是欧洲四大经济体之一，共拥有48个联合国教科文组织评定的世界遗产，是全球拥有世界遗产最多的国家。北部有波河平原，土壤肥沃，农业发达。

意大利属地中海农业，农产品主要以小麦和大麦为主，其次是燕麦和玉米。葡萄、木本作物油橄榄以及无花果是该地区广为种植的经济作物，饲养的牲畜有绵羊、山羊和猪。农业产值占意大利国内生产总值的3%。北部地区的农业主要生产粮食、甜菜、大豆、肉类和奶制品，南部地区专门生产小麦、水果、蔬菜、橄榄油和酒。尽管多山的地形不适宜农业种植，但是该国仍有140万人从事农业。

意大利的农场接近300万个，每个农场的面积为7公顷。长期以来，由于农场主对种植农作物的兴趣越来越小，耕地面积呈不断下降的趋势。意大利是欧盟最大的大米生产国，每年生产的碾米中约有70%用于出口。随着国内生产量的不断下降，意大利目前所需小麦中约有60%依靠进口。

"国中国"梵蒂冈位于罗马市区的西北角，四面被意大利所"包围"，是全世界天主教的中心。与世界上所有国家不同的是，这个国家境内没有田野、农业、工业、矿产资源，国民的生产生活必需品，譬如自来水、电力、食品、燃料、煤气等，全部由意大利供给。作为世界六分之一人口的信仰中心，梵蒂冈面积仅有0.44平方公里，是世界上面积最小的国家，也是人口最少的国家之一。据统计该国仅有572人，只有223人真正生活在梵蒂冈。这个国家没有工农业生产，也没有军队，仅有一支人员寥寥无几的警卫队在负责国家的安全工作、保卫教宗的安全和参加宗教仪式。财政收入主要靠旅游、邮票、不动产出租以及教徒的捐款等。梵蒂冈圣彼得大教堂位于广场西侧，16世纪教皇朱理二世决定重建大教堂，工程于1506年动工，重建工期长达120年，1626年11月18日宣告落成。教堂建筑总面积2.3万平方米，最多可容纳6万人，是目前世界上最大的教堂。由于教堂设计融合了对称美学、透视美学、比例学等原理，具有高度的科学性，外观给人的视觉和谐而庄重。教堂设有5个门可以入内，但其右侧的"圣门"每25年的圣诞之夜才开启一次，一般游客很难遇上那样的机会。

在意大利东北部著名的旅游城市威尼斯，我们领略了"水城"的风姿。

威尼斯曾经是威尼斯共和国的中心，是13世纪至17世纪末一个非常重要的商业艺术重镇。它位于亚得里亚海滨，四周环海，这座世上独一无二的水上城市，风光旖旎，城内历史古迹比比皆是，是一座风景如画而又古韵十足的历史名城。威尼斯离不开"水"，蜿蜒的水巷，流动的清波，宛若含情脉脉的少女，眼底倾泻着温柔。威尼斯有着"因水而生，因水而美，因水而兴"的美誉，享有"水城""水上都市""百岛城"等美称。

威尼斯由118个岛屿组成，只有西北角一条长堤与大陆相通，全城有117条纵横交错的大小河道，用400多座桥梁把他们联结起来。威尼斯始建于公元451年，迄今已有1500多年的历史了。

威尼斯风光秀美，古迹甚多，是驰名全球的旅游胜地，每年游客达500万人以上，旅游业使这个仅有36万人口的中等城市变得十分富有。威尼斯是世界著名的历史文化名城，其建筑、绘画、雕塑、歌剧等在世界有着极其重要的地位和影响。城内没有汽车和自行车，也不见交通红绿灯，所有交通工具都是明令禁止的，"贡多拉"就是威尼斯最具代表性的水上代步小船。威尼斯是中、意两国人民的友好使者马可·波罗的故乡。为了使中意两国人民长期建立起来的友谊长存，1980年3月，威尼斯和我国的苏州市结为姊妹城市。

这里的所有景色都离不开水。我们乘坐小艇在威尼斯的"水路"上徜徉，眼前的景物似乎全被水占了去。老万说，圣马可广场最美丽的时候是涨潮的时候，一片潮水如同在广场铺上一面巨大的镜子，将所有建筑像镶嵌在水晶或玻璃中间，显得格外光彩照人。加上周围咖啡馆的露天陈设，游人们鲜艳的衣着，五光十色，上下辉映，形成了一幅极其迷人的图画。

梵蒂冈和威尼斯都没有农业，旅游是其支柱产业。

2004年12月16日,我们结束出访,顺利返回国内。此行虽然考察任务安排得满满当当,常常早上五点钟起床,晚上12点才能到达下榻的酒店,但没有人叫苦叫累。

回国途中,我认真梳理此次出访的点点滴滴,虽旅途劳顿,但收获颇丰。考察团既考察了欧洲的现代农业,也了解了当地的风土人情。大家深深地感到,我国农业现代化发展任重道远,农业领域的国际合作与交流还需不断加强,"走出去""引进来"的任务还十分繁重,希望此访成果能为我国现代农业发展增添一份绵薄之力。

第二辑 艺苑风景
YI YUAN FENG JING

创作于2012年秋

史实与艺术

在我国影视艺术创作中，曾出现过许多以历史事件为题材的优秀影视作品。40集电视连续剧《唐明皇》就是其中的优秀作品之一。

在历史剧的创作过程中，对当时人物的塑造能否做到客观而公正，是对编导艺术水准、文化修养诸方面的考验。《唐明皇》在对高力士其人的塑造中就遵循了客观公正这一原则。

高力士是唐代历经武则天、中宗李显、睿宗李旦、玄宗李隆基四朝的宦官。由于人们对宦官集团的鄙视，高力士往往以丑角形象出现在舞台上，而事实上高力士是一个出身将门，胸怀韬略，一生屡立奇功，身兼文武一品要职的风云人物，多次在国家危急关头参与决策，并亲临战场屡建大功。他多次犯颜进谏唐明皇，遏制了安禄山、李林甫、杨国忠的权力和野心，为加强中央王权，巩固"开元盛世"做出了很大贡献。纵观唐明皇一生，与其安乐者居多，而与之荣辱与共、生死相依者只有高力士一人，残酷的历史现实使唐明皇临终之前做出只让高力士一人陪葬的悲痛选择，这也是给高力士的一种至上殊荣。

由是观之，高力士一生并无专权祸国、残害忠良等罪行。《唐明皇》一剧并没有像过去一些戏剧、小说那样出现高力士残害李白等情节，这对历史剧尊重历史起到了很重要的作用。

电视剧《唐明皇》人物众多，事件纷繁，其主要人物形象的塑造基本上反映了历史的真实。如杨贵妃，生于蜀，由任河南府士曹参军的叔父杨玄璬收养，因色艳绝，且善歌舞，智谋过人，被册封为王妃，唐明皇看中她后让其自请为女道士。姚崇向唐明皇建言十事，力主灭蝗，荐宋璟为相。张九龄主张杀败将安禄山，武惠妃密遣牛贵儿要张九龄陷害太子瑛遭其拒绝，唐明皇赐张九龄白羽扇，被贬荆州长史。王皇后参与诛韦后密谋，不育，色衰后被废为庶人。高力士幼年入宫为太监，倾心侍奉李隆基，开元初任右监门卫将军、知内侍省事，并为皇上物色寿王妃杨玉环等等。

但是，历史剧要达到艺术与历史的统一，需要必要的艺术虚构。《唐明皇》一剧中不乏虚构的情节。如唐明皇吃蝗虫，打马球时追寿王妃到林中，在道观中欲亲近杨玉环，等。此外，像太平公主在中宗死后，大闹宫闱，宁死不屈自刎南山，李林甫与舅妈关系暧昧等，在史书中均无记载，均系编导在创作中的艺术虚构。

应当指出，《唐明皇》的编导在艺术创作的同时，不忘历史地、客观公正地塑造历史人物，这一点应当肯定。当然，《唐明皇》也有所失。如不厌其烦地"上朝""退朝""三叩首""平身"和三呼"万岁"等大小场面的描写，完全程式化了，镜头语言未能创新，手法单一。对女主角杨玉环的塑造也似有失。如杨玉环在斗鸡场上躲进父皇李隆基的怀中，微服野游和私观元宵灯等戏中，杨玉环的"开放"，过于现代化。第26集吃荔枝一场戏中，杨玉环贪馋的情景，很难使人把她同贵妃娘娘联系在一起。同时，剧中过分地展示唐乐舞场景，使整个电视剧紧凑、热烈、完美的艺术效果受到影响。

但不管怎样，《唐明皇》毕竟是我国反映唐朝兴盛时期政治、军事、文化的一部大型电视连续剧，有许多成功的方面可供影视界的编导们借鉴。我们希望有更多的寓教于乐、雅俗共赏，既可以了解历史，又可以欣赏艺术的影视作品不断问世，以繁荣我国历史剧的创作，满足广大观众的精神需求。

1993年8月

枣花变了

枣花变了。

大凡看过"农村三部曲",电视连续剧《篱笆·女人和狗》《辘轳·女人和井》和《古船·女人和网》的观众不曾忘记,剧中的枣花是个忍气吞声,爱打肚皮官司,爱憋气的道地农村妇女形象。说她"变了"的人自然有自己的道理。这是因为不久前枣花在电视剧《莽塬》中"当"上了人民代表,替一名农村妇女申冤。昔日受尽磨难的善良的枣花变成了刚烈、执着的人民代表吴玉梅。

枣花虽然变成了吴玉梅,但最终她还是她,生活中的吴玉华。

吴玉华扮演枣花、吴玉梅时特入戏,以至观众丝毫看不出她城市人的影儿。她出生在西湖畔一幢小楼里,农村经历很简单,1976年高中毕业,上山下乡到了浙江富阳县新联公社周公坞大队。1978年,北京电影学院和中央戏剧学院招生,玉华为之心动,北上京城参加考试,竟然落榜。既然未录取,只好回去当社员。屋漏偏逢连阴雨。就在返回农村那天,天下着雨,风好大啊！天黑回到村里，浑身都淋湿了。知青点上的知青，全部返城了，知青住的两排房子全黑着灯。她开了门，一条小蛇掉到她身上，她吓得往床上跑。上了床，被子里一窝小老鼠吱吱地直叫，她好害怕，好想哭，可哭给谁听，只好坐到天亮……

但她终于没有被生活抛弃。中央戏剧学院教师金乃千慧眼识珠，亲自为她奔忙，不久，她成了珠江电影制片厂的演员。后来，她考上了军艺，成了学校的高才生，毕业后分到了南京军区，成了全军区出色的话剧演员。

两年后，她成了同班同学汪俊的妻子。汪俊曾在电视连续剧《杨乃武与小白菜》中扮演了一肚子坏水的刘公子。汪俊考上了中央戏剧学院导演系研究生后，吴玉华也来到北京，正好被《渴望》导演选中，就辛辛苦苦做了九个月的肖竹心。

吴玉华曾这样评价自己："我在父母眼里，是个任性的孩子；在爱人眼里是个不讲理的妻子；在朋友眼里是个嬉笑怒骂'气死人不偿命'的主儿；在观众眼里因枣花而成了逆来顺受的受气包。搞不清哪个真，哪个假……人们似乎已无法接受生活中的我了。"

不久前，《莽塬》剧组赴陕北及韩城等地拍摄外景，引来许多人围观，人们都想目睹枣花的风采。但他们后来发现枣花被人唤为"吴玉梅"，给众乡亲说公论理，没有一丁点的做作，心里就长长出了一口气，脸上也绽出了笑容。

这就是吴玉华。

这就是枣花、吴玉梅。

1993年5月

琳琳的故事像首歌

琳琳是个永远也长不大的女孩。

琳琳的本名叫刘琳,琳琳是她的艺名。现在她就坐在我们的面前,乍看,纯情如水的面孔使人怀疑她是个生长在北方的女孩呢!但琳琳的确是从西安杀出去的"新星",她曾使京城的天空很是灿烂了一阵。当我们一边坐喝淡茶,一边聊天,一边又从她摆弄的耳机中欣赏她甜美的歌曲时,她的生活轨迹也似乎融入了这婉转悠扬的乐曲中了,使人联想到夕阳下的木屋顶上,那只快乐的鸟儿正在吟唱着一曲古老的歌谣!

琳琳少时有两大心愿。一是过年。过年就像做神仙,穿新衣戴新帽放炮仗,站在大兴安岭白茫茫的雪原上尽情地呐喊,抑或和同伴堆个雪人儿在雪地里滚爬上半天。二是唱歌。她喜欢唱歌,就如马儿想吃那嫩嫩的苜蓿,是一种无法阻挡的魅力,是一种理想。琳琳7岁时,妈妈的医院举办"三八"妇女节联欢会,她哭闹着要去。去了也就罢了,偏像个小大人似的和主持节目的阿姨聊天。阿姨就问:"琳琳,你会唱歌吗?"琳琳答:"会的。"阿姨就让她上了舞台。当那一曲《泉水叮咚响》从她那稚嫩的小喉咙里唱出来时，全场的掌声有如长白山的风从松柏树林里刮过。这使她激动得跳了起来。她接过妈妈单位奖给她的毛巾、书包时，好高兴。但她没有新衣服穿，自己的心儿就给自己闹了别扭。

琳琳不久就上了学。能唱歌的琳琳偏让老师把她分到了舞蹈班，她在一心一意地跳舞时还哼着歌儿，于是成就了她如今亦歌亦舞的本领。1984年，小琳琳随父母离开了她生活了十余年的东北鞍山，来到西安。在这里，她遇到了音乐家王莹和作曲家夏正华两位导师。从此，她开始在歌的世界里自由翱翔了。

琳琳是个很有才气的女孩。她在西安冶院读书时一连摘取了三届陕西省大学生流行歌曲比赛三等奖、二等奖、一等奖，她这才发现自己的爱好本就是自己的追求。她开始渐渐懂得唱首歌很容易，但要唱出歌声背后的灵魂就不那么容易了。大学毕业后，她孑身来到北京。她不再追求艳丽的服饰和变幻不定的发型，而是铆足了劲儿去钻研音乐。不久，由她自编自唱自己配器的《琳琳的故事像首歌》《想飞的心》等十多首歌曲在北京一炮打响。北京电视台播出了这些倾注了她多年心血的歌曲后，著名作曲家徐沛东连连点头，说，这小女孩真是吃出没看出啊！

琳琳后来的发展真让人没看出啊！她在与萤火虫乐队合作赴全国各地演出的同时，还先后在中央电视台第56期《综艺大观》、"九五倒计时"晚会、北京电视台春节联欢晚会中露脸，赢得了观众的好评。凭着才气和天赋，她又先后在十集电视剧《森山热土》《都是相识人》《晨雾钟声》以及电影《越南姑娘》中扮演军嫂、公关小姐、保姆和歌手，得到了观众的喜爱。

导演们评价说，琳琳的演技绝对在唱歌之上。

但琳琳还是迷恋着歌曲。她独处时常常心下作想，中国的体育能走向世界，为什么中国的音乐和歌唱家在世界舞台上没有留下深深的足迹呢？于是她便苦苦地做着伟大的歌唱家、音乐家的梦。她始终认为，音乐是圣洁的，作为一个热爱音乐的人，心灵上应当一尘不染，把美和爱奉献给广大的音乐爱好者，美化人们的生活，陶冶人们的情操，让世界处处充满温馨和欢乐。

琳琳还小，才二十出头。

琳琳的故事才刚刚开始……

1995年10月

一路歌舞到天涯

袁源是个"两栖"演员,他原本专攻舞蹈,不知怎的就迷上了唱歌。这一唱就靠着迷他的观众在歌坛有了名气。

袁源唱歌,属于极投入的那一类。那年冬天,他在武汉演出,一曲唱完,有十数人喊,"袁源!再来一首!"他再唱一首。完了又有数十人喊着还想听。袁源为难了,后面还排着节目呢。这时,舞台指导在侧幕打了个手势,"接着唱!"袁源便又来了一首劲歌,歌曲铿锵,舞姿优雅,引得全场激越,许多观众不禁和着节奏击掌,声如阵雷,剧场沸腾。一曲终了,袁源已是头冒热气,脸映汗珠了……

先后与刘晓庆、肖亚、茅善玉、车继玲等明星同台演出过多次的袁源,在接受记者采访时,显得干练沉稳,脸上有些疲惫,可又压抑不住眼里透出的灵气。

袁源今年只有22岁,去年他加盟广东银鹰歌舞团,彻底"砸"了自己的"铁饭碗"。四季颠簸,整日歌舞,就成了他生活的主要内容。一日数场演出,其辛苦程度可想而知。记者问:

"累不?""累!"袁源直来直去,"可是乐在其中。我在唱歌跳舞的时候,思想进入一种超脱境界。在这种境界中沉浸,本身就是一种快乐。"

袁源是从陕北黄土高原走出来的后生,幼时在一家豫剧团接受早期艺术磨砺,光是练功用的高椅子就不知压坏了多少把。回首往昔,他深深感谢那些给他艺术启蒙的师长们。他自称是个流浪者,一个酷爱艺术,为艺术而流浪的人。厚实的黄土塬也给了他不懈追求事业最高境界的力量。歌舞余暇,他的大多时间都用来观摩歌星演出录像,听录音,拜访名家,琢磨着怎样将别人的长处学到手。在团里,常能听到老师们说:"这后生将来有大出息。"袁源听了却不癫不狂,只微微一笑。

1993年11月

"一黑到底"亦风流

袁耀军给人的第一印象是不够潇洒,这便难以使人把他同作家、导演联系起来。

您瞧瞧,40岁——马上要跨越发福的年龄了,他却不魁不壮,还略显赢弱,全身寻觅不到一丝文人的书卷气,疏稀而微卷的头发紧贴着头皮,掩盖了那智慧的脑门。能引人的则是那充满灵气的双眼和一米八的个头,还有那憨厚的微笑了。

他如约坐在我的面前时,显得很疲惫。他一边大口大口地吐着烟圈,一边"哧溜哧溜"地呷着浓得不能再浓的茶水,俨然一副无可奈何的样子。看得出,接受采访对他来讲真是一个"苦差"。

谈什么呢?我顺着他的思路,倾听他对陕北高原那一方养育他的热土的爱恋,倾听他那坎坷的工作和生活经历以及他那富有情调的丰富想象……

二十年前,他在陕北吴起乡下一个贫苦山村从一个放牛娃成为一个矿工,第一次走进矿区时,如山的煤,如漆的黑色震撼了他那稚气未脱的心灵。在地处渭北高原的蒲白矿务局成千上万名普通工人中，他的淳朴诚实得到了领导的赞赏和工友们的信任与钦佩。他感悟事物的灵性和勤奋求学的孜孜精神，使他从工人、教师、宣传干事、工会干部直至当上干部科长，一步一个脚印，成了矿上颇有名气的"笔杆子"。

黑色的氛围修炼着他的悟性，也无时无刻不熏陶着他的灵感，在那里，他奉献出了金色的青春，感性的触及终于使他从理性的升华中觉悟到自己的浮躁和困惑。他胸中涌动着一段黑色的旋律，萦绕在心头的工友们憨态可掬，永远都不会有什么恶意的笑骂，同时也沉淀着社会生活中污垢、肮脏的灵魂和世俗的偏见，黑色的梦幻在他凝重放大了的瞳孔里开始放射出燃烧的火焰。

他终于用中国的方块汉字筑垒起一块块催人泪下的方阵。

"袁耀军这小子神了！"昔日的哥们儿开始四处打听，"写小说的那个袁耀军是不是当年从陕北招来的那个'傻大个'？"

他清楚，触及他心灵的绝非可以用《黎明属于她》《爱的迷惘》等几十万字可以表达出来的。中国经济体制改革的浪潮又在他心中萌动了一股不可阻挡的暖流，"煤大头"挚热的追求在他胸中蕴成了一个不解的结。他把自己关进了与地位、金钱绝缘的斗室，他要利用现代最具感性效应的传播工具为他身边的人物涂朱抹彩。三年之后，一部描写煤矿工人生活的电视剧本《黑色的旋律》在《电视剧》杂志上受到编辑特别推荐。

第一次读到这样一部"煤矿文学"，行内行外的读者被那精巧的构思和跃然纸上的一个个人物形象所感动。陕西一位有眼光、有影响的电视剧编辑，用不一样的眼光注视这个普普通通的陕北后生，并倾注了极大的心血欲爆"冷门"，可拍摄经费在哪里呢？

袁耀军处在苦闷和窘迫之中，他脑海中一个个呼之欲出的人物形象折磨得他整日躁动不安。他灵机一动，怀揣剧本，马不停蹄地跑遍了陕西四大统配煤矿，向大大小小的官员们介绍作品，倾吐心声。然而，他失望了。他感到这种失败要比他两年15次下矿井与工人们同吃同住同劳动还要闷得慌，头一次感到了为"煤大头"正名而低三下四装孙子却不被人理解的苦楚。

吉人自有天相。1991年初春的一天，袁耀军踏进了陕西地方煤炭供销公司经理郭龙祥的办公室，想找这位煤矿行业响当当的企业家诉诉苦。谁料他的苦还没诉一半，就使同样身临绝境的郭龙祥深受感动，"甭说了，干！就是砸锅卖铁，咱也要让世人看看咱们'煤大头'的世界。"

一语惊天。这位粗犷的塞外大汉"圆"了袁耀军的梦。后来他们把这种形式叫作"企业与文化的联姻"。但他们仍然犯难，拍电视一动机子就要钱，这区区几万资金只能塞个牙缝。怎么办？袁耀军横下一条心，干！他亲任导演，大胆地把许多煤矿职工作为演员推上了屏幕，生活中的矿长、工程师、经理、局长、县委书记以及他们的家属都在剧中扮演了角色，作为总策划的郭龙祥忙里偷闲，在剧中也扮演了煤炭局长的角色。演员们把生活中的真实感受经过艺术处理，使全剧构成了一幅真实而又丰富多彩的煤矿改革的风云画卷，而不再是干巴巴的台词和场景，不再使镜头局限于井口、巷道和单一的矿灯、矿帽。

《黑色的旋律》在陕西电视台播出后，一炮打响。观众对它的认同使袁耀军和他的"难兄难弟"们心中有了些许慰藉。

文艺界、新闻界，特别是影视圈内的朋友开始用新的眼光审视这位后来居上的青年作家。但他明白，如果没有自己几年前拍摄《马桂仙与牛毛蛋》《铁魂》等电视剧所积累的经验，又何尝有今天的成功。他用严肃的眼光批判和反思自己过去作品的得失。他明白了，为什么拍摄《黑色的旋律》时，演员整天喝着永远也澄不清的煤渣水而毫无怨言，矿区女青年心甘情愿把自己将要结婚用的席梦思床献给剧组做了道具而分文未取，张矿长深夜集合二三百名群众演员牺牲休息时间无偿参加拍摄……他深深地体味到了艺术来源于生活的重要性。真实的生活，使他与煤矿上上下下同舟共济，4集连续剧仅仅花费了9万元，而不是当初"行家"们预计的16万元。

生活给他的馈赠是丰富的。不久前，《黑色的旋律》在全国第三届"乌金奖"影、视、戏剧、广播剧评奖中荣膺"繁荣奖"。成功之后的袁耀军并未感到满足，因为在他的胸中酝酿了数年之久的形形色色的人物形象仍激励着他的创作欲望。目前，他已完成了反映烟草行业改革的八集电视连续剧《热血》分镜头剧本，只待开机拍摄。他的笔触又延伸到与他结下不解之缘的煤炭行业，开始"黑色三部曲"中《黑色的使者》和《黑之魂》的创作。看来，他给朋友们夸下"一黑到底"的"海口"，有望在两年内实现。

1993年4月

画说曹明华

如果说，世间的万事万物永远都像虾与齐白石、牛与李可染、驴与黄胄一样，不会孤立存在的话，那么，这其中的渊源和奥秘，谁能否认那便是探索和追求的缘故呢？

初闻曹明华在京举办画展轰动了京华，我委实有点吃惊：他不是一门心思在当他的陕西石油公司副总经理么，却怎么转眼间变成了一位画家呢？

沿着他那艰难而又踏实的足迹，便可略见端倪。他是个"走穴"画家，上大学读的是财经，供职的是石油管理企业。凭着勤奋和韧性，他终于在中国花鸟画方面取得了引人瞩目的成就，得到了许多画坛老前辈的肯定和赞赏。

曹明华生在江南水乡，自小生性聪颖，感情丰富，酷爱丹青，早年拜松江著名画家陈白荷先生为启蒙老师。当他从上海读完大学，浑身带着江南繁盛之地文化艺术熏陶的浓厚深情来到古都西安时，他发现自己的画作是何等的渺小和幼稚，以至于时时感到一种无名的困惑。

那时候他才二十来岁，追求艺术的狂热使他开始在8小时之外拜师访友。在西安，他先后与著名画家蔡鹤汀、叶访樵、康师尧、陈之中、张范九等先生成了忘年之交。老师的启发和教授使得他的绘画技艺开始有了质的飞跃。他在承袭早年恩师陈白荷先生洗练、淡雅的艺术基调上掺入了大西北刚健苍劲的特点，同时对青藤、白阳、八大、石涛以及吴昌硕、任伯年、齐白石等大师的技法进一步研究揣摩，从而更加丰富了自己的艺术素养。

也许是中国悠久的历史文化熏陶造就了国人崇尚传统文化的心理，梅花超凡脱俗、温文尔雅的君子风度以及中国传统的梅文化，在不断丰富和激发着明华先生艺术创作的情趣和灵感。他不再满足于花鸟虫鱼的涂涂抹抹，开始潜心研究"不是一番寒彻骨""众芳摇落独暄妍"的梅花。但他深知，要在继承传统的基础上创新，在创新的基础上吸收传统，创作出能够体现时代精神风貌的作品，远比摄取生活物象中新的题材要困难得多。立意不新，感情不专，技法和观念不新，都很难引起人们的共鸣。

他开始痴情地迷恋梅花。为了写生，他利用出差的机会，遍览神州各地名梅，眼看心记手写，梅花的形象在他的笔下开始有了神采和新意。他在临习、研究古代画梅名家传统技巧的基础上，深刻领悟名家的风格特点，如王元章之清逸，刘雪湖之苍劲，金冬心、陈老莲之高古，李方膺之雄健，从而为他后来在画梅技法上突破传统打下了敦实的基础。由此感悟而生的特殊情感，为他塑造了一种完整的精神境界。他认为，绘画到了极处，并不是画技法，而是在画作者自己的修养、气质和品格，使作者进入到画品与人品二者缺一不可的思想境界。

明华先生写梅，与其说是为梅花写意传神，倒不如说是借梅叙意抒情。书画名家张范九先生曾评价明华的画有三新：笔墨新、技法新、意境新。他在画梅用笔上采取了"欲直故曲、曲中求直"的画法，并在行笔时掺以篆刻情趣，线条顿挫有力而富于变化。近年来，他采用长锋羊毫的勾线笔法用以画梅，虬枝老干全用线勾，使梅花似老莲而比老莲轻松灵活，不板不滞，整个作品达到了完美的艺术效果。

　　明华先生的作品，大多随意挥洒，即兴而成，千姿百态，书卷气尤浓。在《隋朝古梅》和《欧阳修手植梅》中，端庄的局面，劲健的用笔，斑驳的点染，使人们感受到一种肃穆怀古的情思和雄强、博大的中华气概。《老干盘空碧玉枝》，重在描写老梅枝干的苍劲和坚韧的风骨，抒发作者一派浩荡之气。《雪晴》重在写梅花不畏冰雪、勃然奋发的精神，冷逸中显现几分俊俏，有如冷美人的风姿。《梅萼仙人》和《绿萼寒翠》却赭干绿花，未施粉黛，凌空摇曳，重在写梅的春容婀娜，清魂芬芳，俊秀中略含肆姿。《幽谷》使人看到了"已是悬崖百丈冰"的险峻环境下，梅花显示出的冷香、俏丽的风采。《野水相照》则把两重空间叠在一起，刚柔相济，好像在演奏一曲活泼、潇洒的乐章。《傲雪》是把纸揉皱，用短线勾点，渴笔横扫，斑点花青，不着胭脂，满纸错落迷离，朦胧中彰显出雪中青梅飘逸、洒脱的风韵。《花月夜》则采用两层空间结构，在黑白、粗细、清晰与模糊的对衬中，塑造了一个静穆、华贵而幽远的诗画意境。

　　纵观这些作品所构成的艺术语言，均显得十分单纯而又内涵丰富。他没有采取太多的特技和做工，而是死死抓住用笔和勾线这一民族传统艺术技法，重在"写"而不在"描"或"涂抹"。他用笔的曲直、刚柔、轻重、虚实、急缓、正侧、逆顺和墨的干湿浓淡来表现梅花的不同风采，从而使其姿态万千，形神兼备，活灵活现。他画的梅，有清晨的、阳光下的、傍晚的、雨中的、雨后的、大雪中的、初雪下的、瀑布下的、悬崖上的等等，有梅丛、也有成片的梅林，百梅百姿，百梅百意，一幅梅就是一首诗，一幅梅就是一支歌，一幅幅梅花把读者的情感带到了现实与艺术交融的圣洁境地。

明华先生的画路很广，葡萄、荷花、牡丹、小鸡、小鸟、牛犊等等无一不入其画，且立意新颖，构思独特。近年来，他先后出版了《曹明华国画选》《曹明华百梅画集》，在北京、西安先后举办了"曹明华画展"和"曹明华百梅画展"，受到了董寿平、尹瘦石、刘勃舒等书画界老前辈的赞赏和广大读者的喜爱。

回顾曹明华先生的艺术成长历程，感慨良多。他从18岁开始学习绘画，到现在已潜心研习长达三十个春秋。他从来没有为自己的些许成绩而大肆宣扬，使得后来许多人读了他的作品后甚感惊奇。他每年三分之一的时间出差在外，在单位上班的8小时时间，工作也是安排得满满当当，只有晚上或节假日的空余时间是属于他的。就是这样，他从来也没有满足于一个业余画家和艺术热爱者的一般追求标准。由此，他的艺术实践和艺术语言启发我们应当重新回味中国文人画及文人画家的本源含义。

艺术的本来目的是塑造健全的艺术创作者和欣赏者，唯有具备健全的人格，才有可能达到神采飞逸的画格。曹明华先生除了奉献给我们诸多美妙的作品之外，还给我们一个深刻的启迪，那就是：人生只有在不断地奉献中体现价值，在不断地拼搏中实现和超越自我，在热爱生命和自然中净化灵魂，才能成为一个追求艺术的成功者。

1993年12月

"蝴蝶王"王冰如

　　83岁的王冰如女士是一位多才多艺的画家，书法、绘画均有一定的造诣，而尤擅长花鸟蝴蝶。她青壮年时代的作品，以工笔重彩为主，笔下的花卉翎毛，荷菊牡丹，莫不精美生动。后兼工写意、私淑虚谷，仰慕白阳；化冷隽之风，得清逸之趣，融工写为一体。尤长于工笔蝴蝶，造诣深，技巧娴熟，构图新颖，赋色艳丽，斑、须、足、翅，千姿百态，栩栩如生，具有浓郁的生活气息和鲜明的民族传统特色，在我国画坛上称得上独树一帜的"蝴蝶王"。

　　王冰如女士1908年出生于周原扶风的一个书香世家，自幼酷爱书画。父亲王诚斋，乃关中著名学者，且知兵、善书、工诗文。冰如5岁便开始在家中读书、练习书法。1930年考入上海美术专科学校，从此，她便对绘画艺术产生了浓厚的兴趣，并立志要在描绘蝴蝶中燃烧自己。后又在兰州、西安、安康、陇县等地从事美术教育和绘画创作。早在20世纪40年代，就成了西北地区画蝴蝶的高手，被群众誉为"蝶王"。

"诗言志，画表情。"冰如女士非常喜爱兰花，她笔下的兰花，幅幅扬头舒叶，或在崖畔幽谷，或在庭院墙头，再以工笔点缀几只舞动的彩蝶，真有清香四溢、清气宜人之感。她描摹物状，托物寄兴，抒发言情，体现出艺术家无声美化人们心灵的高尚美德。冰如女士始终坚持严谨、认真的态度，潜心探索。她以工笔技巧，在长3米，宽1米的大幅素绢上，创作了色彩碧绿、果实丰满的《芸豆和虹豆》图，作为西北五省第15届国庆美术联展的献礼。这幅巨作，是作者将心胸景象，经过"意"的熔冶，构成具有理想和感情的自然景象，出现"形神统一""情景交融"的画面。在艺术处理上，她注意主客、疏密、虚实、呼应、繁简、藏露等技法，称得上是尽善尽美之佳作。在《玉兰杏花图》《牡丹蝴蝶图》《岩菊图》《白孔雀牡丹》《梅花八哥图》等作品中，采用了传统工笔积粉法和积朱等技法，无不给人以叶叶舒展锦屏，朵朵吐霞散香之感，使人心旷神怡。她的《百蝶图》被誉为稀有之作。人们评价她的画，"能入画境，神与画游，尤以蝶为著"。著名画家张寒杉、石鲁、关山月、黎雄才等对她的画艺赞叹不已。

冰如女士从23岁开始学画，六十年如一日，抱金石可镂之志，为艺海汗漫之游。她继承传统，而又不为其所囿，师法自然而不为所蔽。她的作品题材广泛，意境新奇，这和她不断深入生活、观察生活是分不开的。"搜尽奇峰打草稿。"她以万物为师，常常挟笔远游名山大川，雪中写梅，烈日下写荷，外师造化，得山水之真鉴。祖国的大好河山开拓了她的视野和胸襟，使她迸发出内心的激情。她捕捉霎时灵感，蕴之胸海，创作时，物象油然而生，由心传手，手传笔，笔之精气挥洒于纸上，她由性而练笔，凝性而成体，成体而兼法，以法而成作品。因而她的作品，画面造型刚柔相间，繁简呼应，非常活脱；尺幅之内，气象汇聚，离合聚散，疏密有致，栩栩如生，再以瘦金体题款，给人以强烈的感染力。

冰如女士早年研习西画，后改学国画。她在国画创作中吸取西洋绘画技巧，融合中西，集诸家之长，逐渐形成了自己独特的艺术风格。她刻意创新，又不信笔挥洒。每逢创作大幅巨作，她都要经年累月地反复思索，不肯轻易落笔。9米长卷《百蝶舞春图》是她在头脑中酝酿了多年的结晶，终成为物象和笔墨神上加神的上乘之作，被人们视为传世珍品。

冰如女士性格倔强，不肯随波逐流，经受了失学、失业的挫折，几度陷于困境，但她并没有因此而消沉。她常说，一个国画艺术家，要在大自然中学画，更要在学画中做人。解放战争时期，国民党军政头目祝绍周、杨尔瑛等曾邀她作画，以粉饰太平，她严词拒绝，保持了一个艺术家应有的气节。"文革"时期，她坚持不断探索，在六年的山村生活中画完了两刀宣纸，不知熬过了多少个通宵，渡过了多少难关和担惊受怕的生活。1973年，国画大师石鲁看了她在八尺宣纸上作的《红梅迎春图》后，赞叹不已，随手便题五言绝句称赞她："六七画红梅，心怀不竟春。红装为素裹，还历天地心。"充分表现了老一辈画家对"春天"的怀念和对党对人民的赤诚忠心。

"画如其人。"冰如女士有了名望，求教者日多，却从来不摆架子。近年来，她每年都把近百幅作品，无偿贡献于各种社会活动。儿女们远在外地工作，要接她到身边照顾她，但她却怎么也撂不下古城西安的陋居"天镜室"。至今，她仍孑身一人过着清茶淡饭、艰苦朴素的生活，家里用的仍是黑白电视和褪色的家具。创作之外，她还跻身于社会活动，肩负着陕西妇女书画家协会主席的担子，为祖国的美术事业奉献着余热。她的名字和作品被收入《中国当代国画家辞典》《中国现代美术家辞典》《中国艺术家辞典》等，作品多次在国内外展出，深受人们赞扬和好评。但她并不满足于现实。她在一首近作的诗中写道："而今我虽逾古稀，每访名花如蝶飞；数十春秋为蝶迷，朝朝暮暮勤挥笔。"

冰如女士虽年事已高，但精神矍铄，谈笑风生，英姿不减当年。她常说："艺术永远是属于人民的。"她要让那舞动着万千彩翼的蝴蝶，从她的笔下飞入时代的蝶群中。

1992年2月

仙道画家贾慧法

一

在西安，说起贾慧法，大家都习惯称他为贾道长，也有更多的人亲切地称他为贾先生。

我认识贾慧法是20世纪90年代的事。那时，我在省上一家媒体做副刊部主任，与西安书画界过从甚密，我在一个朋友的书画展上认识了他。他给我的第一印象是淳朴实在，是出了名的画家，却没有名家的架子。两人一聊，还是甘肃老乡。巧的是，他的家乡在陇东南缘的正宁，我的家乡在陇东北部的华池，同属庆阳地区。聊得熟了，知道他16岁那年的盛夏，到华池县坪庄公社（今怀安乡）糖坊嘴的坪庄初级中学，在他的大姐夫曹锦处小住，而那时我恰好在坪庄初级中学读初中，曹锦就是我的物理老师。我们对当时是否见过面毫无印象，但这种巧合使我们有了聊不完的话题，也有了更多的交集。

二

了解贾先生是从他的绘画开始的。

那时周末无事,我常常骑了自行车到他家去聊天。贾先生的家很窄小,大约四十多平方米,却支了画案,墙上还挂着他的画作,一家人其乐融融地生活在这个小天地里。那个时期,贾先生主攻工笔画,花卉翎毛、雀鸟虫鱼,在他的笔下无不鲜活生动,栩栩如生。他最著名的画作是《神仙鱼》。画面上,三五成群的神仙鱼在一丛水草旁悠闲地游来游去,鱼鳞清晰可辨,驻足凝目,似不敢大声唏嘘,唯恐惊扰鱼儿的游兴……

20世纪80年代末,贾先生从家乡孑身来到西安发展,最初在西京医院工作,后来与任法融大师结缘,在陕西省道教协会工作。白天,他在省道协上班,闲暇苦读道教典籍,晚上,在灯下潜心学习绘画。他首先从临摹、写生开始,苦心钻研中国画的绘画技巧,故乡的柿树、丝瓜、麻雀、蜜蜂,公园的牵牛、牡丹、芍药、月季、孔雀、锦鸡、画眉及至终南秦岭、柴门茅舍、飞瀑小溪、小桥流水、高山人家……无一不入其画。工作之余,他游历了茅山、青城山、崆峒山、峨眉山、白云山、华山等道教名山和港澳台等地区,还远涉新加坡、韩国、马来西亚、泰国等国家。每到一地,了解当地风土人情,在举办画展的同时,积累创作素材。每次归来,他都背着一厚沓写生稿。

贾先生的绘画,既坚持传统,又不断创新,观之若清风扑面,赏心悦目。他创作的《秦岭山水》系列,远处,山脉青黛,乱云飞渡,苍松挺拔;近处,茅屋参差,柴门虚掩,大红春联格外夺目，鸟雀啁啾、溪水潺潺，一派祥和、闲适的世外桃源风光。

钟馗是中国民间传说中的赐福镇宅圣君。传说他生得豹头环眼，铁面虬髯，相貌奇丑，却才华横溢、满腹经纶，平素为人刚直，不惧邪祟。唐明皇曾下诏命画师吴道子按照其梦境绘成《钟馗捉鬼图》，诏告天下，以驱邪魅佑平安。在中国画界，以钟馗为题材的作品名作不少。《镇宅除妖》是他在继承、创新的基础上创作的一幅力作。画面上，钟馗杀气腾腾、挥剑除妖，跃然纸上。一经问世，在画界影响颇大，也受到台湾同胞的喜爱。有一年，贾先生在台北市举办个人画展，《镇宅除妖》系列作品被台湾同胞在开幕式当天订购一空，在宝岛引起强烈反响。此后，陕西省道教协会将这一作品刊印为金箔画，作为礼品，远渡重洋，成为我国道教对外交流的友好使者，让更多的人了解中国的传统文化。

在西安，贾慧法的作品在画坛风生水起，同道者对其无不刮目相看。

2013年，在明宪宗《御制一团和气图》的基础上，他潜心创作的以儒、释、道三教为一体的《一团和气图》，整个艺术形象浑然一体，形象地渗透着"和"文化和儒、释、道的形象，意在圆通，一团和气。"道之为物，惟恍惟惚。惚兮恍兮，其中有象；恍兮惚兮，其中有物……"这一新颖的表现形式，一经面世，就引起了广泛关注和好评。来自国内外的有识之士纷纷向他求画，甚至有人投巨资欲买断其著作权，却被他婉言谢绝。

2006年，应世界金仙学会邀请，贾先生赴韩国首尔举办"中国仙画作家画展"。参展的100多幅作品，在开幕当天被参观者抢购一空，原定5天的展期，只好提前结束，在首尔引起极大轰动，为中国画走向世界发挥了很好的推动作用。

近年来，他先后在韩国、马来西亚以及西安、兰州、广州、港澳台地区举办画展十多场，其中不少作品曾在美国、英国、德国、日本、新加坡等地展出，作品多次荣获国际大展优秀奖，其名及作品被收入《中国美术家》《世界当代书画家作品集》《当代名人大辞典》《中国扇子艺术精品集》《世界名人录》《陕西美术五十年》等多部辞书。他出版的《贾慧法画集》、书画挂历和《清尘道人诗画集》，受到读者青睐。其中《清尘道人诗画集》一版再版，受到读者普遍好评。画集的"作者简介"这样写道：

> 贾慧法者，龙门玄裔；道名法圆，号曰清尘。因缘方入道，修持至如今。师从先贤之道，炼心以入红尘，专工花鸟山水，自然人物以临；以画鱼为称道，清逸而不群。合中西之文化，入时代之笔韵；着艳丽之外相，画风骨而意存。展书画于海外，示道德于当今；承西安之厚重，入沿海而名存；仙道画家以名，海东示以崇尊；凡画展以数次，众人寻画以珍。厚文化之笔墨，道儒释以含蕴；非外物之可述，惟以画心。

寥寥数语，足可窥其心迹，观其行路，赏其心志，沐其德行。

三

贾先生是个做事极认真的人。任陕西省道教协会副秘书长、西安道教协会副会长、长安区道教协会会长、长安区政协常委、长安金仙观住持多年，他静心修炼，研读《道藏》，潜心道学，造诣博深。

2004年，他与陕西省社会科学院道教研究所所长樊光春教授在长安子午峪踏访道教文化，在峭壁上偶然发现一摩崖石。摩崖石上镌刻了诗圣杜甫的一首诗：

> 故人昔隐东蒙峰，已佩含景苍精龙。
> 故人今居子午谷，独在阴崖结茅屋。
> 屋前太古玄都坛，青石漠漠常风寒。
> 子规夜啼山竹裂，王母昼下云旗翻。
> 知君此计诚长往，芝草琅玕日应长。
> 铁锁高垂不可攀，致身福地何萧爽。

两位先生查阅资料后，甚为惊叹！他们惊奇地发现，原来，这首诗的背后还有一段故事。子午谷即子午峪，属古终南山中段，是道教的终南福地，历代都有高道隐居此地修道。公元前2世纪左右，即西汉文帝时期，朝廷在谷内利用自然山峰修建了一座祭祀天神的坛，名曰玄都坛。"玄都"为道教名词，指天界神仙居住的地方。后来，在终南山修道的隐士们利用这个祭坛，修建了许多道观，分布在坛顶及周围，至今还遗留有多处遗迹。玄都坛周围的道观，最著名的是金仙观，唐代长安城内不仅有玄都观，而且有为金仙公主修建成的金仙观，同子午谷的玄都坛遥相对应。

诗圣杜甫的这首诗，正是赠给他在玄都坛下隐居修道的朋友元逸人（元丹丘）的。诗中描写的正是子午谷的景色和元逸人当时修道的情形。

据史书记载，公元9世纪中叶，晚唐时期留学长安的新罗人金可记放弃仕途，隐居子午峪，成为韩国修道第一人，后羽化于谷内。与金可记同时期修道的新罗人崔致远，将道教引入韩国，成为韩国道教的鼻祖，从此，金仙观就被韩国道教视为祖庭。唐代诗人章孝标曾作过一首名为《送金可记归新罗》的诗。这首诗写道：

登唐科第语唐音，望日初生忆故林。
鲛室夜眠阴火冷，蜃楼朝泊晓霞深。
风高一叶飞鱼背，潮净三山出海心。
想把文章合夷乐，蟠桃花里醉人参。

金可记羽化后，有好道者将他的传记同杜甫的诗一并镌刻在巨石之上，成为珍贵的摩崖石刻。

发现了这块摩崖石刻和摩崖石刻背后的故事，贾先生和樊光春先生萌生了在原址恢复金仙观的宏伟设想。

说干就干！在省道协支持下，贾先生放弃节假日休息，一边马不停蹄地开展地形勘察、资料查阅、项目规划、建筑设计、工程施工等大量工作，一边筹措修建资金。复建金仙观的义举，感动了远在韩国的世界金仙学会会长、韩国著名道学家崔炳柱先生，他将自己的一栋别墅卖掉，房款全部捐献用于修建金仙观。在当地政府有关部门以及南豆角、七里坪两村民众和世界金仙学会以及韩国道士、善信的大力支持下，经过近两年修建，金仙观主建筑群终于顺利竣工。

2006年8月19日（农历七月二十六），金仙观举行盛大开光庆典。韩国原副总理林昌烈先生，世界金仙学会会长、韩国著名道学家崔炳柱先生与四十多名韩国信众代表，来到金仙观，虔诚参拜韩国道教祖庭。全国政协常委、中国道教协会任法融会长亲临剪彩，万人目睹金仙观开光庆典之盛事。

金仙观，这座在汉唐时期名重一时的千年道观，曾一度遗迹泯灭，无迹可寻。如今，金仙观百废俱兴，成为中韩两国道教文化交流的基地和陕西生态道观，供中外信众瞻拜和道教文化交流，贾先生可谓功德无量。

四

仁者乐山，智者乐水。

在西安找不到贾先生，就要到有山有水的终南山金仙观寻找他。在金仙观聊天，我们遇到了出口成章的弟子梁兴扬，看到了晨曦里挥洒太极的旭东、亚雄以及坚守在深山里修行的道士们，他们用自己的方式同师父一道弘扬道教文化。在道观里，朋友们更习惯称他为贾道长。

贾先生在金仙观有个会客厅，任法融会长书写的"群居守口，独坐防心"的中堂就挂在客厅的墙上，引人深思。贾先生像一块磁铁，吸引着朋友，客厅里经常坐满了天南海北远道而来的朋友。朋友们聚在一起，品茗论道，谈天说地，贾先生常有经典绝句从口中涌出。他爱茶，朋友就不时从广东、福建、台湾阿里山带来各色茶叶。好茶得有好友品，于是，常常呼朋唤友，嘉宾满座，谈笑风生。只要他有了好茶，朋友们就有了好茶，勾引得许多朋友都有了茶瘾。

茶能逸致，也可清心。有一次，朋友们坐饮，兴奋中就有人撺掇让贾先生画两笔。贾先生正在性情中，就带大家来到他的画室清尘阁。寥寥数笔，一幅《问道》跃然纸上。画面上，两行枯树在寒风中立在茫茫雪原之上，一位道人，肩背褡裢，手拄拐杖，小心翼翼地行走在雪地上，身后留下一串深浅不一的脚印……整个画面留下大片空白，也给人留下了无尽的遐想。这幅画后来挂在金仙观的讲经堂，令观者无不为之震撼。

贾先生的书法在西安也是非常出名的。每到节假日，前来索求字画的人络绎不绝。书画同源。因为他有深厚的绘画功底，便在书法上有着得天独厚的优势。笔墨勾勒自然，线条内蕴道德，很多人都视为珍品。从中可以感悟到贾先生的为人和道家的文化底蕴以及宽阔的胸襟和情怀。

贾先生是个大孝子，这在朋友圈无人不晓。他的父亲早已过世，母亲已年过九旬。他在百忙之中经常驱车从西安回甘肃正宁探望母亲。母亲也牵挂儿子，但又怕儿子的事业受到影响，就劝他打个电话报个平安就行了。说毕，背过人偷偷地抹眼泪。贾先生知道母子难离，就好说歹说把母亲接到西安来住，他和夫人嘘寒问暖，呵护有加，母亲一住就是两年。但母亲还是留恋家乡的青山绿水，他只好又把母亲送回老家，他又开始长长的牵挂……

他是个名人，却不骄不躁，始终秉承为人处世的基本原则，他明白自己永远是个普通人，他的心永远是单纯善良的。

他造福桑梓，心系百姓，热心慈善事业。近年来，他先后为他的家乡——甘肃正宁县燕家村修建学校捐资28万元；为西安市长安区子午街道办南村小学捐资43万元，同时资助了该校38名贫困学生的学费……

自古成大事者，必为人宽厚，做事沉稳、执着，有一颗慈悲心。贾慧法先生就是这样的人。

2014年5月

张玉民的内心独白

关中这地方很是孕育了些文艺家的。

关中是黄土地,便有茫茫的自然。文学家用语言表现其甜蜜与痛苦,音乐家用音符表现其欢乐与悲哀,但这块土地或许是因了其丰厚到了极致而复归于单调或呆滞的境况,便常令文学家、音乐家们困惑不已。大自然是美的,自然就孕育了文艺界中不可或缺的画家。画家的笔是生动的,大自然的温馨与惆怅便一任出自画家的笔下。画家也是因了画出关中乃至关中以外的山水花草树石物事等等而被外界人所熟识的。

张玉民把这称为物我结缘。

在陕西的中年画家中,国家高级画师、西安国画院专职画家、陕西书画艺术研究院副院长张玉民是以兼工代写、工蕴写意、雄秀兼备的创作风格而著称于画坛的。他的创作风格同时体现了他的一种心境。

张玉民是这样描述他的内心世界的:美必须是独特的,就好比通向华山之巅的羊肠小道,有时仅仅允许极少数人体味到它的极致；美的本身是美好的，它能给人以满足感、快感，然而创造、探求美的过程却是艰难曲折的，它要求艺术家不甘寂寞，辛勤劳作，练就一种坚如磐石的意志和不屈不挠的探索精神，日积月累，厚积薄发，方才可以达到一种神圣而又完美的境界。

的确，张玉民从一踏进艺术门槛的那天起，就把自己置身于一个美的创造者和探索者来严格要求和修炼自己的。1941年，当他降生在关中平原陕西富平县的一个普通之家时，命运之神便给他造就了一个一睁眼便可以看见绿色的草、七彩的花、黄色的大地的美好氛围。他幼承家学，酷爱涂朱。及长，便受业于国画大师赵望云、叶访樵的门下。西安教育学院美术系毕业后，他怀揣了自己的心得，走进了生活的滚滚红尘。他明白，几年时间的理论与实践的结合，特别是对宋、元、明、清以来各派大家的深研细琢、师法造化，使他内心深处的创作波澜在一次次潮起潮落时有了些许的自持，这种自持反映在他的每一幅作品中便是面向生活，面向人民大众，多了平泊，少了做作。他开始坚信，只有会常人所不会、能常人所不能、具备常人所没有的旺盛的创作激情和不同于一般的艰苦实践，才能追求到艺术的真美和人生的真谛。这便是"缘"！

张玉民笔下的鸡，往往是雄健有力，刚气十足，目光如炬，剑尾如铁，腿若枯榆，爪似鹰隼；它或栖息于春梅枝头，倨傲自得，或卧聚雪野、斗霜闹寒，或倏若惊鸿、昂首回顾，器宇轩昂。他把刚柔可以运用得恰到好处，重在寓意，而不在刻意的做工上。因此，他的作品就多了一些鲜活的东西，少了一般人的故弄玄虚、不知所云和使人过目即逝的躁气。

张玉民认为，对于创作，特别是一个有志向有作为的画家，要力戒"画匠"作风，不能只临摹了几幅大家之作，或在街头小店中卖了几幅字画而一时感到满足。

张玉民是有这种修养的佼佼者。他是用手中的笔为自己所感动了的物事来塑形涂彩借抒胸臆的。在他的大量作品中，有的是反复地品味，有的是探索中求新求美，但每一次重复都使这一主题更加明亮，就像威廉·福克纳一样，他的大多数笔墨是集中在约克纳帕塔法县的境内，但却从未给人以重复和啰唆的感觉。这也正如路的形成一样，需要不同踩法的脚不停地走来走去，荒野上才会出现这种醒目的标记。张玉民正是从他踏入艺术殿堂的那一刻起，就一刻也不肯割断他与生活的这根脐带，双脚牢牢地踩在黄土地上，用生活营造出一双翅膀翱翔于那片领空。生活给他的回报也是沉甸甸的。

1972年，他首次发表国画人物《在金色的日子里》并入编《陕西国画新作选》；两年后，他与刘文西、李超合作创作的大型人物画《幸福渠》，参加全国美展，饮誉京华；近年来，他创作的工笔人物花鸟画《李太白贞观诗意》《苏轼海棠诗意》在日本展出并入编日本习字教育财团出版的画册；大型花鸟创作《朝晖》入选"庆祝中国共产党成立七十周年陕西美术作品展"并获奖，同年，花鸟创作《雪鸡图》入选"中国花鸟画邀请展"，等等。

张玉民是一位颇具才气和实力的画家，他的作品《醉春》将其内在底蕴表现得淋漓尽致。画家充分发挥了中国画散点透视的特点，以虬曲粗枝，重墨铺洒，将画面分成上下两个部分，俯仰两个视角之间，扩展了画幅的涵纳量，画面上的鸡，介于俯、仰、平三个视角之间，使画面主体从三个层面得以展现。从作品的纵深度上讲，作者以鸡之墨黑和花之淡雅繁簇对比，两者又同时衬出新春绿叶之鲜嫩，近、中、远三景拉开，立体感很强，整个画面浑然一体。在枝条分布上，纵横交错有致，动静结合有度，春之绿叶、花香之气浮于画面，造成"醉"的气氛。画中的鸡，各展得意之态，陶醉其间，令人心旷神怡。为表现鸡的"醉"态，他将鸡冠前后倒画，鸡身以点带线，羽毛浮动，鸡尾以兰叶线舒缓飘开，把春风习习、春意盎然之态表现得恰到好处。

就是这幅《醉春》，荣获了全国首届中国花鸟画展最佳作品奖。在今年9月中国西安第五届古文化艺术节、94西安国际拍卖会上，参加拍卖的60余幅自清代以来的中国名人名画中，《醉春》成为成交的7幅字画中价格最高的一幅作品。

对于《醉春》的成功拍卖，张玉民没有过多的惊喜。他认为，中国画创作是一种"玩命的苦差"，在他的创作轨迹中，有慰藉、喜悦，但更多是超越自我的难产和阵痛。他坚信，中国画走向世界已成为一种潮流和趋势，正如中医药走向世界一样，它的"国粹"形象和艺术价值将会使全球热爱艺术的人们在不久的将来刮目相看。

1994年10月

慎独修为话周瑛

周瑛少时寡言，身体孱弱，眼睛却滴溜溜转，是个聪颖的孩子呢！但因其弱小，与同伴玩耍时总是被人晾在一边，他就蹲在路边看蚂蚁搬家，也用木棍挑衅小虫对阵，却总不解气。日久，就形成了他独立的个性。父亲是个商人，就希望儿子长大也能拨拉算盘，做点生意，承了他的事业。10岁时，父亲为他将来能写一手好字，就逼他去练毛笔字。父亲将研细的青砖粉兑泥土做墨，折柴棍为笔，大地当纸，让他一写就是半天，小周瑛的心里就烦了。14岁那年，懂事的周瑛背着父亲，随邻居大哥哥报名参军，几项考核都顺利过关，但因其年纪太小，被拒之门外，"军官梦"从此泯灭。

这是共和国刚刚成立的1949年的事了。

但周瑛最终未能继承了父业，却偏偏爱上书法艺术。1950年，初中刚毕业的周瑛应招到文工团，赴陇东庆阳配合土改。不久，文工团解散，他又到五四剧团做美工，常用长锋羊毫笔蘸了广告颜料书写海报，围观者就啧啧称赞，这小伙子的字还真不赖呢！周瑛爱书法爱得痴迷，就去拜见名盖陇东的老书法家李炯民，两个人一聊便成了神交。李老先生就常常对其悉心教导一番。几年之后，周瑛便成了当地能用铁笔刻写蜡版印刷文件的高手，受到大家钦佩。当他书写的"镇原县人民政府"的大木牌挂在县政府大门口时，甘肃一位著名书法家观赏了半天，临走撂下一句话："24岁的年轻人把字写到这个水平，真乃后生可畏啊！"

周瑛曾在甘肃工作过二十八年，他把青春留在了陇原，也把陇原人的耿直、憨厚、纯朴的秉性融入了自己的个性之中。在红尘滚滚中他常常感到孤寂，孤寂中便苦心淫浸书法。周瑛喜爱《石门颂》《石门铭》《石鼓文》等书法名帖，也读陆机的《平复帖》、怀素的《自叙帖》、于右任的标准草书，以及各种简牍。日久，他的作品便形成了自己独特的风韵：师法而不泥古，求神却不囿于形，采百家之精妙，擅通变之要义；虚静、恬淡、萧散、稚拙、朴实、书卷气浓，雅致而不俗，清秀而不浮，读之，使人周身好似充溢着一股丹田之气，豪迈无比，这常常令人想起横刀立马的武士那咄咄逼人的眼神。

时下的书坛充满了浮躁和商霸之气，许多人衡量某些人的作品，往往以换得银钱几吊，抑或被人"炒"得有多么火爆来做标准，并以此标榜其人的聪明才智。周瑛是个明白人。他着人治一方闲章，常在作品的某个角上印上"淡泊无极"四个金石篆字，来陶冶自己。他曾多次在国内书法大赛中获奖，但这些奖对他来说，只是一种内心的慰藉，从不向外人宣扬。做学问是需要平常心的，书法尤其如此。他现是政府一介官员，经常出没于各种应酬场合，但红尘中对他可资诱惑的东西太少，他还是酷爱着书法。他也常常去参加一些冗长乏味的会议，却从不瞌睡。一支秃笔，一张记录纸，就是他营字造文的天地，于是他的每本笔记的最后几页往往被画写得密不透风。从政多年，却从未发福，一副枯相便是他多年痴于工作，淡于财帛，迷于书道的佐证。他崇尚苏东坡"退笔如山未足珍，读书万卷始通神"的箴言，也曾涉猎美学、佛学、道学、中国画、西洋画、音乐等等，由是他的作品让人更能读出一些汉字以外的东西。他写字善用藏锋，作品含蓄蕴藉，纵横起伏，聚散曲直，分行布白参差错落，极具相避相形之妙，使人读了好似渴饮清泉，甘洌无比；又如怀纳春风，澄志畅神。这也就应了郑板桥"首在精神次在功"的经验之谈了。

《翰林粹言》中说过："有功无性，神采不生，有性无功，神采不实。""性"即是学问修养。艺术作品的气息全赖从"功"和"性"中来，如其不然，就好似一只在黄河岸边闲置的羊皮筏子，它只能是一只皮囊，而丝毫不能给人以无畏跨越的联想。但愿做学问的人都能像周瑛那样苦于磨砺，慎独修身，孜孜地研究些学问和艺术，少些浮躁和技巧。

1995年10月

王百战素描

王百战是《中国科学报》的一位记者，写得一手好文章，在新闻界、科技界颇有名气。他的大作《黄与绿》和与他人合写的眉户剧《高塘桥》就足以显示出他的锦绣才华。可他还会画画，而且又画的那么传神，却鲜为人知。也许这就是人们时常所说的"客串"或"走穴"呗！

有缘同百战相识是在1993年12月的一天。那天，陕西省美术家画廊举办"纪念毛泽东诞辰一百周年美术书法作品展"，记者应邀参观。步入展厅，只见一幅国画作品吸引着许多人驻足观看，这是一幅描绘毛主席《沁园春·雪》的诗意画。画面上毛主席顶天立地，昂首挺胸，他的身后，是在那"千里冰封，万里雪飘，山舞银蛇，原驰蜡象"的北国风光中行进的红军队伍，风卷红旗如画，红装素裹江山。整个画面气势磅礴，气壮山河，以毛泽东同志为代表的中国共产党和共产党领导的革命队伍坚忍不拔的英雄气概和数今朝风流人物的意境跃然纸上。观赏者无不赞美叫好。

"把主席画得这么传神,莫不是刘文西画的?"

有人细看了题款:"王百战!是王百战画的。"

谁都知道,西安美院的刘文西画毛主席在全国是出了名的,莫不是刘文西第二?

"岂敢岂敢!学着画的!"这时只见人们身后走来一位个头不高,满脸书卷气的中年男子,他衣着朴素,满口秦腔,威仪中带着谦和。

这便是王百战。

当晚,陕西电视台在报道此次展览的消息时,专门播出了这幅作品的特写镜头,在社会上引起不小的反响。

王百战1945年11月出生于陕西华县高塘原上的江村,从小就喜欢绘画。他曾用挖药材换来的钱从旧书摊上买来一本纸质发黄的《芥子园画传》,临摹了多少遍,连他自己也说不清。那时候,村里如果有人办红白喜事,他就写副对联或画幅画送去,庄稼人都夸他"能得太太"!1968年,他弟弟要当兵,可接兵的到他家一看这后生会画毛主席像,便破格接收了他。在部队,他先后干过新闻报道、舞台美术,后来在部队文化科专搞美术创作。这期间,他创作的《雨夜》《踏冰覆雪载春风》《军民一家》《拉练途中》等作品多次见诸报刊或被人收藏。1979年,转业到地方专事宣传工作。但他依然不丢画笔,上班工作,下班和节假日便纵情挥洒,入迷之时,苦累皆忘,甚至连家人端来的饭菜也顾不上吃。经过长期不懈的努力,他在中国人物画方面取得了显著的成绩。二十多年来,他创作、发表了近百幅作品,多次参加军区、省、市及有关美术作品展览,其中《青松》《同路》《心潮逐浪高》《数风流人物还看今朝》等作品先后获奖,中国美术家协会陕西分会、西安市美术家协会先后吸收他为会员。

"身无彩凤双飞翼,心有灵犀一点通。"王百战不是神童,但却很聪敏。他没有从过师,没有受过专门的训练,他的成功,完全是自己的心领神会和千锤百炼的结果。从农村到部队,从部队到地方,工作岗位换了,但他手中紧握的画笔从未松动过。平时,他利用一切时间,反复研究和临摹陈洪绶、任伯年、徐悲鸿、刘文西、王西京等大家的画作,又省吃俭用,购买了不少名家画集和资料,贪婪地从中吮吸营养,以博采众长,丰富自己。

一位画坛名家说过:"线条不过硬的中国画画家一辈子只能徘徊于地狱之门,难上天堂。"工笔人物是很讲究线条的。为了练得一手好线条,他不知磨秃了多少笔,用去了多少纸。平时,他除了写稿,就是画画。节假日和星期天,他可以不吃不喝不游玩,但不能不画画,家务活也全让贤惠的妻子包揽了。就这样,画画、写稿、写稿、画画,他简直就像一个日夜不停旋转的陀螺,久而久之,胃病、背疼以及头昏脑涨,把他原来50多公斤的身体折磨得只剩下40来公斤了。即使如此,他仍不改初衷,始终挥毫不辍……

"梅花香自苦寒来",通过多年的孜孜追求和探索,王百战的人物画日新月异,其线条之流畅、之古拙、之苍劲,有如任伯年,有如范曾,有如刘文西,但似乎又都不是,他把名家们的东西消化、融合了,终于形成了自己独创的创作风格。正是因为这样,他的笔下才走出了数风流人物还看今朝的毛泽东,决胜千里的周恩来,横刀立马的彭大将军,吾将上下而求索的屈原,不辱使命的汉苏武,天地有正气的文天祥等形象。所以,读他的画,总是给人一种激昂向上、催人奋进的力量和光明在前的必胜信念。王百战之所以能够取得如此的成绩，除了他的天赋和勤奋之外，还与他扎实的文学基础密不可分。著名诗人毛琦在为王百战同志《黄与绿》一书所作的序里写道："百战同志对古典诗词有相当的修养……"这对于一个中国人物画家来说，无疑是种不可缺少的修养，再加之他所涉猎的历史、哲学、文学史等方面的知识，都为他绘画创作打下了良好的基础。

1994年1月

孙光其人

画家孙光要出专集，嘱我给他写几句话，说《艺术界》的领导要倾其版面来做这一件善事，我就感动了。感动就得手下出活，于是就有了这篇文章。

孙光与我熟识交往时间不是很长，却交得纯粹，交得心安理得。他个头一米六几，肥肥胖胖，眼睛常惺忪状，见面时一边揉着眼睛一边说："昨晚又睡晚了。朋友来要画呢，撵都撵不走，头痛得很。"扔一颗烟卷给你，便开始吞云吐雾，肥胖的身体陷进沙发里一跃一跃的，便让人联想起某些大老板的姿态。

法国当代女神学家西蒙娜·薇依说过："每一个真正的艺术家，都同世界有过真正、直接、紧密的接触，这种接触类似圣事。"这似乎是一种真理，但探寻真理又往往会遇到诸多的清苦和烦恼。

孙光高中毕业，几次考大学名落孙山，就拜了李文广、张永茂两位老师，潜心习画。孙光有灵性，悟性也高，学画学得痴迷，常常食不甘味，夜不能寐。一日晚饭后，他邀了几位画友溜进火车站候车大厅,一边与旅客说话,一边写生,引起众人围观。旅客千姿百态,里面一层人伸着长脖,瞪着大眼,议论说,小伙这两手还真行,莫不是一伙卖艺的?外面一圈人也想一睹为快,脖子伸得更长,一时引起秩序混乱。警察将他们带走,直到确认他们确系一帮学画的学生后才放了他们。当时已是凌晨四点,孙光和同伴懊丧着回到宿舍,和衣而卧,忽想起画稿还在画夹里,就又来了心劲。裹被子坐在床上,看着画稿,久久不能入睡……

有一年,孙光和单位同事到四川宜宾旅游。四川的小吃全国闻名,孙光是个美食家,于是一到开饭时就往饭馆跑。一日中午,他们来到一家小店吃过桥米线,几个人一边说笑,一边进食。这时,旁边来了一位大娘,老人目光混浊,脸无血色,拄一根拐棍,颤抖着伸出双手讨要吃食。孙光眼就直了,眼前这位满脸皱纹、饱经风霜的老大娘的形象是何等沧桑啊!孙光为大娘要了饭食,自己坐在一边看大娘吃饭,一边掏出笔来速写大娘的姿态。后来,这幅名为《巴山老母》的国画获得了单位比赛一等奖!

孙光是个文人,但待人仗义,有一身侠胆。有一年,单位派一个小青年赴广州美院学习装潢。小伙上火车的前一小时,领导却变卦了,当即差孙光马上找见本人,通知他不必去学习了。孙光骑了单车就走,心里却有了主见,就在大街上漫无目的地绕了几个大圈,估计小伙早已离开了西安,这才气喘吁吁跑回单位报告:人找不见,没法通知,一副无可奈何的样子。领导气愤地叫道:"你这娃,咋连这点小事都办不好!"孙光心想怎是小事,年轻人有次学习机会多不容易。

孙光与演艺界、书画界、文学界的许多知名人士有不解之缘。他与秦腔一代宗师任哲中交往，任老师称他"是个好小伙"。孙光结婚，任老骑车前往，给他做证婚人，使孙光和朋友们感动不已。

孙光在参加一次笔会时结识了著名作家路遥。路遥看这小伙一脸娃娃气，却画得一手好画，不禁生了钦佩，向孙光索画。孙光自是感到荣幸，当即写一幅《红梅图》赠予路遥。路遥欣然之余，就提笔写了"有耕耘才会有收获"作为回赠。路遥去世后，孙光百感交集，万分悲痛，一再喟然长叹："我是要给他画一幅精品的，没想到他却走了。"哀痛数日不能振其精神。

著名作家贾平凹邀请孙光参加其文学创作二十周年的庆祝酒会。在西安红叶大酒店，孙光挥笔写下"花鸟大联唱"，围观者赞叹不绝。孙光应邀为中南海、钓鱼台等地作画，画技得到颇高的评价。一位首长邀孙光作画，且留下命题，根据他一家三口的名字作一幅画来。孙光提笔，一幅《阳光下》跃然纸上：太阳的光线从树缝斜洒大地，一只目光犀利的雄鹰落在密密树林的枝干上，欲振翅飞翔……画面中将三口的名字中林、阳、英表达得完美统一，首长不禁称道。

有一次在我家，他和著名画家韩少立、书法家张化洲合作一幅画，三个人相互推让着都不愿下第一笔。韩少立年纪稍大，推托不过，就先下笔。在画面上写了近处淡淡的云山，静穆伫立的青竹，寥寥几笔，传神而埋有伏笔。孙光接了笔，在远处补了浅浅的山和一轮明月，搁下了笔。有"关中笑佛"之雅称的张化洲，在画面上题道："月朦胧，鸟朦胧，山水朦胧云朦胧，惟有青竹敢独标，苍翠挺拔向高空。"绝！在旁的观赏者无不为三人配合默契而惊叹。

前些年，著名书法大师吴三大赴宝鸡作画，邀孙光一同前往。两人在宝鸡作画三日，来往于西凤酒厂、卷烟厂、西府宾馆等地，每日作画至凌晨三四点钟。一日，有个河南口音的某酒家老板提着重礼来找吴三大，说："我就知道你名气大，我这个人也不识字，就是想讨一幅名人字画，你只要在纸上写个'长安三大'，把你那印章一按就中。"吴先生笑了，便说："你先请这个小伙子给你画一张，他叫孙光，是青年画家。他的画在你那店里一挂，嚓扎咧。一会儿我再给你写。"

吴老师开了口，孙光就卖力地画了起来。不一会儿，一幅群芳争艳的牡丹便活灵活现地展现出来。老板极为高兴："真是名师出高徒。我这不懂画的人，都觉得好！好！"连说了几个"好"字。吴先生说："你把画存好，几年以后再看，孙光潜力很大。"

孙光的名声渐渐大了，走到哪里都有人称他为"家"，"家"就有了苦恼。一天下午，他接儿子回家，见门上有一纸条，上曰："孙光老师：今天来贵府拜访，等你未见，只好贸然留言。我准备就您的创作做些采访，请您务必于明日下午三时在家等候。XX电视台即日。"孙光看了，摸不着头脑，但电视台要采访总得应付，于是连夜查找资料。次日下午，孙光专门在家等候，记者很守信用，如期而至。拍摄、录音、看资料，忙活了一下午。临走留下话说，务必于某日晚准时收看播出效果。

等到某日，孙光一家人围坐在沙发上打开电视机，看了半天，觉得有些不对劲了：屏幕画面上根本没有他的头像，只是有他的手在绘画，配音却是关于美术人偷税漏税的内容。

妻子就说，这是怎么回事，不是说是专题片吗？孙光笑曰："这小子！"关掉了电视机，又去画他的画了。

事后，朋友道歉："对不起，台里需要一个画家作画的镜头，怕你不拍，给哥们帮个忙。"孙光说："没啥，只当是给税务部门做点贡献吧。"

某日，孙光的儿子生了急病，他和妻子抱着儿子来到医院，遇到了一位多年未见的朋友。朋友一见孙光抱了儿子，脱口而出："啥时生的儿子，叫孙胄吧？"妻子一旁惊讶，他怎么知道我儿子的名字呢？孙光诡秘地瞧妻子一眼，笑而不言。

朋友就说："几年前我和孙光在一起谝闲传，孙光说，他此生最钦佩大艺术家，比如黄胄。他说，将来有了儿子，就起名叫孙胄。自己赶不上黄胄，让儿子去赶上黄胄吧。"妻子说："难怪孙光执意要给儿子起这个名字，也不管我同意不同意呢！"

近年来，广告业在我国悄然兴起。孙光的爱人供职于一家广告公司。一次，公司想要拉一笔业务，几次上门对方都不接待，久攻不下。公司有业务员了解到该公司经理喜爱名人字画，就想通过孙光爱人请他出山。孙光推托不掉，于是去了那家公司，公司经理接过孙光的名片，大喜："呀！孙老师有何事光临，我早知您的大名啊！"当孙光拿出了字画相赠后，俩人似乎知己，谈书论画好不投机。

门外等候了一个多小时的爱人心如火焚，待孙光出来忙问怎么样？孙光拿出了已签好的合同书。

孙光有一个画室，名曰关中画院。说是画院，其实是两居室靠南一间的十余平方米的小屋，一个大画案占了屋子三分之一的面积。屋里挂满了字画，临窗靠墙处一个大书橱摆满了各种资料、书籍，放不下的就摞在书柜的顶上，空间十分拥挤。画院是他苦苦耕耘的地方，也是接待四面八方或求画，或谝闲传，或交流技艺的地方，来人行立坐卧无序，吸烟喝茶随便，真可谓"谈笑有鸿儒，往来无白丁"。他一个人在家时，一边听着半导体收音机里流泻出来的美好音符，一边作画，常有惊人之笔于画面上。有时作画时还开着电视。我就此问过孙光，答曰："一个人时，有些太冷清，有点响声就不孤寂了！"看来孙光还是年轻血热，不是那种远离尘世不谙时代的人。

孙光家不远处有个夜市，他常去光顾，来了就吃，吃完就走。孙光爱食烤肉，老板和他很投缘。一次，孙光携妻儿去吃夜市，想抽烟却没带火，妻就去买火柴。等妻从旁边的小百货店折回身来时，一百多串羊肉早已成了一把"光杆司令"，一瓶宝鸡啤酒亦空空如也。妻说，你真是个饿鬼，也不怕吃出病来！他不招嘴，朝老板打一个手势："再烤一百串！"

孙光不仅爱讲实话、真话、大白话，也爱写。一日，有老板慕名求画。孙光说："画就算了，太慢。"于是提笔写字"有钱真好"，老板立马表情不悦，心说骂我不成？"有情更好"。书毕，老板大喜。

书画界的朋友只知道孙光热爱绘画，对他热衷写作却知之甚少。孙光曾为王国文、韩少立、雷龙璋等书画界人士撰写评论文章。孙光文章立意新颖，全是有感而发。在报纸上发表后，有人好奇，西安咋又出了个孙光？就去问他，他说没事时闹着玩的，不足挂齿。

前天，我去他家采访，说到写文章，孙光来电了。他在乱糟糟的抽屉中翻腾了半天，翻出一张皱巴巴的纸来，说："你懂文章，你听！"于是，他边吸着烟卷，边兴致勃勃地念了起来，夹烟卷的手还一动一动地比画着。这样一气念完，问咋样？

我说："不错，能赶上贾平凹了！"他就说："我的烟白给你抽了，铺纸，画画。"

孙光就是这样一个人。我喜欢他，他也喜欢我。他常来我的寒舍做客，大呼小叫："茶水呢？茶水伺候！"我们有几次聊得投机，一直到深夜，我劝孙光就不必回去给嫂夫人暖被窝了，孙光说，不回就不回了，便拿起电话向妻子请假，理由说得很充分。但最终却还是怏怏地走了！有一天，他来我处聊得高兴便要喝酒，那一夜，两个人都晕在了床上。

次日一大早他惶惶地骑单车走了。回到家中，不久就打电话给我，我说："挨挫了吧？"孙光说："你嫂子说了，哪天见面了要收拾你。"几日后我去他家，准备给嫂夫人赔个不是，免得引起夫妻俩的不快，谁料她一脸春风，善待如前。

我羡慕地对孙光说：你真幸福！

1995年6月

"美髯公"陈默

陈默，长安人，浓眉大眼，面色红润，率真如童，尤爱谈天说笑，臧否人物，画坛称为怪人。平日着衣不爱太正经，不爱穿西服，也没有中山装。留了一把大胡子，朋友称其为"美髯公"，亦有更多人疑其为少数民族同胞。

陈默幼时就爱涂鸦，常常在白生生的墙壁上画许多大人读不懂的心画。父亲便黑了脸，让儿子擦洗干净。儿子擦不干净，就不再在墙上画，随便找一根竹棍独自蹲在院子里，一边逗蚁虫玩，一边画画。及长，便在纸上写画，因有灵性，常受老师表扬。一年，有黄姓邻人请他为之作画，陈默苦熬儿日，画了《孙悟空三打白骨精》，送去。邻人甚为惊喜，遂悬挂于中堂，一时在街巷小有名气。陈默姊妹多，家境窘迫，买不起文房四宝，偶得片纸，他先用清水，再用淡墨、浓墨、焦墨，画了晾干，干了画，画了再画，凡七八遍而不辍。陈默后来结识了张义潜、胡西铭、罗国士等名家，便渐渐悟出了"功在画外"的哲理。于是，他远涉名山大川，爬秦岭，登华山，上青城山，过都江堰，得天地真气，画山水景致。他的画少了琐碎，多了大方，令同道刮目。后来西行旅游，看大漠落日，观塞外风情，竟使他激动不已。许多个日子，他白天写生，夜半把盏挥毫，或勾或皴，或点染或泼彩，用中国画深邃的立意和高古的线条，充分表现朗朗乾坤之下净土之上至高至美的灵魂。那一匹匹骆驼从沙海中走来，昂首阔步，不畏霜雪，脖颈下的铃铛，驼峰上的维吾尔老人和少女，驼背上的酒葫芦、羊皮等物什，让人遐想不已。观之，似有驼铃声传出，风雪袭来，以为我就是骆驼，骆驼就是我呢！

陈默天分高，艺术造诣深，且多见解，常语出惊人，让同道击掌称快。他在社会上有了名气后，苦恼就开始缠身。在长安的地面上，连小孩都知道墨宝的价值。于是陈默走到哪里，画案就支在哪里。外出参加笔会，与他不相识的，心说这武相之人岂能为文，于是围观，观后惊讶，就一边叫"陈老师"，一边赔着笑脸，说儿子是何等的喜欢陈老师的大作，说着说着就卷起画作一步一个"谢谢"地走人。熟悉的，知遇大胡子不易，就磨蹭过来索画，急得陈默头上渗汗，说："我活该是前世欠了你们的债的。"于是"骆驼"便有了骆驼的身价。

那年，有一河南老乡从郑州来西安，求陈默惠赐墨宝，见画家画室庚砚斋里不独挂有骆驼图，那梅花、兰草、竹石、丝瓜、鸟雀无不鲜活生动，呼之欲出，连呼"中！""中！"两人一边聊天，一边坐喝淡茶，言语投机，画家就叫铺纸。俄顷，《风雪骆驼图》画就。来人唏嘘半晌，留下四千块钱作为润笔。大胡子拉下脸说，你小瞧我呀？要给钱就甭拿画！来人知是遇上了陕西冷娃，也不再推让，后成为至交。

陈默豪爽，常视作恶诓人、不务正业者如异类，谓之闲人，字画绝不予之"惠存"，并说送之乃糟蹋艺术。但有时心热，也给闲人讲一番书画之渊源和修行之道的雅事。陈默搬过几次家，每挪一地，朋友就蜂拥而至。凡与之打过交道者都说陈默是个好人，够朋友。他乐于助人，人求他办的事，他看得比自己的事还要紧。于是陈默又有着极好的人缘。

陈默嗜酒，能豪饮，酒后竟能提笔作画，且常有传神之笔。一次，他造访某书友府上，主人欲与之比试。酒过数巡，陈默画兴大发，唤笔墨伺候。主人早已摆了笔墨纸砚，陈默捋一捋胡子，遂挥毫泼墨，其色彩极尽灿烂，妙趣横生，浑然天成，题款时禁不住再饮一杯。回头看时，主人早已醉卧在沙发窝里，口中还念念有词："我上大胡子当了……"从此再无人与之比试。但陈默有次与一多年未见的故交相遇，两人在酒馆坐喝，酒到酣处，陈默用食指蘸酒在桌上写画。朋友看时，隐隐约约只辨出两个字：□□慎独。询问其意，陈默笑而不答，却端起酒杯：喝酒！喝酒！扬头将一杯烈酒吞下……

这一回，陈默酩酊大醉。

1996年6月

墨　缘

　　原来只晓得他乃政界人士，却不料他与墨结缘久矣。有一年，他来信让我给他找一套《张三丰全集》。信很短，是用毛笔写的，拇指蛋儿大的行草，古朴中带了飘逸，潇洒中透着典雅，神采飞扬，酣畅淋漓。当下就生了求他一幅书法的念头。我那时在甘肃华池乡下做民办教师，不久，他将两幅书法寄来，一行一草，字字千钧，书卷味浓，给人一种美不胜收之感。附信中他却谦逊说"功夫欠深，万望指教为盼"云云。

　　这是1981年的事。那时他正在给陕西省政府一位主要领导做秘书，除了整日应付政务外，还兼着西安墨林书画艺术研究会秘书长之职，并加入了中国书法家协会。

　　三年后，我在西安见到了他，方知他对国画的研究远过于书法，其痴墨之情已远远超过尘世间的一切诱惑。他面容慈善清秀，眉目冷峻却显谦和，一如陕北汉子的直言爽语，刚强朴实，没有半点矫揉造作。话到投机处，就拿出自己的心爱之作展示，任你观赏，由你评说，自己却成了学生的角色，俯首倾听指教。

然后坐下喝茶抽烟。他烟瘾极大，吸进一口，吐出三口，袅袅扶摇直上，祥云笼罩，大有仰观宇宙之大，俯察品类之盛的气势，且儒、释、道、气功、周易、五行八作，与你海侃神聊，其见解明了独到，令人击掌称奇。毕了，继续谈书画中物事。若要说他有饱学过人之才那是毫不过誉的。

他祖籍陇东粮仓西峰，却生在贫瘠的陕北吴起，少小家贫，及成人时已进入"文革"，书未读完，就光荣入伍了。在大西北当兵六年，却未敢忘老学究、启蒙老师李兴江对他的教诲，得空便在废纸上涂抹写画。嫌不过瘾，就蹲在地上用木棍勾写。午休或晚上，有纪律要求不可自行其是，就悄悄爬在床上写他身边的人和事，稿子竟屡被报社刊用，一时成了连队学习的榜样。转业后进工厂当工人，偏偏吹拉弹唱、舞文弄墨样样能来，竟成文艺骨干。随后进报社当记者、编辑，直至政界。钱没挣下几文，笔却写秃了不少，且欠了一屁股"债"。一位多年不见的老友向他索要字画，进屋一看，见屋里还是一对单人沙发，一张双人木床，几件早已过时的家具，四壁却挂满了自己创作的书画作品，幅幅招人喜爱，算是给小屋平添了不少色彩，就不禁喟然："想不到，真想不到。"便坐下讲明来意。他不好推辞，铺纸蘸墨，顷刻，雄鹰飞临大海，旭日东升，一幅紫气万千的《鹰击长空图》就画好了。老友揣了画，走出屋门，方知耽搁了他的午饭，连连道歉。他却毫不在意，关了门，下厨房忙活着为妻儿开始做吃食。妻上班离家远，还未回来呢！

他曾师从康师尧、方济众、王冰如等陕西画坛名流，采众家之长，补己之拙，日久功深，临摹方济众《高山牧羊图》几可乱真,且新意不少。拿给方老读了,方老连称"后生可畏!"遂一边坐喝淡茶,一边又面授机宜。不久方老溘然离世,他挥泪拿了一张新作《牧羊图》,对天焚画稿,洒泪慰尊师,悲恸数日握不了笔……

后来,他遵了方老的教诲,每次出差远游,就带了纸笔,写生描景。墨从笔底生,意从胸中来,从不敢懈怠。一次,在汉中街市观景,偶见一老叟怀抱了雏鹰叫卖,就生了好奇,上前观之,浮想联翩。似见鹰击长空,极目千里,气势磅礴非禽类可及,顿生怜悯,花钱买下,拢在手上看了个把钟点,几近痴呆。如此赏玩一番,却将它放飞了。回来后就写鹰的各式姿态,仍嫌不生动,于是搜罗有关鹰的各种资料,每逢假日就去动物园观察写生。儿子好玩,也缠着跟了去,却见父亲只在飞禽笼前跫摸搭眼,不忍离去,便赌气不再跟他去玩了。

不几年,他的鹰图便开始抢手,而且随省上领导漂洋过海,成了友谊、和平的信物。向他求画者日众,他从不怠慢,白搭了自己的纸墨颜料,且要常常挑灯夜战,还着这永远也还不清的"人情债"。后来人们发现他画路其实很广,山水禽兽、花卉翎毛,样样生动传神,雅而不俗,就又登门索要。他叫苦不迭,只好把平日积攒的"精品"拿出来权作应酬。因为向来分文不取,竟被画友称为"墨痴"。他倒朗笑起来,掏出烟递上,又开始与友人侃起墨道,直至午夜不休。气得妻子拍着屋门嗔道:"俩烟鬼,都看几点了?"俩人只好拱拳道别,说改日另找个地方再聊。送走客人,他又铺了画纸,开始描绘自己的心得……

如今,在他的家乡陕北,人们在家里挂了他的字画,引以为豪,说是这苦窘地方,难得出这一才子。崇尚文化的古城西安更有许多人屋里也挂了他的幅幅作品。且常有主人向来客介绍说:"瞧!这字画不错吧?那当然,俺这儿人才辈出,这可是书画名家齐岗的大作呀!"

1994年4月

猫　痴

　　她压根不是我想象中那类出了名气便装扮得花里胡哨，甚或高仰着头且手夹了摩尔烟只顾潇洒的主儿，更没有想到眼前这个文静贤淑满脸学生味的女孩就是我要采访的对象——宋郭莲。

　　她正忙着作画。画面上，两只小精灵似的猫咪正用它们炯炯有神的眼睛窥视着草丛中的一只蚂蚱。猫儿纤细而富有弹性的胡须，经她寥寥数笔，其顽皮和狡黠的神态，便栩栩如生，跃然纸上了。

　　如果说，绘画是人内心世界美好情感的倾泻的话，那么，郭莲笔下的猫则是她用心灵去塑造的一座圣殿。她自小爱猫如命，从她牙牙学语开始，就和这小动物结下了不解之缘。她整天与猫形影不离，在一起厮玩，在一起逗趣，晚上也要与猫睡在一个被筒里。她还给这些心爱的猫起了小黑、亮亮、小黄等一个个昵称。

　　郭莲的爷爷宋曾诒先生，是一位诗、书、画无一不精的陕西画坛名流。起初，他看着小孙女与猫在一起玩耍，也没有放在心上。小孙女得空就围到画案前，很专注地看着爷爷写字绘画，给爷爷拿颜料、压宣纸，好不勤快。看着孙女这般聪颖伶俐，他便给孙女找来大量的碑帖、画册和拓本，手把手教她临摹白描，习帖练字，终年不辍，使郭莲的技艺有了很大的提高。

少年时代的光阴是短暂的。高考落榜后，她感到一种从未有过的孤独和压抑，偶尔练练书法，跟爷爷学习绘画，情绪也是忽热忽冷。无名的空虚和无所事事的感觉缠绕得她整日坐卧不宁。

一天，年近八旬的爷爷一连跑了市里的几家书店，为她采购了一厚摞绘画理论技法等入门书籍。一进门，爷爷就说："莲，你不是喜欢猫嘛，你怎么不学着画它呢？"

郭莲登时茅塞顿开。是啊！我怎么不去画我心爱的猫咪呢？

从此，爷爷的画室里少了爷孙俩逗乐的声音，孙女见缝插针，向爷爷请教诸如构图、用笔、破笔等技法。为了打好基础，她开始临摹《芥子园画谱》《马骀画宝》《工笔牡丹画法》《猫的画法》等一系列教科书。她始终感到，临摹到手的画总是欠缺点什么，形与神很难统一起来，但她一天也没有停笔。为了搜集资料，她逢书店就进，把零花钱全买了绘画书籍。她还特意从省图书馆借来一本《怎样画动物》。她在懵懂中恍然大悟，原来动物的骨骼、习性、皮毛以及奔走跳跃时全身的力度等等因素，无一不影响作品的成功。就是这本书，后来她用高出书价5倍的罚款"买"下了它。

她开始忘我地练习绘画。她把凡能搜集到手的关于猫的照片、挂历和图片，一一挂在她那小小的画室，这里简直成了猫的世界。万籁俱寂的深夜，陪伴她的只有床上静卧的猫和手中的笔。瞌睡了，她就用浓茶和咖啡提提神儿。但时间长了，喝酽茶和咖啡也不管用,她就用针在手指上扎……就这样,她迎来了一个又一个黎明。

有段时间,她的创作陷入了进退维谷的境地。她觉得,笔下的这些猫儿怎么就不像小黑们那样生动活泼,招人喜爱呢?

她一气之下掷了自己的画笔。

她把自己关在屋子里,闭门静思。她除了练练书法,翻翻画谱,逗逗小猫,便潜心研读一些名家散文和《简·爱》《红楼梦》等中外名著。她开始对古装黄梅戏、秦腔、评剧以及动画片产生了浓厚的兴趣。但她还是没有找到答案。

这段时间,无名的困惑、彷徨和失意都随时牵绕着她的魂魄,使得她一刻也不能安逸,蕴藏在内心的无数个憨态可掬的小黑们,折腾得让她感到紧绷的神经会在不经意间"嘣"的一声断裂开来。就这样,她在忧郁和焦躁中度过了难熬的一天又一天……

这天晚上,她怎么也睡不着,就盘腿坐在床上,兀自思考心事。《渔樵问答》《平沙落雁》等一曲曲古琴独奏的优美音符从小录音机里流淌出来,哀婉低转,令人回肠荡气。那简直不是一首古琴曲子,分明是一幅天上人间的美景。她似乎依稀看到了那空旷的幽谷、皎洁的月光和陡峭的峰峦,那些景致显得那么幽深。就在这溪流板桥旁,白装羽衣的道人正在弹奏一首古曲,琴声和着溪涧的水鸣在悠远而缥缈的空谷间回荡……这不就是爷爷笔下的《云壑飞泉》和《李白听琴图》吗?

这时,许久淤积在她内心的创作欲望突然间爆发了出来,她感到心爱的猫咪在脑海中有了万般姿态,同时也感到一种从来没有过的灵气:国画创作不是追求浓淡和美的效果吗?何不吸收西画透视技法以及力学的立体动感等,把工笔、写意融为一体呢?

她迅疾下地、拉灯、铺纸,调颜料,像要完成一件神圣的事业一样急不可耐。

就在这天夜里,她把自己的全部灵感和激情倾注笔端,打破了过去创作的条条框框,一幅《蕙莲同心》就这样一气呵成。两只活生生的猫儿就像两个两小无猜的情侣偎依在一起,似乎有说不完的悄悄话……搁下画笔,她兴奋得简直不能自已。"成功了!我成功了!"她拖起床上熟睡的小黄猫,亲昵地半天不愿撒手……

这一艺术表现手法的成功,给她愧疚了许久的内心带来了许多慰藉,也给她今后的创作实践打下了良好的基础。1991年,她的《舐犊情深》《猫蝶图》等三幅作品第一次挂在了省美术家画廊举办的"陕西省妇女书画协会书画展"的参展大厅,受到了许多书画界知名人士和书画爱好者的赞赏。

这一年,她才20岁。

为了追求更加高深的绘画艺术,1992年4月,她第一次走进了中国书画艺术的宝殿——中国美术馆。在这里,她大开眼界,看到了从未见到过的吴冠中、刘海粟、齐白石等书画名家的真迹,见到了何海霞、卢光照等一批国画艺术大师,使她很受启发和鼓舞。全国政协原副主席马文瑞先生还亲切接见了这位来自西安的小画家,并对她的国画作品大加赞赏。

在赞誉和成绩面前,她的头脑非常冷静。从京归来,她开始重新审视自己的作品,寻找差距,并自费进入西安美院进修国画创作。这期间,她创作了以猫为题材的大量作品,如初涉尘世的《顾盼生辉》、卿卿我我的《两小无猜》、贪玩调皮的《少小嬉憨惯，安危不动心》以及翻跟斗做游戏的《酣战》等。这些作品，不是一处静止的山水或僵坐的模特，而是集情、境、形、色为一体的美的活动着的具象，似诗似梦，又似音乐一样缠绵，叫人过目难忘，达到了寓情于景、形神兼备、清新俊逸、自然流畅、妙合无垠的境界，且命题不俗，各具特色。她从导师——书画名家宋亚平那里学得的牡丹、蝴蝶、石头、兰草、蕙莲以及蛐蛐等等，无一不入其画，为其作品的整体美感起到了烘托气氛的作用。同时使其作品透出深刻的哲理、崇高的境界、美好的情趣等，做到了物我结合，妙趣横生。可以说，她笔下的猫，动静顿挫，几乎辨不出什么是技巧，什么是故事，仿佛是浑然天成的一段自然，呈现在人们面前。著名书法家陈少默先生看了这些作品后，当即为她题字"玩物岂丧志，猫奴最妖媚"。

1993年9月，她正式加入了陕西省妇女书画协会，成为该会年龄最小的会员。

是啊！世上玩物丧志者何其多矣！然而在郭莲的笔下，生活中的猫却成了美的天使。她又何曾会想到有一顶金灿灿的桂冠在等着她，人们的求美心理在呼唤着她呢？

她本来是个唱歌不错的女孩，但没有在歌坛上出名，却就爱上了猫这个尤物。她是用"技精不如意深，意深犹需情切"来对待生活，对待自己所钟情的事业的，生活对她的馈赠就是让她在这美的氛围中信步徜徉，不断跋涉。

她是个感情非常丰富的女孩。有一次，奶奶看她身体消瘦了，特意为她炖了鸡肉，她却把两只鸡腿偷偷地给猫分享了；她衣着朴素，却每月要花去100多元钱购买肉食，为小黑们改善生活；她养了一只寿命长达十七年的黄猫，至今不忍心送给别人；

同许多女孩子一样，她特别喜欢童安格的歌，很想有幸哪天到了台湾，亲手送一幅自己画的猫给他。她同时虔诚地崇拜着书画艺术大师任伯年、张大千、宋伯鲁、徐悲鸿、刘继卣等，也崇拜着荷兰画家凡·高。人品画品俱佳的她从不评价别人，但对国画作品的创作、构思却有自己独到的见解。

几年的绘画实践，使她深深地体会到，强化造型意识是写实最基本的要求。似与不似，应以似为基础；写意与写实，应以写实为基础；表现与再现，应以再现为基础。但这些只有程度的差异而没有绝对的界限。她的作品始终贯穿着以形写神，以神为魂，亦形亦魂，以神造形的创作思想，因而读来让人倍觉酣畅淋漓，形神兼备，目不暇接。她对艺术的不断追求和探索，使她终于走出了一条独特的创作路子。

这几年，她的同学中有的人"下海"赚了大钱，有的在社会上谋了一份好职业，唯有她始终不改初衷，与她的猫和手中的笔苦苦相恋着。她深知，能使自身能力得到充分发挥就是人生的最佳选择，她没有任何理由抛弃自己所挚爱的事业。这些年，为了写生，她几乎废寝忘食，常常挑灯夜战；为了创作，她曾谢绝一切来访，也得罪了昔日最要好的同学，这都图个啥？

她有着自己的哲理：不图成名成家，但求无愧我心。

或许，这就是充满爱心的宋郭莲青春轨迹上最真实的写照！

1993年11月

宋亚平写意

也许是她出身于名门望族,也许是她天生丽质、不谙世俗,而立之年的宋亚平始终给人一种沉稳而不浮躁的感觉。第一次读到这一幅幅经她肆意挥洒、浓墨淡抹、形神兼备、细腻中充裕了阳刚之气的作品,我没有想到,会出自一位纤弱女士之手。她却浅浅一笑,没有一丝标榜自己的意思和过分谦虚的语言。

这,就是宋亚平。

亚平生在一个书画世家,其高祖宋重封擅长花鸟,名重一时。曾祖宋伯鲁是中国近代史上的名人,多次替康有为呈书,同谋维新,晚年恣情书画,誉满海内。当时陕西流传一句顺口溜:"先学柳,再学欧,最后再学宋伯鲁",足见其影响之大。其父宋曾诒,秉承书画家风,书画并重,尤长于工笔人物,成就卓然,得世人垂青。亚平自小围在父亲的画案旁,耳濡目染,8岁就提笔习画。她的身上倾注着父亲的一腔心血,画中凝聚着父辈的传统笔韵。古曰:无法之法,乃为大法。她的画,无论山水,还是花卉,构图都很大胆,用笔不加雕饰。她强调大块面的整体艺术效果，追求一种气势。在她的笔下，大红大绿可以入画，也可以整盆地往纸上泼墨，从不顾忌画论上的清规戒律，也不拘泥于一家一派的模式。她要表现的是自己对生活的审美感觉，表现自己对七彩人生的理解。她创作的长卷《万里终南横翠图》，融传统山水皴法与现代西画技法于一体，气势磅礴，浑厚华滋，迷离朦胧，泼辣豪放，浓淡并重，泼色、泼墨、烘染、破墨兼用，得到书画大家的赞誉。

亚平原以山水为主课，由于索画者日众，后来她试画花卉。她先从百花之王的牡丹学起，不到两年，牡丹已闻名遐迩，且画风泼辣淋漓，下笔如飞，往往不假思索，顷刻即成。1988年，她在全国"金龙杯"书画大赛时作为获奖作者即席挥毫，竟赢得"牡丹王"之美誉，接着又在国际"牡丹杯"大赛中获佳作奖。中国书法协会主席舒同先生来陕，在一次画展中偶见亚平所画牡丹图，赞不绝口，心生爱意，特经人介绍以自己的一幅书法与之"黄庭换鹅"，一时传为佳话。

近年来，亚平的作品多次参加省市美术展并获奖，多次作为出访礼品，传至日本、新加坡、马来西亚等国。虽然她的作品挂在了中国美术馆的艺术殿堂，令京城的书画名流刮目相看，但她从不夸夸其谈。从她的身上，我们看到的是一种东方女性沉稳练达的美。但与人探讨艺术创作，她却常常独辟蹊径，妙语连珠。画品和人品俱佳的她，被著名画家黎雄才、何海霞、吴冠中、娄师白、韦江凡等前辈称之为"出手不凡"，从而为宋氏书画世家注入了新的生命。

1993年11月

金希明其人其字

一个有修养和造诣的文学家、艺术家，大抵是远离名利而往往被名利所累，不追逐仕途却每每让各种头衔所宠的。他不能超脱红尘，却淡泊了功名利禄，使自己的修为让自己释然，在翰墨的阡陌上逡巡终得正果——这便是金希明先生。

希明是堂堂的男儿，头脑中蕴含了黄土高原一沟两峁世代传吟的信天游，也容纳了那片热土所固有的雄性美和纯朴的自然美。他的故里陇东镇原是有名的"书画之乡"。少时家贫，他立在蒲河、茹河汇合处一个偏僻普通的农家碥畔仰望瓦蓝瓦蓝的天空时，就窃想这是多么大的蓝布呵。在这硕大的白云点缀中写上字画上画该是何等的风景啊？若干年后，当他走出那片黄土围就的村庄且有了名气时，他才感悟到应该真诚地感谢生活感谢生命感谢自然对他的恩赐，也领悟到"书为心画"的艺术真谛。以至于如今成了书法大家仍丝毫不敢遗弃"悟性"和恒心这个为人为书的根本。

读希明先生的作品，让我首先想到了参禅。蒲团打坐，降心守言，清心寡欲，意念早已遁入九霄苍穹，气度却寓于体内而毫发不露。汉字原本是很美的，左右比例、上下搭配、间架结构等等，都使汉字具有一种匀称严谨的美。但是，汉字书法却大不一样，比如行草，比如隶书、楷书，不同的作者和作品在观赏者眼中便有各自不同的美。由此可见，书法作品的美无疑是作者个性、气质、思想感情以及品格、学识、修养等方面的综合体现。希明生性刚直，于是他的行草开张跌宕，大气磅礴，在结字上随势而就，使转自然，始终给人以震撼和所向披靡的气势。这种气势绝非是咄咄逼人之势，那是一种雄壮刚劲的美。与此形成鲜明对照的是他的小楷，如抄录的《兰亭序》等作品，则刚柔相济，洒脱飘逸、奋笔恣肆，又给人一种逸趣横溢的美。

  书法家要在这方寸之间寻求变化，是需要深厚底蕴的。希明先生的书法作品给人的印象是既眼熟又陌生，不为那家那派，学古不泥于古。他的草书擅长运笔运墨的变化，能从线条中悟出起伏跌宕的节奏，从黑白中演绎出浓淡枯湿的旋律。他书写的四屏，以强烈的对比夸张，造就其苍劲潇洒、豪放俊逸、起落交错的大草风格。他写的大字犹如一棵苍松根植于黄土地而深厚庄重挺拔；尤其是他写的大"虎"字，结体独特，以泼墨法，行笔遒劲刚健，融疾涩而达到燥湿于一体，艺术地再现了虎的雄壮威严。用他的话说："我书我虎众不同，领异标新凝神情。"他一笔挥就的两米大"寿"字，刚柔兼并，似千年古藤；他用长锋笔写的"听琴"二字，险中有奇，观字如同赏曲；四尺大"武"字则用笔有锋有芒，似宝刀寒光闪闪，后被少林寺德虔法师赠送新加坡南洋少林总会，深受同道倾爱。纵观他的书法作品，始终盈溢着生动的气质和飞扬的神采。日本著名书法家、篆刻家川合东皋交流收藏他的作品回信称"高作,拜谢"。

任何一种艺术都与其姊妹文化有着密不可分的联系,书画艺术尤其如此。多年来,在写作之余,他还广泛涉猎美术、摄影、根雕、音乐、收藏等范畴,长此以往,无不为学书之助。

已届不惑之年的希明先生不失为一个颇有造诣的书法家,他曾二十余次荣获全国书法大赛奖励,国内十三部有影响的书法专集收入了他的作品,更多的书作已流传全国二十多个省市和港澳台地区以及英国、印度、日本、新加坡、菲律宾、韩国、德国、马来西亚、泰国等国家。由于他在书法与文学创作上的突出成就,1991年被评为甘肃省自学成才奖获得者,受到奖励;1993年荣获甘肃省最高文艺奖"敦煌文艺奖",受到省委、省政府的奖励。

1995年4月

翰墨情深吴建军

吴建军做梦也没有想到：去年10月他和哥哥吴建科在首都北京举办的书画展能产生这么大的轰动效应！

他们的书画展没请名人作序，也没有展前新闻媒体的介绍宣传，然而他们的做法却赢得了书画界的高度赞扬，许多专家权威评价说："吴氏兄弟的办展方式，犹如一股清新之风，给书画界带来了勃勃生机！"

吴建军的展前序言写得颇有新意。他这样写道：

　　我们来自秦兵马俑的故乡。我们承袭了父辈们默默耕耘的美德。二三十年过去了，埋在我们心中的信念和希冀一直在不停地涌动着……，无论在农村还是在军中，我们都不敢懈怠对自身的磨砺。我们已习惯走不平顺的路。艺海弄墨，更当苦攻。默默地求索中，我们的灵魂得到了净化，生命变得年轻。而此刻真的要回头，看看来时的路，却百感交集。也许因为我们孱弱的精神世界亟须爱的抚育；也许是金秋的富有让我们自愧；也许为了想在自己钟爱的空白中绘出更美的画图；也许什么都不是，只是赤裸裸地，手挽手走来了，一任大方指点。

……

自称三秦痴子的吴建军，33岁，曾下过乡，当过战士，现在西安陆军学院任教。他自幼受其父影响，偏爱诗文书画，尤厚书法，恒之不辍。他初学唐楷，先后临习过颜、欧、柳、赵诸家碑帖，继而追宗秦汉，远至侯马盟书。广涉名碑法帖，手摹心追，乐此不疲。十余年来，呕心沥血，自强不息。一方面肩负正常工作任务，另一方面利用业余时间钻研书法。他的书法求变而不猎奇，勿险而顺其自然。蕴含丰富，风格迥异。作品曾多次参展并在全国、全军书展中获奖，偶有佳作留洋海外或被国内有关报刊发表，亦有作品被中国画研究院及该院展览馆收藏。个人被编入《当代中国书画家大辞典》，现任陕西省青年书法家协会理事。

吴建军学习书法没有拜师。十几年来，一直在自学的路子上艰难地爬行。他常说："一个人哭的时候逗他笑并不难，难的是当他笑的时候让他哭。好比走惯山路的人，走平路容易，走惯平路的人上山却很难。"在学习书法的过程中，他不断地给自己加码。1982年开始临习碑帖，那时他还在军校学员队上学。由于他是班长，兼副区队长，学习任务重训练强度大不说，还要负责学员的管理工作，天天都差不多是两眼一睁，忙到熄灯。为了挤出时间写字，只好利用午休时间，就连每晚睡觉前的十多分钟也不放过。每逢周末，更是通宵达旦，如痴如醉。建军的右手腕因训练跌伤，致使软组织增生，手指、手腕不灵活，临写一阵子，就又酸又麻。尽管如此，他硬是咬着牙强行坚持临帖。每逢探亲休假，他别的可以不带，但笔墨纸肯定忘不了。大热天，白天他独自闷在家里睡觉，晚上便静静地端坐于桌前跟往常一样继续临帖。由于生活习惯跟家人不合拍，他怕影响家人，每每不等假满，就提前十多天返校了。

吴建军工作六七年来，没有给过父母亲一分钱，他把多半的工资用在了他为之倾心的事业上，并且至今还负有上万元的债务。建军的生活是艰苦的。他买牙膏、香皂什么的，总是挑最便宜的，可买起宣纸、毛笔什么的，总是很大方。光阴似箭，眼看着战友们一个个都成了家，一间间单身宿舍，一下子布置得灯红花艳，富丽堂皇，而自己的房中尽堆了一些破纸秃笔，心里偶尔也泛起一抹酸楚之感。然而，他又非常清醒地暗暗告诫自己：不能羡慕别人，只管走自己的路。

论经济，他一穷二白；论官衔，他入伍十五六年还是个正连级；可论工作，他从不马虎。一次连队办俱乐部，他一连三天三夜没合眼。在学院办院史迎校庆时，又创了三天三夜没合眼的记录。他负责学报的编辑工作，组稿、约稿、审稿都是由他一人来完成。对此，他毫无怨言。

吴建军对书法有独特的见解。他的"练"和"炼"的辩证关系更有新意。他认为，学习书法一方面应注重练手，另一方面更要注重炼心。练的目的在于强化人体在书写运动中的适应能力，尤其是手、腕、臂及腰部的协调性。炼心的目的，则在于加强人的内在修养，提高自己对书学等方面的认识。仅仅注重练手，很难使书法上更高的层次，使人读后缺乏味道。同样，只注重炼心，也无法创作出好的作品，正如人们常说的那样眼高手低。所以，练手和炼心两者不可偏废，相辅相成，互为补充，相得益彰。

吴建军写了这样四句自勉诗：

> 书道有法亦无法，
> 莫唯功名淡俗雅。
> 方圆任心挥写去，
> 自然妙造生奇华。

这正是吴建军对事业执着追求的真实写照。

1994年1月

墨宝堂速写

在西安,有个几乎无人不晓的地方——西安事变旧址高桂滋公馆。就是在这里,有个专为书画艺术家添姿加彩的墨宝堂装裱店。

记得鸡年春节刚过,一个年轻人就在这里树起了他们的牌子——墨宝堂。其创始人,竟是一个二十出头的年轻小伙子袁艺辉。艺辉年纪虽轻,但艺龄不短,他自1989年投师于揭裱名师学艺开始,至今已逾六个年头。而今,他信誉良好,技艺娴熟,自立门户,在广大书画艺术家中印象极佳。

艺辉年龄不大,却收两徒,女徒亚婷是他的乾州半拉老乡,男徒和他是周原乡党。三个农家出身的孩子,不求吃喝玩乐,但他们懂得揭裱艺术,甚至连许多年迈的揭裱师也常来切磋技艺。年轻人,固有年轻的不足,但也有年轻的优势:他们腿勤,两辆破旧得不用加锁小偷亦看不上眼的自行车,穿梭于西安的大街小巷,停留在书画家的门庭院落,或取画,或送活,车轮子少有停转的时候;他们嘴勤,碰上裱画师谈揭裱,碰上艺术家谈艺术,真格是小生常谈了；他们手勤，白天干一整天，晚上守着画案加班，偷闲要么看书写字，要么自己学着涂抹绘画，倒也别有风趣。嘿，谁若迈进了艺术的门槛，就似穿上了红舞鞋一般，全都会着了魔呢！

无人算清他们到底裱了多少幅字画，如若细算，一年少说也有3000幅之多。陕西著名书画家的字画，他们几乎全都裱过，像石鲁、赵望云、方济众、何海霞、修军、王子武、刘文西、刘自犊、王西京、张义潜、苗重安、石宪章……，一些书画家还与他们建立了固定的联系，像赵翔、陈默、李新安、白炬熔、张化洲……他们还为不少大型画展裱过画，像纪念杨虎城诞辰100周年的大型画展，当时时间紧，任务重，质量要求严格，他们便加班加点，精心装裱，终于提前三天将数百幅字画全部装裱好，使画展按时展出。墨宝堂作为《艺术界》杂志下属的一个实体，经他们精工细裱的字画，有上百幅已在《艺术界》公开发表，还发表了不少介绍评价这些艺术家的文章，真可谓"近水楼台先得月"了。

"书画赖有裱装助，乃能挂壁增光辉。"这是赵朴初先生的名言。俗话也说："三分画工，七分裱工。"足见装裱对于书画之重要了。是的，未经装裱的字画，只能是未染颜色的布料未经油漆的家具，而只有经过装裱，才能光彩赢人，挂壁生辉，万古流芳。是的，许多光秃秃皱巴巴的书画，一经墨宝堂装裱，即刻庄重典雅，辉煌夺目；许多糟朽破碎的历史书画珍品，一经墨宝堂揭裱，立刻平正堂皇，枯木逢春；许多名人字画，一跨出墨宝堂之门，即刻面目一新，身价倍增……其实，墨宝堂的功劳远不仅于此，还在于它培养了一个又一个年轻的裱画师。不是艺术家们曾大声呼吁过嘛，我们的艺术人才出现了断层，这自然也包括揭裱人才。而今，通过这几个年轻人，我们不就看到揭裱艺术后继有人了吗？

哦，为了艺术的辉煌，为了民族的文化，为了我们的事业，这便是墨宝堂永远为之奋斗的目标。

1995年1月

花蕾初绽小卢希

　　一泓清水，几尾鱼虾，几只雏鸡，姹紫嫣红的牡丹，似一种景致，又似梦一样的现实，落在一张张雪白的宣纸上。色调浓淡之相宜，线条粗细之自如，闭了眼，便能想见风儿来了，池水起皱，鱼虾畅嬉，牡丹摇曳，临池的雏鸡盯上了鱼虾扑翅吱鸣，竟然无从啄噙，一副万般无奈的憨态跃然纸上……

　　呈现在我们面前的这一幅幅作品，像一首诗，又像一种美好的憧憬。画面的布局结构很大气，意想不到的几分难得的趣味，令人过目难忘。我们很难将这娴熟的绘画技法与幼稚的童心揉在一起，我们更没有想到，有这份天赋和灵性的作者竟是西安市太华路小学五年级的学生，一个刚满11岁的小姑娘——卢希。

　　我们几经周折找到了这位小画家。踏进她的小屋，抬眼瞭见的不是豪华考究的装潢甚或小布娃娃、粘贴画儿之类，倒是像走进了一位勤奋备至的画家的创作室了：满屋子悬挂着一幅幅她的作品和名家的国画挂历，写字台上除了书本和课外读物外，便是镇纸、笔洗、笔架、颜料等，一缕缕翰墨的清香扑鼻而来，算是给这不足十平方米的小屋添了不少情趣。

谈论起女儿，卢希的妈妈眉里眼里都是自豪，一边给我们介绍女儿的情况，一边从柜子里抱来一厚摞大红的获奖证书：

1992年，获第五届"双龙杯"全国少年儿童书画大赛"双龙杯"奖；

1993年，获"小星星杯"全国少儿书画大赛银奖；

两幅作品分别获"跨世纪新人全国书画大赛'神童杯'"银奖和铜奖；

作品收入《中华少儿优秀作品集》一书，并载文向读者介绍；

获得了陕西省艺术界少儿书画大赛二等奖；

全国少儿书画大赛评委会授予书画六段段位；

……

探寻卢希成长的奥秘，譬如家庭环境、父母影响、课余爱好与文化课学习等等因素，对于今天的孩子们成长能有什么启迪？譬如在大人们的一片赞扬、家长的一团溺爱中，孩子的品德形成、人格塑造等又会受到怎样的影响呢？

卢希生长在中国改革开放的年代，无疑是幸运的。因为这个时代给普通老百姓提供的最大契机，就是人们满足口腹之饥后，开始注重精神生活的追求。望子成龙，盼女成凤，已成为天下父母的共同心愿。无数个具备较高艺术技能的孩子已经造就，无数个与卢希同龄、与卢希同样具备了一技之长的孩子正在健康成长，无数个小卢希也正在造就之中。

卢希的爸爸是建筑工程师，妈妈是一所中专学校的教师，典型的书香门第。他们给小卢希提供了健康成长的良好文化氛围，也为女儿的成长倾注了他们的全部心血。

那还是小卢希蹒跚学步的时候。一天，妈妈下班刚进门，就看见屋里的墙壁上、地板上被女儿涂上了大人难以读懂的五颜六色的图画。太阳、月亮、小人儿、小鸟……笔法稚嫩，却童趣盎然。看到这些，妈妈忘却了工作一天的劳累，抱起小女儿，听孩子述说自己的内心世界："一个小娃娃在逗虫子玩，玩得好高兴好高兴。呀！天黑了，娃娃找不见妈妈了……"妈妈仔细地看着小女儿的杰作，虽然那画面并不能完全表达出女儿心中的故事，可是一颗母亲的爱心，却从那一条条彩线中，感悟到女儿可爱的童心，感悟到女儿对绘画的兴趣是多么的浓厚。

卢希的胆量开始大了起来。一次，卢希的妈妈外出归来，看到女儿"创作"的小猫咪，猫儿在笑，在哭，在嬉闹翻滚，在张牙舞爪，画面虽显得稚嫩，却也真像回事。这画不再是画在墙壁上、地板上，而是画在女儿自己心爱的雪白的小裙子上。

爸爸将年仅8岁的小卢希送到西安市青少年宫学习绘画。小卢希在少年宫里如鱼得水。她暗暗地下决心，这么多的小朋友在一起画画，我一定要画得最好、最棒！天资聪颖的小卢希被老师分到国画班，要她正式学习国画的绘画技法，而不再是学习天真烂漫的少儿图画了。

小卢希痴迷于绘画，常常是刚做完家庭作业，就拿起了画笔。妈妈怕累坏了她的小身体，节假日就带她到公园、动物园去玩。每次出去，卢希的注意力并没有放在玩上，而是全神贯注地观察鲜花、蝴蝶、蜜蜂、小鸟的各种姿态，回家后就把写生记下的草图画在纸上。她的绘画技法开始有了质的飞跃。

卢希的启蒙老师、著名青年画家陈默先生对记者说："卢希用功、踏实，悟性极高。我所讲授的绘画技法，卢希很快就能接受,并贯穿到自己的作品之中。"陈默先生对卢希颇为偏爱,决心下大力气培养这个好苗子。卢希的父母说:"孩子的每一点长进,都凝结着陈老师的一片心血。"

还是在卢希上一年级时,学校组织一些高年级学生的书画作品参加新城区书画展览。送展前,美术老师徐静平发现有一幅画不尽人意,决定撤下来,让卢希画一幅画补缺。就是这幅作品,使卢希在学校开始小有名气,也为她日后潜心习画奠定了基础。

卢希的绘画兴趣与日俱增。她常常把别人给她的压岁钱拿去买绘画的入门书籍、颜料和宣纸。几年来,她先后临摹了任伯年、齐白石、王雪涛、孙其峰、肖焕等国画大家的近千幅作品以及《花鸟画技法100问》《芥子园画谱》等教科书上的诸多作品。有时为临摹一幅作品,她要画十几遍,从运笔、着墨、构图,一点一点地去体会、去揣摩,得空就拿着名家的画选,一边读,一边想,把不易理解的一个个难题记在纸上,去向老师讨教。她从不与别的小女孩比吃比穿,也从来不缠着大人要吃这要喝那,"希望工程"捐款时,她先后从自己平时积攒的零花钱中拿出十几元;同学中谁有了困难,她不声不吭地就去帮助;学校办黑板报、墙报,她自告奋勇……这几年,她曾先后获得了全国和省、市少儿书画大赛十几次大奖,在报刊上发表了近10幅作品,但她的学习成绩却一直在全年级的前五名,并被两度评为区级"三好学生"和学校的"十佳少年"。她是学校少先队的中队长,又是班干部。对于这样一个品学兼优的学生,平时自然得到学校老师和家长及同学们的褒扬,但在荣誉和成绩面前,她却从不骄傲自满。

1994年3月13日,小卢希被陕西文艺广播电台请去做"蓝色沸点"节目的嘉宾主持,她奉献给听众的第一句话就是:"收音机前的叔叔阿姨老师们,很感谢大家对我的厚爱与支持,我将认真学习,刻苦用功,争取做一个好孩子,尽早实现我的理想……"

卢希的理想是长大当一名画家,她要用手中的笔来涂写这个多姿多彩的世界!

不久前,小卢希登门拜见了中国花鸟画家、西安美院教授肖焕先生。肖教授看着她的作品情不自禁地说:"起手不凡,真不可想象这会出自一个小姑娘之手,后生可畏啊!"

1994年6月

人物春秋
第三辑
REN WU CHUN QIU

创作于2013年7月

陈琮英：让历史告诉未来

居上位而不骄，在下位而不忧。（《易·乾》）

——题记

在中国共产党第一代高层领导人的结发妻子中，任弼时同志的夫人陈琮英女士的身世和她的经历一样独特。她过早地失去了心爱的丈夫，一生也没有高官要职。翻阅她的履历，就像翻阅一本可人的书籍。这对革命夫妇相扶相伴走过了革命最艰难的时期，一生简单、清新、平凡，至今仍然保持着独特的魅力，并受到人们的普遍爱戴和尊重。

1995年7月1日，记者在西安有幸见到了这位富有传奇色彩的革命老人。陈老今年93岁，精神矍铄，思维敏捷，灰色的八角帽上一颗红星闪闪发光。翻开厚厚的任弼时纪念画册，听老人侃侃而谈，我们似乎又回到了那个风雷激荡的年代，看到了她与夫君同患难，共命运，相濡以沫的身影。她的一生就像一杯酽茶，由于她的严谨和不善言辞，让人总也品不尽其中的滋味。

一

陈琮英是湖南省长河县新桥人，1902年出生。陈琮英出生不久，母亲不幸去世，父亲陈艺轩常年在外教书，因此，陈琮英是由兄嫂在困苦的环境中拉扯长大的。

陈琮英后来的公公，即任弼时的父亲任裕道的原配为陈氏，因其婚后早逝，又续弦朱氏，朱氏即为任弼时的生母。任裕道与前妻感情甚笃，为了纪念亡妻，他按照指腹为婚的旧习俗，约定倘若生下男孩就和岳丈家的侄女陈琮英结成姻亲，以维持亲戚旧谊。这样，陈琮英在她12岁那年便来到生活越来越拮据的任家，当了童养媳。后来她进了长沙北门外的西园袜厂当童工。这是一家手工业工厂，雇用十多个织工和染工。陈琮英平时住在袜厂里，逢年过节，在两家来往走动。陈琮英的哥哥在铁路上工作，收入略好一些。任家拖累重，所以陈琮英拿到工资后，经常接济正在上学的任弼时。由于家庭经济困难，任弼时在明德中学只读了一个学期，便于1919年春季开学时考入收费较低的长沙府唯一的府立中学——第一联合县立中学。陈琮英以自己的忠恳与吃苦耐劳帮助解决了任弼时难以维持学业的窘境，终于使比她小两岁的任弼时顺利读完中学。

任弼时也很敬重陈琮英，并十分看重他们之间的这份缘分。1921年春，17岁的任弼时赴苏联，进入东方劳动者共产主义大学学习。临行前，他分别给父亲和陈琮英的哥哥写了信，恳请他们帮助陈琮英读书，并希望加以督促。任弼时说读书"乃儿为终身之谋"。

不久，陈琮英终于不负厚望，考入半工半读的自治职工学校，日积月累，打下了较为稳固的文化基础。任弼时得悉，极为欣慰。

五卅运动后，任弼时回到上海。小巧、俊美的陈琮英这时也从湖南乡下来到大上海，与分别六年的任弼时结了婚。他们没有举行仪式，没有摆设筵席，住在一间简朴的亭子间里，但是爱情之花却在这里盛开了。婚后，党组织为了掩护这时已是中国共产主义青年团总书记的任弼时的工作和为这两个互相思念的年轻人搭"鹊桥"，决定派陈琮英担任党的交通员工作。从此，她便献身于中华民族解放的伟大事业中。

二

初到上海的陈琮英，一口湖南腔，一身乡姑的装扮，而任弼时因为秘密工作的需要，不断改换装束，时而长袍马褂，时而西装革履。在十里洋场的旧上海人眼里，夫妻俩不免有些不大相配。任弼时曾对陈琮英说："你初到上海，环境不熟悉，慢慢会习惯的。你的工作很重要，党中央的领导人瞿秋白、周恩来、罗迈都在上海，我出去活动不方便，你这身打扮敌人不注意，正便于工作。"从此以后，任弼时经常把起草好的文件和书信，让陈琮英按指定的地点送给中央的领导人，或是交给秘密的印刷厂排印。每次陈琮英出门时，他总要叮嘱："早去早回来，遇到有人盯梢，不要急着往家里跑，要想办法甩掉'尾巴'；万一有人盘问，就说是乡下人，什么也不知道！"

有一次，任弼时的大妹培月到了上海，住在堂叔任理卿家里。陈琮英很想马上去看她。任弼时说:"要找个机会。"过了些日子,组织上安排任弼时搬出亭子间,迁到别处去住。搬家的前一天,任弼时对陈琮英说:"机会来了,今天可以去看大妹了。""为什么不搬好家后再去呢?"任弼时说:"搬了家就不便去了。因为万一遇到有人盯梢,新的住址被人发现,就会发生麻烦,今天去,就是有人发现了,明天就找不到我们了!"陈琮英这才恍然大悟说:"二南(任弼时的号),你的警惕性真高啊!"

1926年深秋的一天,树木凋零,寒风习习,陈琮英的内心却升腾着幸福的火焰,她将随同任弼时赴莫斯科,参加青年共产国际第六次执委会议,一睹这个神圣城市的革命风采。随后,她又随夫君从上海到武汉,经历了"四一二"血的洗礼。1928年到1929年,年轻的陈琮英更经历了一生中常人少有的两次救夫遭遇。

那是1928年的深秋,身为中共临时中央政治局委员的任弼时在安徽南陵巡视工作时,不幸被捕入狱。当时在上海的陈琮英接到消息后,立即报告中央。中央立即派人陪同陈琮英前去营救。陈琮英抱着长女苏明,扒上载煤的列车,赶赴长沙,去找任氏家族的姻亲、长沙四大律师之一的何维道出面营救。何维道赶到安庆后,利用他的社会关系,把案子从特刑庭转到安徽省法院。开庭时,何维道出庭辩护。任弼时被捕后,一口咬定自己是长沙伟伦纸庄的学徒胡少甫,并寻机请人捎信给在长沙当工程师的堂叔任理卿,告知了一切。陈琮英到长沙后立即通知纸庄真正的老板、她的堂兄陈岳云赶紧回避,自己则以老板的身份与敌人对质。任弼时终于被营救出狱了,但他们的第一个孩子苏明却因在煤车上饱尝风寒，不幸患肺炎夭折了！

1929年11月，时任中共江苏省委宣传委员会书记的任弼时，在上海租界区第二次被捕。当时任弼时身上除了一张电车"派司"外，没有任何文字资料。他化名彭德生，称自己是从江西来上海投亲谋职的失业青年。但敌人并不以此罢休，对他多次行刑逼供，后来给任弼时的背上留下了两块被电流打击后的深深烙印。这时陈琮英根据党的指示，按任弼时被捕后的假口供，择地布置了一个小资本家的宅院，以商人太太的身份，再次与凶残的敌人周旋，又一次救出了自己的丈夫。

就在陈琮英两次把自己的丈夫从敌人手中救出后，不幸的事情又落在了她的头上，使她自己也尝到了身陷囹圄的滋味。

1931年，27岁的任弼时在党的六届四中全会上当选为中央政治局委员，并受命为中共中央政治局派赴中央苏区的代表团负责人。陈琮英本来可以和他一起去苏区，但是，她的预产期已经临近，行动不方便，只好暂时留在上海。与丈夫依依惜别的陈琮英在七天之后的3月12日生下了女儿远志。谁会料到，产后刚刚一百天的6月22日，因中共中央政治局主席向忠发被敌人逮捕后叛变，陈琮英怀抱女儿落入了魔爪。

陈琮英在回忆这段历史时说："我被捕当天，见到向忠发，见面时，当着敌人他对我说：'你什么都可以讲，他们（指敌人）早知道了，你不要瞒。'我当时抱着刚出生三个月的小女儿，装糊涂说：'讲什么呀，我是农村来的，我什么也不知道。'后来，我被押送龙华监狱。"押送龙华监狱半年后，陈琮英和孩子在周恩来的直接关怀下，被党营救出狱。而叛徒向忠发早已被正在庐山不明情况的蒋介石下令枪决了。陈琮英目前是向忠发一案唯一健在的当事人了。

三

为适应长期残酷的战争环境，陈琮英还多次经历了骨肉分离的痛苦。1932年3月8日，陈琮英转道香港，终于和分手一年的丈夫在闽西苏区重逢。临行前，她将远志送回湖南老家。第五次反"围剿"战局全面失利后，她又将儿子任湘赣寄养在老乡家，随任弼时、肖克和王震率领的红六军团从湘赣苏区转移，突围西征，作为中央红军长征的先遣队，开始了在长征途中较之各路红军行程最长，为时两年的艰苦跋涉。任湘赣从此下落不明。陈琮英和女儿远志也是一别十五年，直到1946年，她才把女儿接到延安。

1935年11月，当红二、红六军团行进到贵州绿冠擎天、人迹罕见的梵净山区时，已征战半年余，且身怀六甲的陈琮英险些掉队，这时她怀揣着机要密码本，赤脚倚在千年古树之下，喘着粗气，幸好被负责收容的同志抢救才得以归队。任弼时闻讯后高兴地说："我丢得起老婆，丢不起'机要局长'哟！"

到达苏区后，陈琮英一直在中央机关从事机要工作，专门负责各苏区的日常及战争联系，她在这一岗位上一直干到中华人民共和国成立。

在阿坝草地，陈琮英生下了女儿远征。为了这个小生命的存活，一直与任弼时感情甚笃的朱德亲自钓鱼熬汤给陈琮英喝。这时，张国焘特派江荣华去照看陈琮英母女。刘伯承也因此和江荣华结成了百年之好。大家都说远征是他们的"红娘"。

由于革命战争的需要，1937年10月，陈琮英辗转千里，将涉过草地，爬过雪山的远征送到了长沙的婆婆家里。1940年2月，欲从苏联返回祖国的陈琮英又将她在莫斯科生下的，这时才1岁2个月的女儿远芳寄养在国际儿童院。这一别，又是十年，直到1950年5月，由于患严重高血压、脑血管硬化和两次被捕受到酷刑的摧残留下多种疾病的任弼时，赴苏治病半年后回国时，才将远芳带回。

任远远是任弼时与陈琮英于1940年12月在延安的土窑洞里生下的最小的儿子。到了解放战争开始后的1946年，他们将远志和远征也接到了延安。不久，胡宗南进犯延安，远志和远征又随学校一起转移。

到了1947年10月，陈琮英焦虑地带着任远远从山西兴县渡过黄河，赶赴距中央纵队住地陕北米脂县杨家沟约十里的钱家河，照顾在那里养病小憩的任弼时。陈琮英从此便跟随毛泽东、周恩来和任弼时三人组成的指挥全国解放战争的"昆仑纵队"转战于陕北的沟峁崖畔和奔腾桀骜的黄河之滨。

敌人的多次进攻使许多家庭妻离子散，任弼时的家庭又何尝不是如此。就在任弼时夫妇决心让远志和远征跟随行知中学和抗敌小学的队伍一起行动，经受锻炼的行军途中，任远志因患夜盲，跌伤了右脚的趾骨，右腿从脚尖肿到大腿，急得陈琮英毫无办法。林伯渠夫人朱敏得知后，把姐妹俩留在她的身边。中央纵队到达王家湾后，远志、远征被送到父亲身边。这一来，任弼时住的半截窑里，又增加了两名家属，她们的铺位就在存放杂物的土台上。这时，他电请邓颖超转告陈琮英："我和远志、远征……都好，因敌进绥德，她们暂仍随我们行动。"有几天，远志发高烧，任弼时端一盆凉水，拧一条湿毛巾，敷在她的额头，继续工作。过一会，又换一次毛巾。蟠龙战役后，任弼时把孩子送往河西。临分手时，任远志掏出一个小本，请毛主席题词。毛泽东主席欣然同意，提笔在小本上写下了"光明在前"四个字。

革命战争的节节胜利，使中央机关开始向东转移。1949年3月23日，四野从平津开来接运中共中央进北京的100辆大卡车和20辆吉普车，这些车整整齐齐地排列在西柏坡附近的河滩上。上午11时，陈琮英带着远远与任弼时乘坐在第八辆中型吉普车上，向北平前进。整整二十四年啊！她为之奋斗了整整二十四个年头的新中国就要横空出世，傲视东方了。

1950年10月，中华人民共和国刚刚度过一周年的诞辰。由于朝鲜战争爆发，任弼时早就将医生"每天工作四小时"的规定抛在了脑后，宵衣旰食，勤于政务。24日晚，任弼时为朝鲜战争忙到深夜，陈琮英不放心，力劝他早些休息，有事明天再忙。任弼时说："明天有明天的事啊！"

翌日清晨，任弼时终因积劳成疾，突发脑溢血，经多方抢救无效，于10月27日12时36分溘然长逝，英年46岁。他是中华人民共和国成立后第一位辞世的党的最高层领导干部。毛泽东、刘少奇、周恩来、朱德等亲视任弼时遗体入殓，并为他覆盖党旗。当任弼时的灵柩移往劳动人民文化宫时，刘少奇、周恩来、朱德等执绋前导，中共党员和共青团员600余人轮流守护灵堂……每提及此，陈琮英都会有一种追悔莫及的切肤之痛涌上心头。

四

翻阅陈琮英和任弼时年轻时的照片，他们相依相偎的幸福感跃然纸上。天性活泼可人、开朗乐观的陈琮英总是小鸟依人般地伴在高大英俊的任弼时的身旁。然而当他们还没有来得及共享新中国的果实时，任弼时却在46岁之际英年早逝，留给陈琮英的是无限的思念和眷恋。任弼时去世后，她的身体每况愈下，经常昏倒在地，对于她从事多年的机要工作也不得不放弃。但她终于挺住了四十多岁丧夫的巨大打击，带着多病之身，将儿女抚养成人。陈琮英老人也在孩子的悉心照料下，身体逐渐好起来了。如今，她已93岁高龄，耳不聋，眼不花，谈吐伶俐，思维清晰，腰板硬朗。她有时也写写毛笔字，练练小学生字帖，因为有时开会或外出时有人请她题字或签名，于是她就想着把字写好一些。记者请陈老为报纸题写一幅，陈老爽快地提笔写下了"让历史告诉未来　陈琮英　九五.七.一　西安"。

陈琮英生活中的另一爱好就是打麻将。每天吃过晚饭，7点到10点，她便与身边的工作人员坐在一起玩一会麻将牌。她说，这是年轻时与任弼时一起搞地下工作时学会的。那时与革命同志接头商议问题时，经常会有特务或可疑人突然推门而入，于是陈琮英与任弼时便装作与客人搓麻将，应付突发情况。如今，麻将牌成了陈琮英消遣的一大爱好，并且牌技毫不逊色，一般初学者是很难赢她的。

陈琮英和任弼时共生育了9个子女，其中5个在战争年代先后夭折或丢失。然而她对幸存的儿女虽倍加爱护，但要求十分严格。1968年，陈琮英唯一幸存的儿子任远远结婚，她除了为儿媳置了一套新衣服外，结婚家具、被褥都是旧的。

被誉为"党的骆驼"的任弼时，在党内身居要职，权重位高。但不管任弼时健在或去世，陈琮英从未以此而向党伸手，始终严于律己，这在党内是有口皆碑的。

任弼时有一个小妹任培辰，长期生活在国民党统治区。任弼时进入北平后，任培辰夫妇一起来探望离别二十二年的兄嫂一家。久别重逢，大家倍感亲切。培辰看到，哥哥穿的一件毛背心是陈琮英用一条延安时用过的旧围巾改织的，孩子们穿的衣服有的是用旧制服改缝的；吃饭时，用的餐具都是搪瓷碗和竹筒碗，筷子上系了绳子，好像是行军打仗时用过的。一位共产党人的家庭生活竟如此简朴，这是培辰夫妇始料不及的。

任弼时去世后，仍住在景山东街寓所的陈琮英触景生情，日夜悲思。毛泽东等中央领导同志知悉后，便将陈老一家接进中南海安居。她家的生活始终十分简朴，一滴水、一度电，她都十分节约。有时来了客人，也只是拿小米粥、烙饼、泡菜或炒白菜等款待。"文革"肆虐时，她又移居红霞公寓。1969年又搬到西四一个四合院居住至今。此处院子较大，房子却多年未加修葺了，斑驳陈旧，绝无气派、亮丽可言，而老人却非常知足。她常说："现在已经很好了，有房子住，饿不着肚子，出门有车坐……"老人容不得无人的房间亮着灯，身上的衣服也是补了又补。国家几次调资，她都婉言谢绝，将增资指标让给了别人。

陈琮英始终关心着国家的经济建设。近年来，她每到一地，都要与当地的同志交谈，询问经济建设情况。1938年3月，她曾随任弼时从延安出发，经西安、兰州、迪化（今乌鲁木齐）进入苏联国境，出席在莫斯科举行的共产国际执委会。谈到她对西安的印象时，陈琮英老人说，变化太大了！太大了！真是今非昔比啊！

党时刻没有忘记陈琮英老人。1991年3月15日，在湖南考察的江泽民总书记到任弼时故居参观，并在故居前任弼时的铜像下留影、题词，后又专程到长沙看望了正在休假的陈琮英老人。

1992年12月30日，在人民大会堂湖南厅，党为陈琮英老人90华诞举办了庆祝活动。500多位老同志举盏共庆。他们在祝愿陈老长寿的同时，心中念念不忘任弼时等老一辈革命家建树的丰功伟绩。

1995年7月

（本文荣获第八届中国报纸副刊好作品评选三等奖）

史志诚和他的"畜产经济理论"

引 子

这是一种理论。

这种理论用之于实践，将长期以来畜牧业生产归农口，畜产品经营归商业口，畜产加工业归轻工、食品、商业等部门管理的旧体制，代之为牧、工、商的一体化，革除了因条块分割、宏观指导失控所导致的畜牧业生产"少了喊，多了赶"的痼疾，使畜产经济的产、供、销各个环节出现了前所未有的繁荣景象，并且得到了国内外经济学界的充分肯定和高度赞扬。

追寻这种理论所产生的深层次原因和产生这种理论的外部环境和条件，我们看到了中国经济管理体制在改革完善中的希望和曙光。

构想在阵痛中诞生

翻开中国的历史，我们可以看到这样的记载：早在距今

5000年前的新石器时期，先民们便开始种植五谷，驯养六畜。从西安半坡遗址发现的遗骨中，已经证明有狗、猪、羊、鸡、牛、马的骨骼，并确认狗和猪是半坡人驯养的家畜，且成为肉食来源的一部分。春秋战国时已实行放牧与舍饲相结合，发明了阉割术，出现了兽医专业。到了秦汉，畜牧业已很发达。《史记》中就载有"陆地牧马二百蹄……千足羊，……此其人皆与千户侯等"，以畜牧业而致富的人。西汉时张骞出使西域带回苜蓿种子和良种大宛马，大力发展军马。到了隋唐，畜牧业得到进一步发展。唐代朝廷设立"牧监"等专门机构管理养马事业。中华人民共和国成立后，党和政府对畜牧业十分重视，生产条件日益改善，家禽数量及畜产品产量不断增长，畜牧业呈现出了前所未有的繁荣景象。

但是，长期以来，由于我国畜牧业产、供、销各方面发展实行的计划经济体制，部门分割，产销脱节，宏观指导失控，造成畜牧业生产大起大落，农民生产积极性多次受到挫伤，畜产品总量不足，使市场供应仍然脱离不了"发票""排队"的局面。近年来，农业和畜牧业生产虽然有了较快发展，但由于畜产经济体制的改革严重滞后，尤其是改革初期饲料工业成为"瓶颈"，致使畜产原料与畜产加工能力之间的供需矛盾尤为突出。工业过热，"三厂"（毛纺厂、乳品厂和皮革厂）建设过快，加工能力猛增，畜产原料的供需关系失衡，导致"羊毛大战""乳品大战"等种种争抢原料的大战，企业效益连年下降，甚至出现严重亏损，畜牧生产也随之出现波动。尤其令人担忧的是，20世纪50年代我国牧区大小牲畜近3000万头（只），发展到现在的近1亿头（只），每头混合畜占有草地由115亩下降为34亩。43亿亩草原中严重退化的占三分之一，其中开垦破坏和沙化共减少1亿亩。草场建设步伐缓慢，投资不足，抗灾能力脆弱，再加上一些牧场超载，每遇灾年，则草畜矛盾更为突出。

我们从中不难看出，中国畜牧业的发展速度，不仅仅是个畜牧业自身生产的问题，同时还有一个畜牧业与相关产业的关联和协调发展的问题。在畜产经济领域中，饲草饲料的余缺与畜牧业发展速度之间的矛盾；畜牧生产与畜产流通之间的矛盾；畜牧业商品生产基地与畜产加工业布局之间的不协调；人口增长、食物构成与畜产经济结构之间的不协调；产业政策与畜产结构的调整不配套等等，已严重抑制着畜牧业的快速发展。

面对现实，一位对陕西畜牧事业发展倾注了三十多年心血的陕北汉子，首先提出了遏制这种局面继续恶性发展的"畜产经济理论"，并在实践中取得了成功。这，就是陕西省农业厅副厅长、农学硕士、西北农业大学（今西北农林科技大学）兼职教授史志诚。

史志诚1958年参加工作，一直从事畜牧行业的工作，对中华人民共和国成立以来陕西畜牧业发展情况可谓了如指掌，面对畜牧业面临的这些难题，他深感焦虑和不安。

1985年2月，史志诚随团赴加拿大考察访问。在畜牧业比较发达的魁北克省，他看到了从未见过的繁荣景象：政府运用法律手段调整和管理的畜牧业在井然有序的状况下运行，农牧产品价格的平稳给农牧业生产者和畜产品加工、销售者以至广大消费者带来了许多便利的条件和实惠，也给政府增加财税起到了很大作用。史志诚从思维深处所得到的启迪和收获，使他这年的春节在异国他乡更是"别有一番滋味在心头"，一种发展中国自己畜牧业的强烈使命感随之在他的心中萌发。

1986年10月,他带着省农牧厅(今省农业厅)下乡工作队来到靖边县蹲点,他一边协助县委、县政府发展农业生产,深入乡村扶贫帮困,一边组织力量开始对这个昔日"风吹草低见牛羊"的地区开展"陕北畜产经济"调查。这次调查,他抛弃了过去就生产论生产的调查模式,在总结历史经验的基础上,以商品经济的观点,从生产、流通、加工三个方面,对榆林、延安两个地区的25个县、市,采取"统一提纲、分级调查,集中汇总审定"的方法进行。除地县调查外,还组织了9项专题调查。

通过调查研究,使他和他的同事们更加明晰了我国畜牧业发展中产生这些问题的深层次原因:

——散。草业、畜牧业、饲料工业、畜产加工业和畜产商业等五大畜产业间联系不多,配合不够,导致五大主体产业结构松散,整体效益难以发挥。

——差。大部分畜产品价格放开以后,畜产宏观调控能力差,供需总量难以平衡。

——慢。对部门之间、产业之间的产业关联与产业结构理论的研究处于空白状态,致使畜产管理体制改革缓慢,畜产经济理论研究滞后。

认识明确了,一个大胆的构想——"畜产经济"的概念从他的脑海中滋生了出来。他认为,畜产经济是国民经济的一个重要产业部门和独立的经济行业;畜产经济的依存和发展不仅取决于畜牧业、草业、饲料工业、畜产加工业和畜产商业五大产业的生产水平和经济结构,而且与畜产环境、自然生态、社会经济、科学文化和经济决策等五个基本条件有着十分密切的关系。因此畜产经济应当在社会主义市场经济体制下研究畜产经济的基本发展条件和发展规律；研究在一定生产关系下畜产经济结构及其运行机制；研究畜产各业协调发展和横向联合；研究农牧结构、畜种结构、畜群结构、畜产品结构和合理调整；研究畜产经济中草畜关系、农牧关系、粮食生产与饲料工业发展的关系、畜产品的产销关系、畜产加工业与畜牧生产的关系和畜牧业与工商业的关系；研究生态经济中畜产业的地位和作用；研究提高人民食物结构中动物性食品的比重，保障畜产流通和畜产加工业的不断增值的对策和措施。

由于经济学涉及各个领域，如政府计划部门负责制订和下达短期计划和远期规划，农牧部门管理畜牧生产，有关的工业部门负责畜产品加工，商业、食品、粮食、供销、外贸、乡镇企业部门负责畜产品的收购、流通、分配、消费、加工及产成品的购销等。财政、税务、金融、信贷部门负责投资的预算、决算、税种、税率、生产贷款等，都与畜产业的生产发展有关。为此，史志诚疾呼：促进各经济部门的协调发展和横向经济联合，是尽早完善畜产经济管理体制的重要任务之一。

有了这种概念和产生这种概念的深层次基础，1987年10月，由他和他的同事们合作编著的洋洋25万言的《陕北畜产经济》一书形成雏形。1988年2月，陕西省科委作为阶段性软科学研究成果通过了专家鉴定，当年6月由三秦出版社出版发行。

理论在实践中提高

"畜产经济理论"的问世，对这个几十年处于滞后状态的旧的产业结构无疑是一种重创，它的科学性和可操作性同时赢得了国内许多专家和学者的赞许。为了更加完善这一学说，史志诚组织百余名畜产经济工作者把调查范围扩大到关中、陕南地区，开展"陕西畜产经济"研究。该研究被列入1990年省科委和省农业厅软科学重点课题。

1990年9月，史志诚率陕西省饲料工业考察团赴泰国考察，他在借鉴了正大集团解决饲料工业与畜牧业之间矛盾的经验后，根据中央和省上改革试点的要求，大胆建议宝鸡、西乡、陇县、千阳等四个县在畜牧体制改革试点中采用"畜产经济理论"解决管理体制不顺的问题。不久，有关部门批准宝鸡县将农业局的畜牧科和商业局的食品公司合并组建畜产食品局，并开展生猪产销一体化试点；西乡县畜产局开展草业肉牛产销一体化试点；陇县畜产局开展奶牛、奶制品加工、销售一体化试点；千阳县畜产局则实现了奶山羊、羊奶制品加工产销一体化的管理体制，解决了过去一家一户，一个部门所不能解决的难题。

从各地畜牧管理体制改革的情况看，虽然形式多样，发展不平衡，但总的可以看出这种体制具有不可低估的优越性：

——牧工商经营一体化推动了畜产管理体制的改革；

——产销一体化带来产销两旺；

——在国营畜产企业走向市场的同时，政府主管部门的职能将转向宏观经济管理；

——畜牧业的部门管理与畜产经济的行业管理趋于结合的走向；

——畜产品的产供销归口畜产局（或畜牧食品局）管理，但改革的难点和薄弱环节仍然是培育畜产市场机制的政策措施不配套。

1991年初,史志诚与陕西省原科协主席上官信联名上书陕西省委、省政府提出推广这一经验。同年8月,省上批准成立省畜产经济领导小组。1994年,省委省政府又批准省农业厅的"三定方案",明确了畜产经济的管理协调职能。中华人民共和国成立初期建立起来的畜牧生产流通体制形成的政企不分、条块分割,产销脱节的问题和矛盾开始缓解,全省畜牧产供销出现前所未有的好势头。畜产经济理论在实践应用中取得了明显的社会效益和经济效益。

——促进了区域畜产经济的发展。通过对榆林、延安地区及定边、宝鸡、陇县、西乡等县畜产经济发展战略的论证,促进了陕北养羊业主导产业,陕南肉牛、陇县牛改等主导产业的发展和区域经济、县域经济的发展。

——以畜产经济观点指导的兴陕项目——陕北百万只改良羊集团第一轮承包,得到各产业、各行业、各部门的重视和支持,取得了明显的社会、经济和生态效益,五年计划四年完成,达到预期效果。四年新增改良羊年产值2.8亿元,比改良前新增产值1.76亿元,累计新增产值达7.8亿元,达到全国先进水平。该项目获农业部"丰收计划"二等奖。

——促进了一些县级政治体制与经济体制改革,为畜产经济的发展提供了新的经验。

——促进了国家畜产统计工作的改革试点工作。国家统计局接受了畜产经济的部分观点,1991年在陕西、内蒙古、河南开展草业、畜牧业,饲料工业与畜产品购销统计的改革试点工作,使国家统计工作在宏观上把握总量,在总体上有了调控枢纽。

——培养了一批研究和探索畜产经济的人才,接受和应用畜产经济观念的人越来越多，畜产行业开始重视草业基础，调整畜牧业结构，完善饲料工业体系，围绕产前、产后开拓市场搞活流通，为中小型畜产加工企业改善经济环境。

——介入决策。在陕西省科协、省农学会等单位支持下，1991年初召开了首届全省畜产经济发展战略研讨会。与会的各行各业代表达成共识，对畜产经济理论在实践中的推广和应用起到了积极的促进作用。

——经受住了市场疲软，通货膨胀的严峻考验，始终保持了持续、稳定、协调发展的势头。1991年全省大牲畜、猪、羊、家禽存栏数与1985年相比分别增长18.1%，6.1%，70%和64%。肉、奶、禽蛋总产量分别比1985年增长78%，62%和128%。畜牧业总产值达到43.9亿元，占农业总产值的23.7%，比1985年增加8.2个百分点。畜牧业出现存栏稳定，产品大幅度增加，畜产品有效供给增加，市场稳定的好形势。

思维在实践中完善

不断的实践使"畜产经济理论"得到了更进一步的验证和完善。为了使这一理论尽早走出他的"象牙塔"，1991年9月至1992年7月，史志诚在中央党校学习期间，先后在北京各大图书馆翻阅了国内外大量的有关资料，继续总结我国畜牧经济的成败得失，潜心经济理论和产业经济学的研究。邓小平南方讲话鼓舞了他在理论与实践的结合上狠下功夫的决心，开始修订他的长达23万余字的专著《畜产经济概论》。

1992年8月，农业出版社出版了《畜产经济概论》，引起了有关部门的同行和专家的关注。陕西省委原副书记牟玲生在该书序言中写道，这是一种"新的尝试"，是"作者近三年来结合工作实践在这一领域不断探索的成果，殊堪嘉许"；农业部原畜牧总局李易方局长、农业部畜牧兽医司陈耀春司长等专家也盛赞该书对"领导部门决策提供了比较科学的依据"，为此他们向全国畜产界的理论研究工作者郑重推荐阅读。西北农业大学曾将该书作为畜牧大专班教材，供学员学习研究。

最近，由史志诚编著的《陕西畜产经济》也即将出版发行。他在该书中特别对许多尚处于模糊状态的经济学概念做了诠释和界定。

一种理论在其成立或被人们认同之后，最终的目的还在于实践。史志诚和他主持的"畜产经济研究"课题组进而提出了全省畜牧业、饲料工业、乳品工业、毛纺工业、皮革工业、畜产外贸发展战略及其可行性论证分析报告，提出建立畜产经济区域发展战略，即陕北黄土高原以羊子为主的畜产经济区，渭北旱原以肉牛和奶畜为主的畜产经济区，关中平原猪禽和奶牛为主的畜产经济区，陕南以生猪为主的畜产经济区。

实践证明，这些思路和设想在畜产经济理论指导下，均已取得了较高的社会和经济效益。到1993年，全省肉类总产达65.9万吨，奶类总产27.4万吨，禽蛋34.7万吨，人均占有分别从1980年的8.2公斤、2.15公斤和1.15公斤，增加到1993年的19.7公斤、8.0公斤和10.0公斤。畜牧业产值达53亿元，在农业总产值中的比重达到24.33%。草业也有所发展。饲料工业总产量达65万吨，畜产品加工已形成了一定的生产规模，畜产商贸愈加活跃。畜产经济的发展，不仅为农业生产提供了优质的肥料、动力和资金，为轻工业提供了原料，为外贸部门提供了出口物资，而且为改变人民的食物结构，提高人民生活水平，保障社会有效供给，稳定社会发展做出了贡献。

历史不会忘记

史志诚根据多年来实际工作经验创立的"畜产经济理论"，为我国在社会主义市场经济条件下发展畜产事业提供了有益的可供借鉴的第一手资料。近年来，他先后编撰了4部专述"畜产经济理论"的著作，达150万字。其中《陕北畜产经济》《陕西畜产经济》和《畜产经济概论》是分别反映一个区域、一个省和整个畜产经济理论的三部著作，可以说是他近八年来从事畜产经济研究的"三部曲"。近年来，他和他的同事们共撰写调查报告及论文90多篇。他除了主持省农业厅分管工作之外，还兼任着中国畜牧兽医学会副理事长、中国畜牧经济研究会常务理事、中国草业协会常务理事、中国饲料工业协会理事等职。现在，他仍然组织力量在坚持不懈地继续深入研究"畜产经济理论"，并把重点放在这一理论的具体应用和人才的培养上，争取发挥更大的经济效益。

一种崭新的理论体系建立起来了，史志诚多年的夙愿终于变为现实，他的理论已经和正在被越来越多的人所认同，但他和他的同事们探索开拓的脚步并没有停歇。1992年11月，他率中国畜牧业考察团应邀赴日本考察，了解日本农林水产省畜产局、北海道、青森县农政厅对畜产经济的宏观管理，考察了农牧场和东京肉类批发市场。1993年又对中国牧工商经营一体化和产业化理论进行探讨，由此，他对90年代我国畜产经济改革的任务和主攻方向提出了建设性意见，1994年9月，我国第一批主攻畜产经济与贸易的硕士研究生入校开始新的研究和探索……"勤奋、有恒、务实、自律"始终是这位学者型领导工作和生活的座右铭。我们祝愿他和他的同事们在研究我国畜产经济理论的征途上，不断有新的成果问世。

历史，永远不会忘记那些为正在富起来的国度奉献着辉煌人生的人们。

1994年9月

美国西部：四个陕西牧羊人的故事

一

杨黎旭做梦也没想到，自己会在美国做上了牧羊人，且一去就是三年，整日价骑在马背上，领着牧羊犬，驱赶着羊群，逐水草而居。乍一看，俨然一副中国北方牧民的形象。

出国前，他并不晓得要亲自骑马牧羊。因为这是陕西与美国怀俄明州在农牧业方面合作的第一个项目，他们是陕西省首批公派的赴美牧羊劳务组，当听说美国农牧业机械化程度很高时，几颗年轻的心就放轻了许多。

杨黎旭、任建新、王刚正、田润出国前都是从事畜牧业工作的。四个30岁左右的壮实后生先去榆林神木牧场见习了十天，1990年5月，杨黎旭带着他的三个组员，踏上了去大洋彼岸的旅程。

要去的地方是美国西部的怀俄明州迈格纳兄弟有限公司。在他们的印象中，美国的西部，就是牛仔，就是烈马，就是枪战，无边的荒野和陡直的山峰。对此，他们曾做过足够的思想准备。

怀俄明州总人口相当于陕西的一个中等县水平，总面积却比陕西省大近5万平方千米，境内主要为草地，80%的土地用来放牧，石油、煤、天然气是该州的主要经济来源，其中绵羊饲养量在全美居第二位。他们到达迈格纳公司没几天，牧场主就把他们领到由马牵拉的野营车前，指着一大片白茫茫的绵羊，比画着说，就是这群羊，你们的工作是管理它们。那群羊足有2000多只，几个人心里这才真正恐慌起来。

举目四望，怀俄明草原遍布了矮小、坚硬的灌木丛和青绿的草丛。这儿的天气仿佛是猴子的脸，说变就变，一会儿刮风，一会儿下雨，说话间又飘起了雪花。同时去的其他国家的牧羊新雇员，有的只待了几天便打道回国，但四个好面子的中国人却毅然留了下来。

二

五月的怀俄明草原，积雪渐融，牧草着绿，正是一年一度剪羊毛、接羔、割骟和防疫的生产忙季。

他们所在的迈格纳兄弟有限公司总裁吉米·迈格纳先生是位对华友好人士，是怀俄明州羊毛生产者协会理事长、美国绵羊业协会理事长，对管理大型牧场很内行。他将四位中国朋友先介绍给那些老雇员带领，以期让他们尽早熟悉这里的工作和生活环境。

杨黎旭与雪尔道一组。雪尔道是个高大的西班牙老头，好喝酒、鼻子红糟糟的，经常瞪着牛眼冲杨黎旭大吵大嚷。杨黎旭听不懂，只好看他的手势，揣摩着照他的意思去做。闲下手时，老头过来搂住杨黎旭的肩头，直翘大拇指。后来能听懂简单的西班牙语了，就常听到雪尔道冲牧场主说"中国人，聪明！"

为了克服语言障碍，他们开始艰苦的自学。除收听当地英语广播外，还借助英汉字典阅读一些英文报刊。经过与"老外"们三年多的耳濡目染，四个人的英语听说水平大大提高，一般的工作和生活用语没有多大问题，同时也能粗识一些西班牙日常用语。

牧羊人从早上5点开始工作，晚上10点才能休息，一天下来腿僵腰麻，回到营地竟下不了马背。美国大马不服生人，极难调教，有一次将田润摔下马背，昏睡在地上，怎么也爬不起来……

剪羊毛的活儿，一般请澳大利亚、新西兰等国的专业剪毛队来干。剪毛手双手翻飞，一天可剪近200只绵羊，其熟练程度令人咋舌。

不久就到了夏季，他们要赶着羊群到周围的高山沟壑去放牧。那里牧草鲜嫩，水源丰富，是理想的羔羊育肥地。牧羊人仍是两人一组，一人放牧管理羊群，一人做饭，兼管移动营地。

靠山吃山。牧场主在每个羊群中喂养了五六只肉羔羊，供雇员们自宰自食。杨黎旭头一回捅翻羔羊，瞅着冒着热气的羊血流到地上，心里念叨：这不成了屠夫了嘛！在国内时，他是杀鸡还要闭只眼的呢。当几个人围坐在简陋的餐桌上大口大口吃着自养、自宰、自做的香喷喷的羊肉时，心里却萌生了一种别样的滋味。

三

到了第二年冬末春初，四个中国人开始独立放牧了。

怀俄明州草原的冬季漫长而寒冷，从10月下旬到次年4月底，约有半年时间的平均气温在零下20℃，最低时达零下60℃，积雪多在一尺左右。

这年冬天，他们最大的收获是学会了使用牧羊犬。绵羊温驯却又任性，常常自作主张，四处觅食。牧羊人对如此庞大的羊群一时拢不到一处。经老雇员指点，四人遂去牧场主处各领回一只小牧羊犬。杨黎旭的老家是宝鸡人，给自己的小犬取名"宝鸡"，田润就起了个名叫"西安"。不久，任建新捎来纸条，说他和王刚正的小犬分别叫"延安""延河"。四个中国汉子整日价将故乡唤在嘴上，像是又多了几个"乡党"。有了牧羊犬，羊群果然从此好经管多了。

牧羊也时有风险，狗熊和豺狗就是羊群的主要敌人。他们四人虽各持一支牧场主发给的半自动步枪，但只能对付单个狗熊、豺狗。有年冬天，田润共射杀五只豺狗，算是他们中的神枪手了。但遇到豺狗群的大举进犯，则需立即报告牧场主，牧场主便派轻型飞机架着机枪，将豺狗赶尽杀绝。

刚过半年，四个年轻人就受到了雇员们的信任和赞誉，中国人的驻地也比当初热闹了许多。他们自然也不慢待客人，经常给老外们理发，闲暇时还请他们吃饺子、面条、油饼。更重要的是他们的活儿干得漂亮，羊群膘情、羔羊成活率都明显高于西班牙、澳大利亚籍老雇员。所有这些都给他们带来了极好的声誉。

外国人也挺"仗义"，有时估摸中国"弟兄"驻地的蔬菜肉食不多了，就会骑一两个小时的马，将自己钓的鱼送来几条。雪尔道从西班牙探亲回来，赠给杨黎旭、任建新各一个皮酒囊，并请他们喝"家乡的果酒"。杨黎旭不会喝酒，就取出压在箱子底下的西凤酒，敬雪尔道一杯，辣得老头翘舌直嚷"中国酒，真够劲！"

四

　　平时与羊犬为伍，思念亲人之情也就被繁重的工作所掩盖。可是到了春节，中国人骨子里的过年情结和与家人团聚的渴望就再也无法抑制了。

　　到了1992年春节，杨黎旭的爱女小则伟会弹电子琴了，把对着电话弹了一曲《世上只有妈妈好》，说："爸，我们好想你……"说着掉下泪来。杨黎旭以为接着会听到"你回来吧"，但话筒里只是轻轻啜泣，并无下文。原来妈妈事先给她交代，不要哭，不要说让爸爸回来，因为爸爸那边有工作，咱要支持他，不拉后腿。

　　时序很快进入1993年春季，回国日期一天天临近，三年的艰辛将画上一个句号，杨黎旭他们急于回国的心情简直有点迫不及待了。

　　这时，美国参议员、共和党副领袖亚伦·辛普森从华盛顿发出贺信，称他们完成了"对怀俄明州绵羊业开拓性贡献"，"获得的经验将有助于深化我们两国之间的联系及进一步开展怀俄明州羊毛生产者与陕西省绵羊生产方面的合作"，并送了他的签名大彩照做纪念。

　　收获岂止是这些。他们撰写的《美国的绵羊业》《美国大群绵羊放牧管理技术综合研究报告》《迈格纳牧场及其管理和效益》等十几篇论文，为我国北方地区大群绵羊放牧管理提供了不可多得的经验和第一手管理技术。

临行前一天，迈格纳兄弟有限公司的总裁拍着杨黎旭肩头说："黎旭，包一顿中国饺子，行吗？"中国水饺，成了陕西牧羊人离开美国西部的告别宴。

1993年6月14日，北京国际机场。

小则伟从人群中挤过来，直喊爸爸。杨黎旭抛开行囊，用那粗壮的胳膊搂起女儿，兴奋得热泪盈眶……三年啦，他无时无刻不在思念自己的亲人，一次次相聚，都只有在梦中；今天，他才真真切切地抱起了可爱的女儿。女儿身上散发的馨香，几乎要融化了他。

四个中国汉子回到了自己的故土，他们又见到了青灰色的城墙，听到了纯朴的乡音，这使杨黎旭他们恍若隔世。最初几日，他们常常蓦然作想：我做了牧羊人了？我有过那样孤单艰辛的一千多个日日夜夜？哦，梦幻般沉甸甸的三年……

作者与台建林共同采写于1993年8月

近访靳羽西

依旧是多年不变的童花式发型，依旧是粤味普通话。1997年1月21日，当记者在西安凯悦饭店见到来自大洋彼岸的美籍华人靳羽西女士时，她比我们在电视上看到的显得更加活泼率真，蕴藉隽秀，风采迷人。

毕业于美国杨伯翰大学，获音乐、政治两个学位的华裔女士靳羽西，在中国人眼里并不陌生。她制作的《看东方》《变化的中国》等大型电视片，向美国观众生动、形象地介绍了中国改革开放的进程和成就。她拍摄的《中国的墙与桥》在美国ABC电视网播出，荣获了美国电视界最高荣誉奖——艾美奖。1985年，她自筹资金，历尽艰辛周游20余个国家，拍摄专题片《世界各地》，赠送给中国中央电视台，为中国亿万观众打开了一个认识世界的窗口。

靳羽西在事业上是个永不满足的人。当她成为世界上有影响的电视节目制作人之一时，她又把目光投向美化东方女性这一领域。她一生最想干的事是设计生产一套适合亚洲女性用的化妆品，后来她用自己的名字"羽西"命名了这套化妆品家族，上市后，在中国各地大受欢迎。如果说，她制作的电视节目架起了东西方交流的桥梁，那么，她的羽西化妆品则让中国乃至亚洲女性寻找到了属于自己的美丽，因而，她被誉为"中国化妆王国的皇后"。

羽西说："18岁那年，我要去夏威夷参加水仙花皇后比赛，第一次认真地使用了化妆品。我发现，化妆使我在瞬间变得更加漂亮和自信。从此，我便开始对美容化妆艺术不断地追求和探索。"她说，自己后来从事电视节目主持工作，但在美国总找不到合适的化妆品，法国、美国的名牌并没使自己特别漂亮。现在，每当听到某些亚洲女性自豪地说她用的化妆品是外国进口的，她就表示怀疑和困惑，因为那些产品并不是为亚洲女性配制的。比如，戴安娜公主能够并且确实使用蓝色的眼影和眼线，只因她有一双美丽漂亮的蓝眼睛。而亚洲女性的眼睛和头发是黑色的，若用蓝色和绿色化妆就很不协调。

多年来，羽西始终思考着这样一个问题：法、德、意、美和日本等国在世界各地都卖着完全一样颜色的化妆品，比如在香港，99%是黄肤色的中国人，而巴黎90%是白人，他们并不适合用同一种化妆品，但这些化妆品公司为什么会有胆量把西方女性的用品卖给亚洲女性？而我们又为什么那么愚蠢地去买？答案是，一方面，我们至今还没有名牌化妆品可供人们来选择，另一方面，一些女性对美的追求还有许多误区。

羽西曾四次来西安访问游览，发现西安的许多女性渐渐地学会了打扮自己。她说，爱美不懂美，是很可悲的。中国女性要做个聪明的消费者，首先要懂得颜色，研究颜色，懂得服装和化妆对美化自己的作用。她打着比方说，正确使用口红颜色可使你的皮肤显得更加细腻白皙，牙齿更加光洁明亮，眼睛更加炯炯有神。同样，如果你的服装颜色搭配得当，其效果也会"锦上添花"。相反，如果你的服装颜色不对，就会把我们亚洲人黄皮肤中的黄、绿和咖啡色都给反衬出来，使人看上去显得萎靡不振，像得了病似的。为了寻找亚洲女性穿什么颜色最漂亮的答案，她曾与两名颜色专家一道，把几百种颜色的布料围在几百个亚洲女性身上看效果，找出了适合亚洲人穿用的40余种颜色，并将其归纳成"配色表"。她指着"配色表"说："你可能已经注意到有几百种颜色很明显不在表上，如咖啡色。咖啡色穿在亚洲人身上效果并不好，如果皮肤黑一点的人穿了就更不好，但金发的白种人穿上咖啡色服装就很好。较深颜色的咖啡色就不同了，它基本上属中性色，我们亚洲人穿上效果还可以。不好看的颜色还有灰色（除了深炭灰色）和军绿色。服装与化妆品讲究协调美观，比如你穿了紫色衣服，那就应当抹粉红色化妆品，如果穿橘红色衣服，就应使用橘红色化妆品。"

羽西说，做一件事，如果做不到最好，那就放弃。她4岁时学钢琴，后来在美国也得过大奖，但感到当钢琴家并不是最好选择，便放弃了。如今她钟爱着美容事业，羽西化妆品已在国内12个大城市设立了销售机构，其中彩妆、洁肤和香水系列都十分俏销。

羽西认为，生产化妆品是一方面，更重要的是通过美的教育来更新中国妇女的美容观念，提高审美素质和化妆技巧。她说有次她在北京与李鹏总理的夫人朱琳交谈。朱琳说，由于种种原因，美的教育在中国几乎是空白。羽西说，中国不少人认为化妆品是奢侈品，中国的教师和政府职员大都不敢化妆，男性美容就更少。于是她每年有一半时间在国内一些大城市开办各种美容讲座，提供美容化妆电视短片，著书立说，从化妆、穿衣到整体形象美化、教育中国女性展示自己最美的风采。她说，在美国，女人化妆就好像我们每天必须刷牙一样，没有什么大惊小怪的，中国女性也在逐渐地转变着旧的观念。比如吴仪、彭珮云等，五六十岁了照样穿红衣服，这在过去是件了不得的事。羽西笑道："这不，两位女性出现在外交舞台和国务活动中，风采迷人，有谁能说她们的不是呢？"

话题转到电视节目主持这个行当。记者请羽西评价中国电视节目主持人的整体素质，羽西说，中国的主持人太年轻，这种年轻表现在年龄和文化素养上。国外的节目主持人都是自己写稿，自己策划，而中国的主持人中年轻人多，有的像个小毛孩子，全靠背台词，提的问题一个比一个无聊，这怎么行呢？有人说，中国人不喜欢年纪大的人来主持节目，这是偏见。光有美的外表，而没有一定的文化素养，看这种主持人主持的节目，观众怎么能信任他（她）呢？观众不相信他（她），他（她）主持的节目就是失败的。

羽西生于广西桂林，青少年时代在香港度过，1973年到纽约定居。她能说一口流利的英语和汉语。谈起几次来西安的感受，她说："西安是个开放的大都市，却很少有人用英语对话，我们不适应。要学英语，因为它是与世界沟通的重要工具。比如西安的兵马俑，由于语言上的距离，再加上宣传不够，美国公众知道者并不多。"羽西是个很热爱祖国的人，近年来，她先后为中国灾民和第四次世界妇女大会捐款数百万元,在北京大学建立了"靳羽西教育基金",今年,她又热心奔走,赞助"97中国旅游年"。不久,由她制片的五十多集的电视片将在陕西同观众见面。

羽西说:"我是一个女人,我知道妇女对于社会的进步具有很重要的推动力。美是一门学问,懂得美的真正含义才能使自己更加美丽。"因此,她要竭尽全力让每个东方姐妹更靓丽、更迷人!看得出,在她的身上仍不失东方女性的执着和质朴。

1997年1月

张继成：位尊不失公仆心

一位陕北的放羊娃，两岁丧母，靠祖父、外婆、姑母抚养成人，13岁被《抗战报》称为"学习小模范，劳动小英雄"，15岁参加革命，后来成为深受党信任的领导干部。他把自己成长的亲身经历和工作实践撰写成回忆文章，汇编成书，这便是革命老前辈张继成同志的《雄风岁月》。

可以说，在我们党和革命队伍中，如此造就的优秀干部何止千万，而系统述之的书籍，似乎并不多见。《雄风岁月》的最大特点是，它不同于一般的回忆录，也没有像某些回忆录那样流水账式地记人记事，为自己树碑立传，而是把笔锋放在了总结自己成长历程的功过得失和实践经验上来，客观地认识和评价自己。该书以陕北土地革命、抗日战争、大西北解放为历史背景，字里行间充满了深情。通读全文，使人倍感亲切，难禁联想，非但没有时过境迁之嫌，反受抚今追昔之益，对后人客观认识过去和科学总结经验有着重要参考价值。同时，对振奋当代青年自强不息、自学成才、艰苦创业、乐于奉献的革命精神无疑具有许多可资借鉴之处。

张继成同志长期在西北工作，曾从事过新闻、记者、编辑工作，后来担任省级领导的秘书和省级机关领导工作，"实事求是"是他一贯的工作作风。几十年来，他经常深入基层调查研究，除了完成分内工作外，还善于给领导同志提建议、当参谋，并撰写了大量具有较高参考价值的文章。"大跃进"前夕，许多企业领导因严重脱离群众，与工人群众存在一定矛盾，以及合资企业中的公私矛盾、生产计划与物资供应矛盾、企业上下左右协作配合上的矛盾，妨碍了企业的进步。他经过多次调查，撰写了《发扬民主克服官僚主义，正确处理职工内部矛盾》一文，提出必须克服官僚主义、主观主义和宗派主义，在《甘肃日报》见报当天，就受到当时甘肃省委主要领导同志的重视和好评。后来他还一连撰写了《在优质的基础上力争高产》《抓经济核算促优质高产低成本》等一系列经济类文章，对当时全国经济活动，贯彻增产节约方针起到了很好的促进作用。

张继成同志务求实效的工作作风在他刚刚走上工作岗位就已经形成了。"位卑未敢忘忧国"，他随时把自己当作一名普通士兵，为祖国的经济建设添砖加瓦，到了今天，这种精神仍值得我们学习。这也是《雄风岁月》的一大特色。

应当指出，每个党的干部都有义务总结自己的工作经验，以利后人借鉴。而《雄风岁月》除此之外，还向后人提出了许多值得深思的东西。书中特别提出征集党史资料成果的社会功能和地方党史的历程及史籍和丰碑的功能，以及把反对"和平演变"作为我们党"重大的使命，神圣的职责"，党性和人民性在这里得到了充分体现和升华。一位老革命忠于党和人民的宽阔胸襟于此昭然可见。同时，这从一个侧面提出了挖掘党在过去几十年风雨历程中的功过得失及其原因，对现在有"百利而无一害"。

张继成同志文化程度不高，只念过两年书，但在党的怀抱和革命熔炉中经受住了严峻考验和战争的磨炼。他曾随革命队伍在陕北、陇东、陇中度过了艰难的岁月，"文革"中曾遭迫害，但他仍不失党性，始终坚持真理。他把这段难忘的经历用自己犀利的笔锋进行了多侧面的记叙，给人的教益是深刻的。如果说，回忆文章是人们学习、工作经历的客观总结的话，那么，《雄风岁月》则是从宏观、微观两个方面给我们以启迪：任何时代都需要一面镜子，让人们看到昨天和今天，也更需要看到明天。

这，就是《雄风岁月》的可贵之处。

1993年12月

高强弄潮记

坐岸观潮久了，看着一拨又一拨搏击大海的水手潇洒自如地在海里弄潮，你也许会助阵呐喊，也许会退缩岸边。高强却不，他的性格就如他的名字，扎了个势，"扑通"一声跳进海里，未出一年，竟然闹红了一条街，令人瞠目！

高强选准的"入海口"是饮食行业。这是1993年3月的事。论时势，天时地利他没占一个。在西安建西街不到三百米长的小街上，好几家酒楼、饭店，一家比一家装修豪华，快餐、小吃、卡拉OK样样俱全，而高强的"松鹤餐厅"却显得有些土气，面积也只有二十六平方米，放了两挂鞭炮就算开张了。他从四川请来一位年轻的炉头，又挑来拣去选了几位服务小姐，经营川、粤地方风味近百个品种的饭菜，七八个人就这样干开了。

高强的生意经一如他的思维模式，独特且有心计。搞饮食行业的人都知道，饮食的利润最少也在50%，而高强却一下把毛利降到35%，纯利润还不到10%。餐厅地处西安，自然老陕人用餐者居多，几瓶啤酒就着几盘凉菜喝下，他会端上大饭店不屑一顾，小餐馆又不愿做地道陕西手工面,客人自然喜出望外,连呼"饱了口福!"用餐毕了扔下三两张大团结走人。但他们尚不知一桌生猛海鲜、鱿鱼海参对于业者来讲意味了什么!但只要来这里吃过一回的顾客都说"实惠得太!"高强要的就是这句话。

年初,电视剧《神禾塬》剧组在陕西电视台搞后期制作,著名演员李纬、导演李源天天到这里就餐。有时半夜敲门,说加班饿了,想吃碗面条,不到一刻钟,厨师就端上了香喷喷的面食,吃得两位舒舒服服,抹嘴走出餐厅,一连道谢。这点小生意在大饭店太不起眼了,高强却看得特重。他的信条是,以诚待客,以信取胜。一年下来,人们惊奇地发现,松鹤餐厅生意很红火,并没有被同行"老大哥"挤垮。每天来这儿进餐者络绎不绝,当初的面积实在太小了,高强花钱把它扩建改造到近六十平方米。有了信誉,就有了顾客这个"上帝"。他粗略地统计了一下,回头客达到90%以上。有了"上帝"自然就不能随便去应付,不管从饭菜卫生、质量、数量,高强都要亲自把关。一次一位服务员择菜时误将一根烂菜叶夹在了菜心,连洗菜的服务员也没有发现,恰被高强发现了,当场就罚没了她们当月的奖金。高强有自己的见解:谁砸松鹤的牌子,我就砸谁的饭碗。话很普通,但很实在。也许,这就是高强遨游商海,于波涛汹涌中胜似庭院闲步的诀窍,抑或是成功的秘诀吧!

1994年5月

崔荣基：让"权智"遍布全球

"中国的市场太大了。中国有着一些发达国家和发展中国家所没有的优越的投资环境。我们对在大陆投资和开拓市场充满信心。"6月27日，记者与香港权智跨国集团（中国）公司总经理崔荣基先生在西安相遇。刚一落座，崔先生就向记者谈起了此次来大陆考察市场的亲身感受。

崔先生生在澳门，长在香港，能流利地用汉语和英语会话。作为全球最大的电子词典和翻译机的开发者和产销商——权智跨国集团公司中国部的总经理，他对权智集团在大陆的市场开拓现状了如指掌。他说，权智集团在国内有北京、上海、广州、武汉、成都、沈阳和西安7家分公司，这些分公司对权智在大陆的市场开拓营销中起了十分重要的作用。同时，权智还在美国、泰国、新加坡、韩国、马来西亚、越南、印尼及欧洲等地也设立了分公司和合资公司，以推动销售。目前，权智集团生产的产品主要分四大类：即"快译通"电子词典及翻译机；掌上电脑和中文识读光碟机；传呼机、无线电话等通信设备及器材；教育益智玩具系列，共32个品种。

品牌是企业和产品的命脉。创名牌是权智公司的一贯宗旨。谈到这里，这位年仅38岁的年轻经理如数家珍："'快译通'是我们权智集团公司的一个品牌。'快译通'电子词典无论从质量上，还是销售及售后服务上在同业中均处于领先地位，产品市场占有率在60%以上，并陆续通过了ISO9001、ISO9002国际品质认证，荣获了1994年度香港总督工业设计奖，1994年香港工业总会消费产品设计优胜奖，荣获'中国公众形象优良企业'等光荣称号，跻身于中国名牌企业之列。"

崔先生说："权智集团公司把创名牌作为公司发展的重要战略，把销售优质电子产品和提供优质服务始终视为命根子，希望通过不断提高产品售后服务质量及可靠性和减少采购及交付时间，以此来满足顾客要求。为了达到这一目标，我们采用了以ISO9002国际标准为蓝本的品质管理系统，同时通过培训来提高员工的能力以及录用高素质的科研开发、市场推广、语言翻译、管理等方面的人才。"

今年2月，广东东莞长安权智电子厂正式投产。作为权智集团的生产基地和人才培训中心，它不仅具有先进的工艺和生产设备，而且拥有全国各类专业优秀人才，同时它还联系着全国各地的办事经营机构，形成全国性的管理、经营及市场调研和售后服务网络。

谈到权智集团今后发展的方向和策略，崔先生充满了自信。他说："作为一个中国人，我们不会忘记香港与大陆的骨肉之情，我们对开拓大陆市场特别是西北这块待开发的'处女地'充满信心。这次到西安来，看着许多大商场、售货亭和小商店里都有权智集团的产品,且销路一直看好,我十分高兴。我们将着眼于国人的实际消费水平,开发出适应于不同阶层需要的新产品以奉献给广大消费者。"说到这里,崔先生加重了语气:"我们要让权智的产品像全球知名的松下、东芝、卡西欧、三洋等名牌一样走遍全球。我们要为中国人在世界经济舞台上争一口气,要让全世界知道:中国人还真行!"

1995年7月

实干家胡振西

胡振西真是个干实活的主儿，放着做了近十年的党务工作不干，横了心偏要改行去干企业。就在同事们为他有着光明仕途却缘何跑到"海"边踩水而纳闷时，人们惊异地发现，他手下的"活儿"竟干得如此潇洒漂亮：上任不到两年，厂子产值、利税翻了两番多，生产营销出现良性循环。人们竟又啧啧称赞起来："振西这小子，吃出没看出！"

其实，知道内里的人着实佩服振西的才干和眼力。当初，振西以西安市二轻局组织部干部的身份到基层考察，他惊奇地发现，有着许多优势的市金属工艺厂抱着金碗讨饭吃，效益每况愈下，只有350万元产值，290万元的主导产品景泰蓝却积压在库房里，还亏损下40万元的黑洞。振西就琢磨这事儿，搞活工艺厂咋就能没有个招儿呢？每个月给苦心劳作的职工发150元工资，人心咋能拢到一起呢？360多号职工祈盼的眼光瞅着这些变不成钱的产品是多么痛心啊！

二轻局没人愿意来收拾这个烂摊子。恰这时，振西毛遂自荐，毅然递上了"请战书"。领导在对他的能力和干劲信任的同时，心里却又有些嘀咕：这几年你一直从事党务工作，搞企业你能懂多少？当振西一口气甩出他酝酿许久的治厂施政方案时，领导点头了。

那是1993年3月，振西一上任就表现出他的独到和精明。他首先在厂子实行一系列改革，打破用工界限，提拔有能力的普通工人到车间任职，撤换了四个车间中三个车间不称职的"头儿"。同时，他先后赴汕头、深圳、威海等10多个大城市的几十家兄弟厂家进行调研和考察，并决定把黄金首饰加工作为主导产品进行大力开发，把滞销的景泰蓝等工艺品实行以销定产，企业开始逐步走入正轨。

但这只能是小打小闹，靠几百号人敲敲打打手工作坊式生产首饰产品，远远适应不了市场需求。于是，他又瞄上了技术改造的路子。这年7月，厂子投资50万元引进的黄金首饰生产线和先进的失蜡浇铸工艺正式启动，工效一下子提高了十多倍，首饰品增加了300多个品种，当年产值就达到1300万元，利税达78万元，比上年分别增加了920万元和60万元，职工月平均收入也提高到了310元。

但振西并未因此而欣慰，他深知工艺厂的先天不足是人才匮乏，技术不专。因之，他从上海等地高薪请来了首饰行业的老艺人对职工进行培训；自己赴外地开洽谈会也首先揣上几盒名片，向行家讨教，广交朋友，还自学了《黄金成色鉴定》《黄金首饰制作工艺》等一大摞技术书籍。就这样，一年下来，首饰产品就在西宁、兰州、银川、郑州等许多大中城市有了自己稳固的市场，厂子在全国同行业竞争中也有了一席之地。到了1994年年底，年产值已达1500万元，同时办起了两个金店和一个环境艺术设计公司，扩建了旅游商场，职工工作生活条件也有了大幅度改善。

中国的工人阶级是善解人意的志士。工艺厂的职工们发现了自己拥有"主人翁"地位的自豪，他们也终于理解了年届不惑的胡振西当初为何在局里下派时把组织人事关系一下子转到厂里，跟大伙背水一战，明白了他没白没黑拼命苦干的动力究竟是什么了。当初，局里派一个多年的优秀党员和先进工作者来当厂长时，大伙心里还有些不服气，如今才两年光景，振西厂长并没有多少空头理论，却使厂子蒸蒸日上。要说嘛！振西还的确是个实干家呢！

1995年3月

女杰唐代英

唐代英曾立志要做一名"白衣天使"。

那时,她整天陪着蹲"牛棚"落得一身疾病的父亲进出医院,亲见拿针管、开处方的"白大褂"们的神气,就兀自作想他们一定是根正苗红的"红五类"子弟。一边就在心底里起誓,祈盼有一天自己也穿上白大褂,那该是何等的福气。

做这个"梦"时,唐代英才17岁。

命运多舛。为谋生计,高中毕业,她只好服从安排到一家面馆端盘子。白大褂是穿上了,上面却沾了斑斑油渍。她生来倔强,硬是没有畏缩,孱弱的身子撑了精瘦的臂膀,端着个盘子颤悠悠的。老师傅看在眼里,心就开始难过,遂建议领导让她去卖饭票。但这活儿也不易。晚上,她和几个服务员住在面馆的阁楼上,老鼠"吱吱吱"叫唤个不停,吓得她缩作一团,整夜不敢合眼。周末回家,她偷偷地在小屋里抹泪,却让父亲发现了。"都是我害了我娃。"这位黄埔军校的老学员,一位硬铮铮的四川汉子不禁潸然泪下……

如今，她已年届不惑，回首往事，她显得异常激动。也难怪，掐指算来，参加工作二十四年转眼即逝。她参加过区上的赤脚医生培训班，当过团干部，做过文秘、会计和宣教工作，走一处，红一处。1985年，党组织批准她入了党。她寻思，组织整整培养考验了十三年，不就是因咱的"出身"不好嘛！想过之后心便安然，工作倍加尽心尽力，多次被评为单位先进个人。

苦人自有苦人的活法。当她在市饮食公司任政治部主任时，上级却任命她为西安桃李烹饪培训学院院长和桃李春饭店总经理。对于担任一所具有四十年历史的国家正规烹饪专业学府的领导一职，她深谙担子不轻。上级找她谈话的口吻令她几无推托的勇气："你在饭店工作过九年，又是国家一级教师，专业对口，非你莫属！"

第二天，她悄悄来到学院，只见工作人员上班松松垮垮，门口的炉渣堆得似小山，教学部的老师大白天在办公室睡大觉，晚上有顾客联系的一桌600元标准的官府宴尚无人接待。找来保管员，一看库房，吓！整箱整袋的肉食把库房塞得满满当当，还租了别人的冷库存放。一问主管领导，购进的一火车皮鸭子，可经营三个多月。守着个偌大的西安市，硬是将牛肉、虾仁等价值近十万元的货物存放在库里；账上没钱，还欠下几十万的债务。有人就撂风凉话：看她个女的能张狂几天？

她带着沉甸甸的心情，在日记本上记下了这一天：1994年2月22日。

她没有豪言壮语，更不是个坐而论道的人。经过广泛征询群众意见，她首先调整了领导班子，实行能者上，庸者下，并把办公室的床统统拆了，摆上了硬板凳。明令谁砸"桃李春"这块牌子我就砸谁的饭碗。

偏就有人敢和这新来的女院长对着干。一位承担了几百号人吃饭任务的学院职工大灶负责人,牛气冲天,动辄就甩手躺倒不干了,大家怨气十足却无可奈何。书记去找她谈话,她还不服。代英不容分说,停职,打扫卫生去。咱就治一治你这牛性子!这一治就是三个月,让她整日干些勤杂活,一下子就没了牛劲。代英想,不能把人往绝路上逼,不久,又给她另安排了工作。

她似乎刚烈,却又有一副柔肠。一名职工不小心摔断了肋骨,她用自己的钱买了水果去家里探望,问寒问暖,家属深受感动:这多年,领导从未踏过咱家的门呀!第三天,当这名职工打着裹带来上班时,她眼圈竟一下子红了!

半年过后,学院和所属的饭店境况大为好转。她本是整日掐指头过日子的人,却拿出魄力一次就添置了价值6万元的烹饪设备,购买了四套三室一厅住房,分给了三名高级厨师和一名高级教师,人心一下子就拢到了一块。要知道,给职工分房子还是学院开天辟地头一宗呢!

她热情高涨,整日泡在单位,刚到任时的满脸愁云开始渐渐消退。晚上,女儿蹦蹦跳跳从学校回来,她要来成绩单,一看,头"嗡"的一声懵了,一直是班里优等生的女儿竟然3门主课不及格。她一下子火就上来了,罚女儿跪下反省。女儿哭诉:"你整日连家都不回,我都快认不得你这个妈了,你还罚我?!"

她一下子抱住自己的女儿,半晌说不出话来。她这才意识到,整整二十一个星期没有休过一天假,作为母亲,作为儿媳,这意味着什么?

星期天,她破例没有去单位,一大早就把婆婆换洗的一大堆衣服抱到娘家去洗净熨平，中午回来，把为丈夫和女儿备下的一周的食品放进冰箱。得好好跟丈夫谈谈了。晚饭时，她特意炒了几道丈夫最爱吃的菜，为他斟了酒，两人对饮着，她不觉就流下了热泪，泣不成声。丈夫也哽咽着，瞧着妻子的身体，黑了，瘦了，还能责怪什么呢？这责任也有我的一份，谁让我是你的丈夫呢？

有了丈夫的体贴、家人的理解和同事们的支持，她铆足了劲，一心扑在工作上。她终于没让别人看到她的笑话：上任短短十个月，饭店营业收入达250万元，实现利润50万元，高于前五年收入之和。

收获还远非这些。学院全年举办36期培训班，共培训1220余人，学员辐射全国各地，荣获国家烹饪大赛金牌8枚，银牌4枚；学院系列教材已有3种交出版社出版；改专教秦菜为教授川、粤、鲁、苏、秦等菜系，菜品达260余个，饭店经营的陕西官府宴和金奖宴已闻名遐迩，学院成为名副其实的"厨师的摇篮"。

1995年2月

渭水河畔竞风流

田志洲，名不见经传。

这位刚过而立之年，憨厚、健壮、倔脾气、纯朴的西北汉子，乍一接触，并不显山露水。但就是他，在陕西小食品行业却算得上是个人物。闲言少叙，先请诸位看两个"镜头"——

其一：1985年。田志洲从渭河边的卧龙寺来到这家生产傻子瓜子的"集体"里打临工。这个厂的家底是2万元，"胡传魁"式的家当——20多个人，两三条枪（大锅）。厂子与芜湖傻子瓜子厂联营，由于管理不善，三个月亏损6000元，积压产品5000余公斤，20多号人挤在两间借来的瓦房中，守着两口大锅，要工资，要奖金，要一切福利待遇。

其二：如今。田志洲担任厂长的宝鸡市炒货食品厂，拳头产品一品香系列瓜子、多维口口酥等产品，已畅销国内10多个省市，两间炒房变成了一栋小楼，当年2万元的投资，已变成50万元固定资产，10万元流动资金，年生产能力达200万元。有趣的是，全厂包括厂长在内共有职工16名，人员比当初少了9名。尽管炒货行业在陕西已不属凤毛麟角，但这个厂的产品依然供不应求。对此，田志洲感慨万端。

看过这一冷一暖，色调迥异的两个"镜头"，让人惊叹之余，不由拍案叫绝。绝在哪里？这还得从田志洲家的那口烧得黑乎乎的饭锅说起。

说是饭锅，其实早就该叫炒勺了。

1986年春节前夕，上级一道命令，田志洲由厂里一名会计员变成了厂长。受命于危难之中，是进？是退？就在这节骨眼上，职工们一个个溜走了，厂里只剩下5个人——他们都是没有退路的朴实的农村来的临时工。望着这烟囱上垒鸟窝，锅台上长青草的破败景象，田志洲心情很沉重。厂里积压的几千公斤瓜子压得他喘不过气来，这6个人的"仗"还怎么个打法？田志洲在心里狠狠地发了誓……

快过春节了，腊月的年味撩拨着每个人的心。可田志洲哪有心思过年啊！大年三十了，乡下的妻子左等右等不见"掌柜"的回来，把肺都气炸了。你竟敢把我们娘儿俩撂在家里不管了，走！找他"算账"去。妻子一把拉上儿子，在公路边搭了一辆便车，风风火火地赶到了田志洲的厂里。

一进门，她傻眼了。丈夫简直变了人形，浑身上下像根排骨，正忙着在库房里倒腾瓜子，冷锅冷灶、暖水瓶空空。妻子的心一下软了，泪水像断了线的珠子。老田呀！你心好狠……

田志洲惊异地望着这娘儿俩，心里很内疚，要过年了，给家里还没来得及办一分钱年货。当然，这年好过日子可难熬啊！他拿出几袋傻子瓜子让妻子和儿子吃，可谁知调皮的儿子嗑了几个，嫌不好吃，全扔了。妻子倒是个心灵手巧的农村妇女：

"来！我给你们爷儿俩炒点瓜子尝尝。"只见她将瓜子倒在盛了水和酱油的饭锅里煮煎，随后又在火上烘烤，半小时后，瓜子炒出来了，儿子嗑得津津有味，田志洲尝后又惊又喜。

平时绝少看电视的田志洲，那晚破例打开了厂里14寸黑白电视，算是给这没有多少年味的三口之家增添了几分快乐。荧屏上，陈佩斯与朱时茂的羊肉串卖得如火如荼；宿舍里，田志洲和妻子的产品试验攻关战兴趣犹酣。一遍不行，两遍、三遍……效果一次比一次满意，不知不觉中，窗外透进了微微亮光，夫妻俩这才觉得，他们守着锅灶整整熬了一夜……

过了春节，职工们陆续上班了。这天，田志洲和他的5个"难兄难弟"蒜瓣似的环坐在屋子里，把"新产品"摆上茶几，让大家品评挑刺。一项新的决策就在这十八平方米的小屋子里同时诞生了。

拼命烧煮，加紧晾晒，突击包装……

6个人通宵奋战，天亮后顾不上吃饭，兵分六路，踏上三轮车深入市区，走街串巷，上门送货。

首战告捷，第一天就卖出500公斤。

厂子开始有了转机。当初走了的职工又要求回厂。田志洲微笑接纳。

田志洲发现，宝鸡市场上有着自己的竞争对手——上海瓜子。他依稀记得在部队上读《孙子兵法》中有句"知己知彼，百战不殆"，便觉得自己太愚笨和天真了。阳春三月，田志洲踏上了南下的列车，开始了为期一月的"南巡"。南国的暖风熏醉了多少游人，可他顾不上买俏货，逛名胜，看风景，他心中唯有瓜子。在大街上，在食品店的柜台前，在影剧院的门前和小商贩的瓜子摊旁，他细心观察，打听各种人对瓜子风味的要求。在苏州、南京、上海的30多家炒货厂里，他虚心求教，从工艺流程到配方，全都默默地记在了心里。一圈回来，各地顾客的嗜好他已了如指掌了：南方人爱吃甜的，北方人爱吃咸的和麻辣的，冬天人们喜欢咸、辣的，夏天爱吃甜、酸的；嗑时皮要软，仁要硬，还要入味呢！

田志洲决计要用陕西人的口味再度与上海瓜子较量。

盛夏时节，田志洲把自己关在小屋子里，在蜂窝煤炉子上，一遍又一遍地试验各种配方。他每次用小锅烧煮半公斤，一边炒一边尝，味道理想的，便在大锅里正式生产。可是，品尝的时间长了，嘴就上火，舌头也烂了，苦不堪言。可他晚饭一吃，又支起炉灶，一炒又是半夜……

谁知首次投入批量生产就遇到了麻烦。大锅烧煮，有时火力太旺，瓜子在滚沸的汤水中褪了色，失了光泽，露出了灰白木质壳，而瓜子仁儿却还入不了味；有时火力太弱，瓜子又处于半生状态。

最难的还要属烘干。用大锅翻炒，不行，有的烧焦了，有的还很湿。借用热风式粮食烘干机，也不行，瓜子表面在热风过后变得粗糙，色泽发暗，且效率太低，一天一夜才能烘干一麻袋瓜子。

小小瓜子，犹如一道难以攻克的城墙！

怎么办？田志洲的目光盯上了一台废弃的葵花子脱皮机，略加改造，就成了一台滚筒式烘干机，架在火上不停转动，烘干效果意外地好，瓜子表面光滑，色泽明亮，一昼夜竟能烘干两吨多。小小炒房的"工业革命"终于成功了！

田志洲生产的瓜子在宝鸡站稳了脚跟。他让职工们走亲访友、出差、旅游时带上样品，随时让别人品尝，征询意见并及时改进配方。一时间，瓜子随着南来北往的客车，传到了北京、成都、郑州、洛阳、山东等地。一位成都客商还专程来到厂里，要求在成都设立宝鸡瓜子专营处。

田志洲有这样几句"意识流"式的思考与表达：

"搞企业不能犯傻，不能扎堆儿，不能不懂得市场。"

"抓质量、抓新产品，这是企业与对手竞争的命根子！"

想当初，企业不景气，田志洲派人到各销售单位和顾客中征求意见，他得空就往大街上跑，搞实地"侦察"。

质量是企业的命根子。一次，瓜子车间因生产不及时，瓜子浸泡在池子里一天就发了芽，田志洲二话没说，当众罚了车间主任150元，按厂规，他自己也掏出了100元作为罚金。

就是这么个"傻帽儿"厂长，他却有独特的管理和营销之道，厂子不到一年就打了翻身仗，接二连三的"市优""省优""守信用单位"的桂冠也就一顶接一顶戴在了他们的头上，一品香系列瓜子还参加了农业部主办的名优产品进京展销会和陕西省首届名优农产品基地展销会呢！

就在这年春节，田志洲为职工发年货时，竟发给每人5袋当初的退货——傻子瓜子。他要让大家记住，质量对一个企业来说意味着什么！

如今，这个厂年产炒货200余吨，多维小食品口口酥20吨，共开发出甘草、十香、玫瑰等系列瓜子和小食品系列品种34个，厂里与西北农业大学食品系、省轻工研究所、北京营养源研究所等机构开展联合，并拿出15万元用于产品开发和技术进步。说起这些，田志洲对厂子的前景深感欣慰和自信。

采访结束之际，记者就如何"勾画"田厂长其人，征询他本人意见。他首先郑重表示："我当兵六年，当厂长五年，共产党员，现年36岁，经济师，经验不多，全凭厂里职工和公司领导对我的信任和支持。"然后莞尔一笑："我很爱玩，打球、开车、射击……"戛然而止，快人快语。

市农牧工商公司经理李生贵向我们"透露"："志洲连续五年被评为市农牧局系统优秀党员，他已被破格提拔为市农牧工商公司副经理……"

对田志洲的破格提拔，人们都说"值"！破格，本身就意味着他的非凡经历和真诚的奉献。但是，他至今还是个农民身份，同时也有着与黄土地一样宽阔的胸怀。他把个人利益看得很淡，公司先后奖给他的1.4万元奖金，他一分未动交给了厂里，常年加班却从未享受过加班费……公司多次向市人才交流中心和市劳动人事局推荐，请求解决田志洲的户口和工作问题，至今杳无音信。但他仍然在自己的岗位上默默地挥动着巨椽大笔，书写着两个字："奉献"！

"数风流人物，还看今朝。"

田志洲，好样的！

1992年1月

悬壶济世有传人

几经打听，我才找到这个僻陋的小巷——机场巷。在西安市区地图上难以觅到小巷的名字，然而韩天佑这个名字却与这个小巷一起扬名于天下——因为"海内妇科大家，秦中杏林寿星"韩老先生的诊所坐落在此。机场巷知者甚少，而韩老先生声名远播，由此而引起的曲折和误会就不难理解了。

老先生已经作古，但医风犹存。坐堂者是位40岁左右的中年男子。经人介绍，知是韩老先生的儿子韩学朴。他正忙着给几位患者诊病，和蔼、朴实、平易近人。整个接诊的小屋没有我在许多诊所中随处可见的华而不实的牌匾和标榜自我的标语，迎门正墙上悬挂了一面唯一的玻璃框，镶嵌着先生的中医师证书。证书很古旧，经过了翻拍放大。这张于1953年由中央人民政府卫生部李德全部长和傅连暲副部长等6人亲笔签发的证书，算是老先生的最高"学历"了。

先生学历不高，且已过世，缘何至今就诊者仍络绎不绝？打发走了一拨又一拨的患者，学朴便开始接受我们的采访。

韩老先生是河北省安平县人，1901年生，祖上曾为清朝宫廷御医。他少承家传，精研岐黄仲景，博采众家之长，20岁便开始挂牌行医，名闻乡里。七七事变后，他出任洛阳神州眼科医院中医主任，在河南省公开招考中医高级医师时一举夺魁。1944年，日军占领洛阳，韩先生被迫徒步入陕，先后在西安、富平等地悬壶应诊。中华人民共和国成立后，曾担任陕西省中医研究所临床组组长。1959年，先生受聘于陕西中医学院，教授中医妇科学，并任妇科研究室主任、教授及陕西中医学会理事，中华医药学会陕西分会理事等职务。先生从医七十余载，足迹遍及冀、豫、陕三省，治病不分贫富贵贱，总是竭尽所能，一丝不苟；执教三十个春秋，三秦大地桃李芬芳，深受三秦民众爱戴。正如镌刻在先生墓碑上的一副对联所云："千金方不是奇书更赴沧溟求启秘，乌贝散竟成未续可怜甲乙未经编。"写就了先生的为人品德和医术，细品余韵悠长，启迪不小。

韩先生1987年退休，便在此开了诊所发挥余热直到谢世。要说学朴是秉承父业，也不尽然，但医术医德却酷似其父。他从少小时随父行医，便知父亲乃属主温热学派，尤精于温热湿热病理，擅长妇科、内科疑难杂症的研究诊治。行家们评价说他方药纯熟，常集多法于一方，用药轻灵；药味众而有序，药性杂而有章，后学者常感疑惑不解，疗效显著，聆受其业每觉别有洞天。

先生过世后，学朴从父亲出版的《新医学之研究》《妇科胎前产后特效自疗法》《中药精义》等著作中品味探幽，同时悟出了不少临床上学而未得的东西。他把曾于多年前在第四军医大学进修学得的系统西医理论与临床知识和中医相结合，运用家传效验医术方药，诊治妇女常规病及疑难病，使绝大多数患者获得满意效果。尤其对功能性子宫出血、习惯性流产、乳腺增生及风湿性心脏病的诊治、疗效令人惊讶！

被西方誉为"医学之父"的希波克拉底先生曾对天发誓："愿以纯洁和神圣之心，终生施行医术，不论进入谁家，竭诚为病家谋利益。"是受了西方这位哲人的教诲，还是因袭了父亲备受患者推崇的医德医风的影响，学朴对于事业的追求总是丝毫不怠懈，他深知"至重唯人命，最难却是医"，他一步一个脚印，为广大民众驱疾除患，造福人生。台湾太平洋文化基金会学术组长陈怡璇女士，患妇科杂病和胃病多年，1993年7月来大陆搞文化交流工作，慕名前来就诊，经韩大夫几经调理处方，标本兼治，不久便大有改善。最近，她从台湾给韩大夫寄来了感谢信说，她的病已治好了，并致万分谢意。现在，他接诊的患者每年达3000余人。

"良医处世，不矜名，不计利，此其立德也；挽回造化，立起沉疴，此其立功也；阐发蕴奥，聿著方书，此其立言也。一艺而三善咸备，医德之有关于世，岂不重且大耶。"清代江南大医叶天士的这段名言，是韩氏父子两代从医所谨守的宗旨。学朴内心中蕴藏的已不再止于这些，他有更加深邃的内涵，那便是，慎于立言，辅于立功，重于立德，唯"德"字易写难做，终生不懈也。

杏林大家有传人。学朴，祝你成功。

1994年3月

杏林妙手白宪廷

白宪廷大夫从早到晚整日不能闲着，原因是找他治癣的患者实在太多，就连吃饭时也由患者"陪"着。

俗话说："治皮不治癣。"原因是患上癣病很难治愈，即使治愈了也易复发，有的还传染。白大夫从年轻时就开始收集验方，访问名医，潜心研读古籍和临床医案。经年累月，他把牛皮癣的病因分为五类：血郁型、血热型、血躁型、肝肾不足型和风寒型。病因找准了，他就先给患者口服中药，后在患部外搽药膏，重症一月见效，轻症一月即可痊愈。

1989年，白宪廷退休。不久，他就筹资在西安互助路3号开了这片白宪廷小诊所。起初，诊所门可罗雀，间或有人光顾，也是来试探一番虚实。时间不长这情形就被颠倒过来了，为了看病，托人情、找关系，什么情况都有。

治牛皮癣究竟有什么秘方？他笑答："非也！"遂娓娓道来："西药治癣副作用太强，且停药后易复发，祖国传统的中医学讲究辨证施治，内服中药可以除去病根，外治可除其表，何不内外夹攻呢？"西安工商银行东大街办事处一位姓韩的老职工，患牛皮癣多年，能跑的地方都去了，一停药就复发，来找白大夫诊治之后，三年过去了再没复发；陕西澄城县公路段职工田惠敏、袁亚军，当初头上牛皮癣多得像戴了一顶帽子，心情沉重地走进诊所，他一剂一剂地调理药方，不长时间就让两位患者卸掉了"包袱"，满意而归。

这几年，他被患者传得很"神"，慕名而来的患者也多了，但他并不摆架子。有时患者带来的钱不够，他照样把药送去使用，记个账等患者病好了再说。人们说这大夫"真傻"，他却说"没啥没啥！"后来果然就有人把钱如数送来，还送他一些小吃土特产之类，以表谢忱。他拗不过收下了，心里却老不自在。

1992年8月

"万源"的新思维

我们从外表委实看不出它有什么特别。若与财大气粗的国营公司相比,"万源"从头到脚都显得"土老帽儿"了,办公地方小,还在屋里码了一摞摞样品,没有地毯,也没有空调,却设了客人歇脚、喝茶的座儿。说实话,要把它同"门庭若市"联系起来,真让人或多或少感觉有些不搭界。

老板三十多岁,忙活着接待顾客,想采访他都插不上嘴。于是,就尾随他去库房想瞧个究竟。

进得库房,但见成捆成摞的铝型材码得很像回事。老板接过卷尺,问了尺寸,量了量,说,从这儿截!买多就浪费了。小伙子涨红了脸,说俺不懂这!老板遂吆喝人锯截、打磨、过磅,看着小伙走远后冲我笑笑,说:"这些小青年没装修过屋子,不给他说明白了,还说咱心黑呢!"旁边一辆大卡车已装好了铝材,他又去指挥倒车。总算忙完了这一拨,我提出跟他聊聊,他一抹小背头:"好吧!"

说起装饰材料,他有一串一串的专业词语,但对创业,他却有切肤之痛！试想，偌大个西安市，当初各类铝型材销售点已达30多家，其中专营代理点达10家之多。当初为搞装饰材料，他曾下广东，上甘肃，过湖北，走徐州，备受甘苦，跑遍了大半个中国，发现许多厂家以大中型工程为主要供货客户，但随之即来的小型及家庭装修工程购买量呈现增长之势。他心里有底了。《易经》中讲，"无平不陂，无往不复"，不就是开拓思维，让人变幻思维方式吗？

1993年5月上旬，他在西安唐城宾馆对面挂出了万源物资贸易公司的大招牌，遂招兵买马，筹资50万元，从全国130多家生产铝型材的厂家中挑选了广东南海建华铝厂，一次就进货250吨。当时的市场风起云涌，国家基建规模缩小，夹缝中的"万源"却看到了西北地区这块沃土，"万源"要首先占领被大户经营者"遗失"的市场，专揽别人不愿做的小生意，不出两月，货全卖光了。当初，见到这堆得像小山似的铝型材料头上直冒冷汗的财务主管这时真服了，哥们儿的经营能耐还真不赖呢！

话说回来，做生意毕竟不是游戏！生意人得时刻围着市场转。才半年功夫，人们对装饰材料的需求就又有了新的变化，档次要求高了，也会精打细算了。"万源"瞄准了机会绝不会放过。12月份，他们从广东南海丹灶铝型材料制造厂购回100吨优质铝材产品，在太华路又开了一爿专营店，结果生意火爆，供不应求。年底，"万源"便成了"建华""丹灶"的西安总经销，经营额达到500余万元。

现在来总结万源物贸公司的成功之处，已不能再停留在人们听得耳熟的送货上门、保证质量等溢美之词上了。它的成功启迪人们如何参与20世纪末这场对中国人来讲"前所未有"的经济竞争浪潮。价格竞争至关重要。服务再周到，但价格昂贵，客户就难以接受，而"万源"却能拿出勇气，每吨铝材比同行业产品价格低出二三百元。别人的铝材整根儿卖，而"万源"却能狠心地用钢锯条锯断了一根又一根型材，余下的一堆边角料，"万源"认了。工薪阶层者知识分子居多，分了房子想搞装修却没多少本钱，"万源"拍了胸脯，对教师优惠10%销售，材料送到家门口，再派两民工免费安装，一个子儿也不多收。业务员每人兜里揣着一把卷尺和一台小计算器，随时都能帮助客户计算用料。他们深谙顾客就是"上帝"，对他们服务不周不就是砸自己饭碗吗？

就这样，不到一年，"万源"的客户已远涉陕西的宝鸡、咸阳、延安、渭南和甘肃的平凉、庆阳等地。老客户串联了新客户，如一串串沉甸甸的葡萄那样殷实，可这串葡萄并不好"吃"啊！那么"万源"的下一个动作是什么呢？老板却笑道，往大里整！我瞅准的事儿不会让它溜了，装熊不成。还是那句话：市场等于战场。先研究市场，研究市场上消费者所能接受的价格，根据消费者的需求，以及所能接受的价格再来购进新产品。这样，产品就是市场急需的产品，价格也是市场能接受的、有竞争力的价格，如此而已。

聊得深了，问老板尊姓大名，此公却一本正经道：李彦平，年过而立，当过教师，干过行政，"下海"不久，经验欠缺，还望指教！

对于"万源"，略通《周易》的李老板有他自己的解释：现在带"万源"的公司特多，但我认为，"万源"，乃万象之本，万物之源,"万源"包罗万象,但始源者"淡泊名利",这也是"万源"物资贸易公司的唯一信条。

　　李老板的见解、性格与"万源"的营销谋略和思维一样独特!

1994年4月

丰　碑

> 有位诗人曾写过这样一首诗：
> "路是铺下去的碑，
> 　碑是立起来的路。"
> 诗很短，却富有哲理。
> 　　　　　　　　——题记

这是个加速发展的时代，思维和模式都需要快速反应的时代，把思维从旧模式里解放出来，你就不会感到下面这个计划的荒唐：有人把修建从西欧到中国的高速公路列为世界工程。

我们深信人类对任何生存方式的选择都是有理由的，选择生存需要代价，需要气魄。中国营造的大陆桥如此，中国西部的西（安）宝（鸡）线亦如此。

一

西宝线，举足轻重。陕西省正在修筑的这条全省最长的一级公路，开该省长距离兴建高等级公路之先河。消息传来，投标书像雪花一样纷纷涌上决策者的案头。看着这些精美的"构图"和硬邦邦的犹如誓词一般的"战书"，令人无不为之振奋！

然而，出乎众多投标者意料的是，陕西省路桥工程公司第七工程队成为省政府唯一的指名承包单位，来担任西宝线上跨度最长的大桥——千河大桥的建设任务。

这是一种殊荣，也是一种挑战。

任何人都有理由猜疑，路桥七队人多势众，机械化程度高，如此等等；然而，当我们双脚迈进七队指挥部，来到火热的千河大桥施工现场，走进潮湿简陋的工棚时，我们的心灵产生了强烈的震撼，猜测顷刻化为泡影。路桥工人在如此艰苦的条件下，创造着人类最壮观、最辉煌的伟业！伟业的崛起使他们成为我们中华民族不屈的灵魂。

如果说，只有蕴藏丰富内涵的事物才能产生魅力，那么，七队在陕西路桥建设中依靠何种魅力，赢得世人的瞩目呢？

七队的党支部书记苏苍元向我们提供了这样一些基本情况：这支以架设桥梁为主的专业化施工队伍，二十多年来转战于陕南的深山峡谷和关中地区，曾完成了全省第一座主跨度125米的安火路斜拉桥、全长2876米的三（原）铜（川）路后张法箱型连续梁高架桥等几十座架设难度较大的公路桥，曾荣获1990—1992年度全省公路工程优质银杯奖和公路优质工程金杯奖。

荣誉归荣誉。这位年纪半百的老书记并不引以为豪，他不愿过多地表述自己。在他的带领下，我们来到千河桥施工现场。

这座大桥是西宝线上的咽喉工程。主跨606米的后张连续T型梁大桥已初具端倪。在紧张的施工工地，我们看到一张张被烈日和风雨侵蚀得粗糙而又黝黑的脸庞和弯得像弓一样拉纤者的身躯。在号子声、电焊机的弧光以及吊车、运载车辆的轰鸣声中，我们终于找到了在他们灵魂深处蕴藏着的最宝贵的东西——奉献！

张荣斌，一位年轻的筑路工人。1987年元月，当他继承父业，从陕南西乡县的偏僻山村加入筑路大军，当上一名钳工时，等待他的是帆布篷、牛毛毡住所和零乱的施工现场。在这周围万籁俱寂，夜晚漆黑一团的环境里工作，并不比家乡好多少。这时他才想起父亲在他临行前为什么嘱咐他："孩子，修桥补路，多福多寿，你得给路桥工人争口气啊！"这位年轻后生没有让父亲失望。从进七队的第一天起，他就在自己的岗位上默默地耕耘着。1991年6月30日，在耀县高架桥88号作业时基桩质量出现事故，由于井壁不停地掉落泥土和石块，危险性很大，荣斌二话没说，毅然下到直径仅有1米、深度达20米的井下，切割钢筋。被工友们拉上井口时，他四肢无力，昏迷了过去。也正是这一天，他成了一名中共预备党员，当年还被团省委树立为"学雷锋标兵"。

二

七队的干部用他们铁一般过硬的作风铸就的灵魂，使这支攻无不克的劲旅一时成了路桥公司的模范。

队长刘开普，已经两年多没有回家探望远在旬阳的年逾古稀的病母了，就在他接到母亲病逝的消息匆匆回家奔丧时，考勤员却给他划了全勤。当月，他在审查考勤时，给自己改画上了探亲假,扣发了津贴。副队长李华民,一个靠自学成才从普通工人走上领导岗位的硬汉子。那年,他在浐河桥连续高温作业时不幸晕倒在工地,大夫给他开了一个月的病假,他只在病床上躺了七天,就揣了假条悄悄溜回了工地。就在这个工地,党政的两位主要领导干部,一个家在西安东郊幸福路,一个家在西安南郊,近在咫尺却没有回家住过一宿。

1990年元月,七队从陕南转战关中,这是一个难得让职工回家与家人共度春节的好机会。队上除少数留守人员外,绝大多数已回家过年。就在这时,省上下达了西(西安)临(临潼)高速公路立即上马的命令。七队领导当机立断,一封封加急电报发往山南海北。三天后的腊月二十九,职工全部归队,开始了水下基础工程作业。这年除夕之夜,是他们围坐在临时搭就的简陋工棚里度过的。没有亲人陪伴,没有鲜花和丰盛的酒宴,他们只有打开收音机来满足他们对过年的渴望。像这样的事,他们经历了不知多少次,许多职工连续六年春节没有同父母妻儿团聚。从老工人身上传下来的这种奉献精神已经延续到了年轻人的身上,这就是他们高尚的灵魂所在!

三

就是这样一支敢打硬仗的队伍,他们用自己的实干精神赢得了上级的高度赞扬。1990年,省高管局曾拨出专款,让七队买一辆高级小轿车,而队领导却毅然决定用这笔款买了一台东风吊车。1991年,路桥公司又拨给七队一笔买小车的钱,却又被领导"挪用",购置了一台装载机。领导们不是不想坐小轿车,而是他们首先想到了生产，想到了职工。一位领导动情地说："每每看到职工们磨损的工装和熬红的双眼，我们的心里就发颤！"

在千河桥工地，我们见到了一位看上去约40岁的女工，她的实际年龄只有35岁。这位操着陕南口音的女工叫吴安梅，原本是湖南安化人，工会委员，22岁顶替父亲进队工作。与我们交谈时，她那炯炯有神的眼睛里泪水盈眶，没说几句话就哽咽了。她们能说什么呢？她们需要的是理解。全队20名女工，全都干着男人们干的活计——在这里没有轻松的活计可干呀！平时，她们只能穿着工装上班，晚上十一二点才能下班回家，哪还有心思上街买时装穿。再说，工地离城那么远，上哪儿去买呢？许多女工一进七队，就再也没有穿过裙子。摩丝、发胶、润肤霜，她们只能买回来看看，当了摆设，一年用不了几回。在这艰苦的劳作中，她们对美的追求逐渐淡化了，因为她们有着比仪表美更伟大的内涵！

长年在外工作，丈夫对妻子儿女的温情只能珍藏在心里。队领导给我们讲述了这样一个看似荒唐却又非常真实的故事。一位工人好几年没有回家，他的儿子自出生那天就没有见过爸爸，不管妈妈怎么鼓动，儿子就是不愿意把眼前这个土里土气的人叫"爸爸"。有人逗趣说"那是叔叔"，儿子竟脱口而出。这位硬铮铮的男子汉一把把儿子搂在怀里，哽咽着半天说不出一句话来……

路桥职工付出了常人难以付出的劳动，但索取的却很少很少。在七队，许多工人创造了全年未休一天假的纪录，但他们每月的工资却只有200多元，只够买两条红塔山香烟，他们还要既留够自己的伙食费，又要给家里寄。为此许多人把多年的酒瘾给戒了，要是抽烟也只能是二三毛钱一包的"大雁塔"，有的只好改为吸"喇叭筒"。混凝土班工人孙学康，今年35岁。媳妇在安康市某公司工作，近年因病在家休养。兄妹在安康地区给他找了单位让他调回去，他不肯。他有一股男子汉的犟劲，在自己的岗位上实现着他的人生价值。1986年4月，他随工程队在嘉陵江架桥，为了从洪水中抢救国家财产，他跳入冰冷的洪流划水600多米，上岸后第二天尿血，住院治疗一个多月。一位省报记者问他当时是怎么想的，这位朴实的陕南汉子只说了一句不带任何修饰的话："我是个架桥的，把工地材料让洪水冲走，觉得太丢人了。"现在，他每月都要给媳妇寄钱治病，并下狠心戒掉了烟瘾、酒瘾，就这，他还是拉下了工友们800元债。

四

路桥修成了，他们又要到没有路桥的地方去，那里，荆棘和困难在等待着他们。对此路桥工人热切地期盼，心与心之间理解的桥梁，是多么需要全社会来修造啊！

路桥工人，承受了多么重的悲苦，但他们担得起。一点悲苦都受不了的人，是懦夫和胆小鬼。

大多数老工人，都是过着"一辈夫妻两年半"的生活；双职工的全部家当是几只木箱，经济条件好些的也只有一台18寸彩电，至于席梦思床、冰箱、洗衣机等现代化家用电器，就成了他们连想也不敢想的奢侈品了。

让路桥工人最头疼的是，青年工人找对象难。路桥工人工作流动性大，收入低，工作又苦又累，又没有固定住房，许多姑娘一听是个架桥的，还没见面就告吹了。农村来的青年还好说，在家乡找一个，家在城里的就难办了。于是，新一代的"一头沉"又出现在七队。为此，1993年夏天，队领导曾与千河桥驻地的某单位联合搞了一次舞会，年轻的路桥工进得舞场却不会跳舞，遭了姑娘的白眼。几个年轻人一生气跑回了工棚，发誓这辈子再也不进舞场了，何必去丢人现眼！

是啊，路桥工人的苦只有他们自己心里明白，维系他们的是那永生不灭的通畅大道的希望之火。他们心里明白，古老的赵州桥再也载不动新时代的脚步，卢沟桥栏杆上的石狮已风化为名副其实的"朦胧狮"了，现代化的中国呼唤着现代化的交通，中国的公路不就是在我们千千万万个筑路架桥工人手下诞生的吗？

新婚的丈夫回家倒头便睡，人类最原始的本能在这艰苦的劳作中丧失殆尽，是妻子理解了他们。他们是父母膝下的命根子，曾花费了父母多少心血，现在却不能给父母尽一片孝心，是宽厚的生身父母理解了他们。同样，他们也需要全社会的理解。

他们的命运，他们的血管和神经，与路桥紧紧连在了一起。孩子出生在工地，就随着工地转战。如今长大了，该上学了，没有学校收留。他们赔笑脸，说好话，甚至央求，掉泪，没有用。最后还得当"议价生"。对此，他们谁也没有撂下手中的活去找领导骂娘。

这，就是我们的路桥工人。

这，就是我们民族的希望和脊梁。

我们的笔，如何也载不动路桥工人这样沉重的期望和无尽的希冀，但我们发现，他们是富有的。他们最大的财富便是对祖国的一片赤诚。

一个不讲奉献的人,一定是鄙琐的、小气的,他们的心灵将在无尽的索取中荒芜。我们想,路桥工人的这种可贵的奉献,终究会感化那些自私自利的人,热衷于窝里斗而无所事事、贪图享乐的人。路桥工人终究会成为振兴我们民族的楷模。

历史,将会永远记住他们的名字……

1993年10月

支 点

——社团与企业联姻的成功尝试

阿基米德曾说:"给我一个支点,我就能撬动地球。"这是人类对力的最瑰丽的科学想象。

日月沧桑。为寻求这个支点,我们付出了许多无法估量的代价。但是,我们的起跳点往往是一个个松软的沙坑,深一脚,浅一脚,元气不足,步履艰难。

那么,我们起跳的支点在哪里?走向成功的入口又在哪里呢?

中国改革开放的总设计师邓小平大手一挥:大胆地去闯,去试,去干……

此时,应运而生的陕西省横向经济研究会的宏观决策者、经济学家、企业家们开始了并不轻松的思考:世界规模的以发展与繁荣为唯一战利品的世纪经济大战已经打响,我们应以何种方式冲入这场"厮杀"?将会在这场战争中扮演什么角色?取得什么样的成果?已经并将继续选择怎样的一种大动作和大战略呢?

中国人极善于在"理论"上做文章。"纵横"之争,"儒法"之争,将一部中国史搅得沸沸扬扬。

1992年5月的一天,研究会的学者、专家们纷纷撂下书本,走出尺牍书斋,开始了艰苦的探寻。与他们合作的,是一位搞建筑工程出身的青年农民——袁文纪。十个月后,他们在脑海里孕育许久的新生儿——陕西省长安铝合金压铸件厂诞生了。

他们有一个精美的构图:研究会"设计"管理方式,长安厂付诸实施。这不是在土壤里撒下一把种子等着风调雨顺后的收获,更不能等歉收了来年再说;这是与经济、与市场真正打上了交道。经济学家和这位粗壮汉子手把手走进了完全依照经济规律办事的轨道。

这无疑是一针"强心剂"。

不到一年,长安厂便显示出了旺盛的生命力,源源不断的订货合同,络绎不绝的求购者,使十数家同类国营企业面对这个从斜刺里杀出来的小厂感到惊羡和困惑,他们简直疑惑不解:这种强健的体魄,是来自"基因",还是如胎儿般已在母体中吸收了丰殷的营养?

留给人们的思考和启示,并不是在建厂时袁文纪四处寻来旧角钢、槽钢,硬是从手缝和牙缝中省下3000元,矗起了厂房;不是在一打听买个36千瓦的电阻炉需3万元,他咋了咋舌头之后,请来工程师自己盘了两台,只花去2万元,性能并不差;也不是在研究会的领导掰指一数,要建同等规模的厂子,国营企业需百万元且捉襟见肘,长安厂却只用了50万元。

我们试图去探索其中的奥秘。在长安厂采访,歌德老人的一句话时常浮现在我们脑际:"历史给我们的最好东西就是它所激

起的热情。"探寻这种热情,长安厂使我们有了诸多感慨:

——以现有的经济学概念,我们无法确定它的所有制性质。它有国家投资,有社团投资,还有个人投资,典型的"三足鼎立"。有专职工程师,也有兼职的中国铸造业的泰斗,他们伏在一个战壕里,协同作战,不分彼此。投产当月产值即达30万元,利润近10万元。按年设计生产能力,明年产值将可达300余万元,利润在100万元以上。

——虽是有董事会在上边做重大决策,厂子在操作管理中却没有坎儿没有篱笆,一股劲儿绕着质量和信誉做文章。厂子只有26人,工人不好当,责任心要强,容不得丁点瑕疵。7月份发5月的工资,8月发6月,中间老捏着一个月的工资在厂里,叫人吊起胆放不下心;可是另一面,职工在厂里用餐,一个月伙食费仅仅需用20元。西方铁一般的管理与东方水一般的管理就这样奇妙地揉融在了一起。

——为求人才,袁文纪甚至"不择手段"。老工程师华生强从大厂退休后在一家小厂里发挥余热,那儿条件简陋,用惯了千分尺的手,在测量时由于没有工具,只好一拃一拃地量。华工向袁文纪诉说苦衷,袁文纪一把紧紧握住他的手:"到咱们厂里来!要啥工具给你置办啥工具!"如此这般,厂里共招揽了3名工程师,1名模具师,分头把关,出的那活儿,叫最挑剔的用户都跷起了大拇指。

——最奇妙的是,这个厂并不搞物质刺激。在这里,厂长月薪180元,工程师200元,而一个普通工人月薪可拿到350元。对那些农民工来说,这样苦心巴力的全部意义或许只是维持生计所需;但对于工程师来说,就不仅仅是几个钱的事了,他们更注重自我价值的实现。白工程师原在某大厂任车间主任,那里上一个新型浇铸件,前前后后得半个月,而这里只需3天。效率,在这里得到真正体现,他们感到一种情感上的满足和慰藉。

企业要在同行林立的大市场中竞争,并立稳脚跟,绝非易事。长安厂走的这条有别于他人的路子,就是利用横向联合的优势,与国营大中型企业、大专院校广泛协作联合,使他们认识了市场,懂得了竞争,明白了时间和效益的可贵。

一个崭新的生命就是在这样的氛围中茁壮成长。

进入7月份以来,长安厂的汽车汽刹总泵、调节器上下盖等10余个产品流水般铸压出来,打磨锃亮,一批批发往湖北"二汽",发往天津"大发",秦川"奥拓"和东南亚诸国。有耕耘就有收获。长安厂向人们昭示:市场这个魔鬼并非不可降服。那一沓沓合同,那一溜匀速运转的机器,把长安人的腰杆撑得笔直。

一个工人年创产值10余万元,这就是长安厂不衰的魂魄。

长安厂终于找到了搞活经济的支点,这个支点将伴随陕西横向经济研究会和长安厂在经济大潮中进一步走向完美和成熟……

1993年9月

第四辑
随笔札记
SUI BI ZHA JI

创作于2015年,2016年5月19日发表于《西安日报》

OK！麦当劳

出外办事误了饭时，您会在街头小店来上一份盒饭，或一碗牛肉拉面，或一份鸡蛋煎饼，或一笼灌汤包子……图的是一个"快"字。忽一日，上街办事，饥肠辘辘，却一时找不到熟悉的地方就餐，于是走进一家高雅别致的带有几分"洋味"的快餐店，不由得感慨。

那天去北京王府井大街办事，刚入南口，远远就瞟见一座构筑别致的小楼，楼顶上坐定一个偌大的充气卡通人，红头发黄裤子，咧开微笑的红唇，以其诙谐的姿态，面对大街上过往的人流张开双臂。旁边，一个大写的"M"广告牌，煞是招摇。一打听，方知这是4月下旬才"落户"京城的洋快餐店。经不住诱惑，记者随着拥挤的人流走进这家陌生的中美合资快餐店——麦当劳。

进得餐厅，灰白相间的座椅及绘有卡通图案的婴儿椅使人感到家庭式的温馨与整洁。身着统一白底红道上衣、灰裤、红帽的青年男女服务员，站在餐厅的不同位置，向每一位顾客热情招呼："欢迎您光临麦当劳！"一位服务员小姐递上一份印刷漂亮但不豪华的餐单，麦当劳的7种汉堡包和其他配餐一目了然。

"先生，您要点什么？"

按照指点，我点了一个麦香鸡汉堡包和一份热巧克力，便转身找了一个空位落座。小姐轻声说："请稍候！"前后不足1分钟，我点的食物和饮料便整整齐齐地摆在了面前，暗想：这真是名副其实的"快餐"了！

我坐在临窗的一张小餐椅上。窗外是穿梭不息的人流。我与一位正在埋头仔细擦拭桌椅的服务小姐攀谈，方知这是美国快餐业巨头麦当劳在61个国家开设了12746家分店之后，在中国大陆开设的目前世界上最大的一间麦当劳餐厅，内设700个座位，总面积相当于美国本土麦当劳餐厅的8倍。我咬一口夹了奶酪、鸡片和生菜的汉堡包，味道好极了。但我不明白的是，这样一个形同西安特产肉夹馍——简单而又简便的面包夹肉饼的玩意儿，怎么能走遍世界60多个国家，每年赚去将近200亿美元呢？

当我同麦当劳国际公司总裁詹姆斯·埃塔卢波先生交谈后，疑惑涣然冰释。

麦当劳的汉堡包是一种快餐，贵在一个"快"字，公司设在日本的分公司原来用36秒钟即可把汉堡包提供给顾客。按说这是够快的了。然而公司发现，顾客点食物后，就想立刻吃到口，产生了越快越好的心理，因此，公司决心再缩短提供汉堡包的时间，把36秒缩短到32秒。这是以科学方法计算出来的，一点也不夸张。人们这样形象地比喻：麦当劳不是在卖汉堡包，而是在"卖时间"。

说到汉堡包，自然不能用一个简单的"面包夹肉饼"来形容。追求高质量是麦当劳的基本精神。就说主食吧，双层汉堡、吉士汉堡、双层吉士汉堡、麦香鱼、麦香鸡、巨无霸等等，再配上大薯条、标准薯条、香酥苹果派以及各色美味饮品和套餐，一种一个味，想要什么点什么，就是同时涌来百十个人用餐，也绝对不会给餐厅造成"危机"。

令人不禁叫绝的是，麦当劳食品还有一套规矩呢！比如炸薯条，这对我国北方人来讲，并不陌生，但麦当劳与众不同，它对土豆大小，含糖量多少，都有严格要求。麦当劳的专家们曾用八年时间在中国培育出一种白色的麦当劳标准土豆，成为这里的"拳头产品"；牛肉，在中国的食品中司空见惯，可是麦当劳的牛肉必须保证有17%～21%的肥肉，再经过40多项质量控制检查才能过关。麦当劳竟有这么多学问！

初进麦当劳，许多人对小有机关的取吸管箱和废物箱等新事物还不知从何下手，但细读人手一份的既可留作纪念，又可供作欣赏的精美餐单，便"如释重负"。同时，餐单上"麦当劳意味着品质！""富有家庭温馨的麦当劳餐厅欢迎您"等字眼也摄入了您的眼帘，要说有多惬意就有多惬意！在这里，您会时时看到，有许多服务人员在不停地擦拭着桌椅、地板、窗台和花盆，使人感到环境幽雅之外又有一尘不染之感。

就餐者摩肩接踵，进进出出，皆俨然风光了一回而自得其乐的样子。餐厅内已座无虚席，我手中的"猎物"早被"消灭"掉了，不好意思再"赖"下去，在一声声"欢迎您下次再来！""走好！"的问候声中，离开了麦当劳，但在脑海里却留下了"快捷、优质、整齐洁净、物有所值"的印象。

"快餐"这个词对时下的中国人来讲已不再陌生。想当年,肯德基、加州牛肉面等洋快餐叩开国门、占据京城时,人们还不以为然,但如今它却以国人绝无仅有的姿态南下西进,攻入上海、广州、西安等大城市。

细细想来,洋快餐也有不足,如品种、口味、营养单一,操作方法单一,等。再看看偌大个中国,享有"吃在中国,享誉世界"的殊誉,快餐业也不是没有,诸如包子、蛋汤、馄饨、麻食、饺子、面条、煎饼、豆浆、油条……,品种数量上也占有绝对优势,但要真正形成气候,让顾客在饮食文化中感到一种享受、一种礼遇、一种绝无它有的温馨,还有一定差距,那些"露天作业"者就更自不必说了。如今,麦当劳漂洋过海,打进国门,不由让人感慨万端。中国式快餐业怎样崛起,当令"美食王国"的各界人士深思!

1992年6月

呼啦圈，你慢点晃！

如果有人问："时下西安最流行的是什么？"人们大概都会说："呼啦圈！当然是呼啦圈啦！"

不是吗？当您漫步于西安的大街小巷，或游逛商场和个体小摊时，那五颜六色的呼啦圈几乎无处不见，骑车的妇女肩上挎着它，孩子们的手里玩着它……去年年底，北京、天津等北方城市开始风靡呼啦圈时，西安还无声无息，可到了今年2月底，这股"旋风"就刮到了古城，且来势"凶猛"，大有愈演愈烈之势，西安市民一下子把健身的焦点集中在呼啦圈上了。难怪有人说，呼啦圈使西安随着彩轮的飞旋，也旋转了起来。

从体育运动角度讲，呼啦圈其实就是健身圈。二十世纪六七十年代，它只是作为艺术体操中的圈操、杂技中的晃圈等艺术表演形式呈现于赛场和舞台，西方称其为"呼啦圈"。目前，我国京、津等大城市日趋俏销。生产厂家独具慧眼，西安塑料二厂将自己生产的呼啦圈推入市场时，一下子成了大至国营商店，小到小商小贩的俏手货！市中心的新城广场，呼啦圈的魅力使放风筝的男男女女也大感逊色，纷纷从此弃彼，玩起了呼啦圈。几位玩得正开心的青年男女谈起呼啦圈，几乎众口一词："现在兴健美，重健身，呼啦圈可以减肥，还可活动筋骨，且价格低廉，何乐而不为呢？"

诚然，市民们的健美意识愈来愈强，这无可非议；但在这股"呼啦圈热"的背后是否也有值得人们冷静思考的东西？比如说玩法，一些医护人员给记者解释说，呼啦圈玩好了是健身圈，玩坏了是"致病圈"。特别是有腰肌损伤旧症和腰椎滑脱的患者，更应慎用或禁止采用此法锻炼。不久前，北京市的医院已接收了3名因玩呼啦圈而致使肠绞结的患者。

还应提醒的是，虽然呼啦圈一时流行，但生产厂家切莫盲目生产。因为呼啦圈来得快，可能去得也快。美国1958年兴起呼啦圈热，流行只是短短的一年。到了1959年夏，美国许多城市的垃圾场上扔满了呼啦圈。我国虽刚刚兴起，但也应在热到适度时减少生产，以免重蹈覆辙。因为这毕竟是一个"圈"，又非易损品，一家人焉能购十个八个留作备用？由此，记者还是想道出一句："呼啦圈，您慢点晃。"

1992年3月

美容误区

正如中国兴起的其他"潮"一样，美容所激起的爱美之心，引起了无以数计的男男女女的芳心骚动。戴尔·卡耐基曾说过，只要你愿意把心灵的焦距一转，也许过去你认为不美好的事物会变得美好了。同样，过去认为美容是一种遮丑之举，而今天则成为求美之法了。

记者在西安医科大学第二附属医院、第四军医大学、西安美之美美容院对一些专家和美容师进行采访，他们几乎异口同声地说，对于美容本身来讲，无可非议，但物极必反，青年人固然要追求容貌美，但不可过分矫揉造作，还是朴素一点为好啊！

此话有理。凡事都应当讲求科学。就说洗脸吧，面部是人体美的重要部分，但许多人并不懂洗脸的学问。皮肤是通过毛孔呼吸的，皮肤从空气中直接吸收的氧气占人体需氧量的2.5%。但一些油性的和粉质化妆品及空气中飘落的尘埃，会将毛孔堵塞，影响皮肤角质的新陈代谢和呼吸，反而会出现皮肤粗糙、痤疮等问题。因此，面部或颈部的污垢、脂粉必须用含有多量油脂的乳剂去除。许多人洗脸只用香皂简单地抹上几把就草草了事，显然难以达到清洁皮肤的目的。有人以为涂抹档次较高、价格昂贵的化妆品就会奏效，其实由于营养进不去而无济于事。现在许多人购买化妆品的"导购员"是广告词，什么牌子叫得响就买什么牌子，甚至"崇洋媚外"，非进口货不买。人的皮肤有干性、中性、油性之分，不了解自己皮肤类型，盲目使用高档化妆品，常常带来无穷烦恼。前段时间，电视上宣传绵羊油护肤膏，不几天，第四医大医学美容部就接待了好几位使用后皮肤发生过敏的患者；"磨砂洗面奶"，本该每周只用一两次即可，有人却天天使用，结果皮肤反倒变粗变黑，求美不成反添丑了。

人的面部布满了神经，使用药物化妆品更应慎之又慎。一些"江湖郎中"和不法分子制售的假劣化妆品害人不浅，许多妇女用了冒牌"永芳"，时间不长出现了色素沉淀，面部暗黑，苦不堪言。

对美容者来讲，最大的不幸莫过于面部手术的失败。目前，面部美容的手术从文眉、文眼线、割双眼皮到整酒窝、隆鼻，项目越来越多。五官是容貌美的关键部位。君不见，将眼线文成"大熊猫"，眉毛文成"毛毛虫"，双眼皮变成"泡泡眼"，酒窝变成"俩伤疤"，隆鼻后鼻头外露的不幸者何其多矣！西安西郊某工厂一位25岁的女青年，因文眉失败被同事取笑，羞愧至极，心灰意冷，便服食过量安眠药辞别了人间……

造成上述这种现象，消费者自己有责任，但目前初兴的美容行业鱼龙混杂则是根本原因。一些"美容师"不懂科学，医术不高，手术消毒不严密，操作程序不规范，甚至于不做过敏试验即行注射止痛、消炎药物，难免给爱美者留下一辈子的遗憾。

追求美是人类的一种本性渴求。心理学家马斯洛说过，求美求知是更高层次的需求。在西方人看来，这同样是艺术。用马克思的话说，则属于"复杂劳动"。美容本身是一种艺术创造，同时也是医学的一个组成部分。求美必须讲求科学。人体面部的某些"表面现象"都是体内某些疾病的外在表现。祖国医学的辨证施治，把五脏与五官相联接，诊病时的望、闻、问、切，就是这个道理。

专家指出，要美容，必从健身做起。身体健康本身就是一种自然美。当然进而再进行科学的美容术，那会更好。身不健，病恹恹，再打扮成林黛玉那样的卧床美人，则不符合时代的要求了。因为我们每个人都是潜在的美人，问题在于你是否能够注意挖掘和表现出你独特的个性美。正如《淮南子·说林训》说的"佳人不同体，美人不同面，而皆悦于目"一样，各人应有各人的特点。只要你善于打扮自己，扬长避短，就能变成一个真正的美人。当然，也不要走向极端。因为世界上没有容貌完美无瑕的人。《红楼梦》中的鸳鸯，脸上就长有"细细的雀斑"，但她并未因此失去美人的资格。金陵十二钗之一的史湘云，虽然貌美，但由于口吃，发音不准，把"二哥哥"叫成了"爱哥哥"。宋玉曾杜撰出一篇《登徒子好色赋》，称美人必须是"增之一分则太长，减之一分则太短，著粉则太白，施朱则太赤……"云云，这只可能是骚人墨客的梦幻，不可能出现在现实生活里。据传，古代四大美人之一的杨贵妃就有腋臭，谁又能否定她的美呢？

因此，锻炼和提高自己的审美观念和修养是十分重要的。美容也不必要都用"高级"的东西。殊不知，许多蔬菜、食品、饮料中就富含能使人美容的维生素、蛋白质等营养成分。舍本求末，用气味熏人的化学药品浓妆艳抹，换得一时心理上的安慰是要不得的。看来，邯郸学步、东施效颦的典故仍具现实意义。怎样爱护自己的脸蛋，的确值得美容爱好者们深思。

1993年1月

春来柳绿正清明

"清明时节雨纷纷,路上行人欲断魂。"清明,是我国传统节日和二十四节气之一,从周朝开始,至今延续了二千五百多年。从节气本身讲,所谓"清明",就是寒凝大地的冬天已经过去,我国大部分地区气候已经温暖,草木开始萌芽生叶,万物清新,春光明媚之意。

据《岁时百问》载:"万物生长此时,皆清洁而明净,故谓之清明。"黄庭坚有诗云:"佳节清明桃李笑,野田荒冢只生愁。雷惊天地龙蛇蛰,雨足郊原草木柔。"从这时起,农村便出现"乡村四月闲人少,才了蚕桑又插田"的繁忙景象。

在我国民间,清明节又称思乡节。清明节前一天是寒食节,在古代,寒食节这天是禁止动用烟火的。据说,春秋晋国大臣介子推曾割下自己身上的肉以救晋文公之饥。文公掌权后,未及时封赏他,他也耻于言功,便隐居绵山(今属山西介休市)。此后,文公屡召不应,就在清明前三天三面焚山,逼他出来。介子推是个说一不二的人,他背着老母靠在一棵柳树上,就这样被活活烧死了。后来人们发现,在他身后的树洞内有一片写有血字的衣襟:"割肉奉君尽丹心,但愿主公常清明。柳下做鬼终不见,强似伴君做谏臣。倘若主公心有我,忆我之时常自省。臣在九泉心无愧,勤政清明复清明。"据《汝南先贤传》中载:"介子推以三月三日自燔,后成禁火之俗。"寒食禁火,一是为纪念介子推忠孝义气,二是为禁止烧荒,以保护植被,这在现在,仍具有其现实意义。

至于清明节扫墓,则是民族传统了。秦汉时,帝王要祭先代陵寝,民间祭扫祖坟,唐开元二十年(732),朝廷曾下令寒食上坟祭祖。正如白居易在《寒食野望吟》中云:"鸟啼鹊噪昏乔木,清明寒食谁家哭?"高翥也有诗云:"南北山头多墓田,清明祭扫各纷然,纸灰飞作白蝴蝶,泪血染成红杜鹃"。"柳丝欲吐正清明,花迭雄碑寄悼情"即是最真实的写照。古代皇族、士大夫祭祖有宗庙、祠堂,民间不能立祠堂,便于"晴日清明暖,长河柳色匀"时去墓前祭扫。现在看来,除去民间掺进一些迷信糟粕外,至少可说还有几点好处:一是悼先烈,祭亡灵,寄托哀思;二是郊游踏青,远足旅行;三是清明前后正是植树的好季节,可顺便在荒野坡岭上植树造林。只要"清明是处插垂柳",方可换得"客舍青青柳色新"的迷人景象。

清明前后,气候开始转暖,正是运动的大好季节。在唐代,打秋千是最盛行的体育游戏之一。宋时晁说之曾有"闾阖千万门户开,三郎沉醉打球回"的诗句。"三郎"是唐玄宗的小名。连皇上都被这"吹面不寒杨柳风"的美好时光引逗了去。除此之外,还有拔河、徒步旅行、斗鸡、走狗、放风筝等游戏。虽然现在我们活动的项目多得多了,但乘这大好春光,利用节假日,携亲约友郊外野游，寻芳探胜别有一番情趣。

"布谷飞飞劝早耕，春锄扑扑趁春晴。"清明一过，正是"屋头初日杏花繁"，"缚得黄茅更似人"的农忙时节，柳丝欲吐，燕语呢喃。只有珍惜这美好的春色，才会带来喜人的丰收。

1993年3月

《吕祖百字碑》注

在我国浩如烟海的古代文化艺术宝库中，养生气功这颗中华民族科学殿堂中的明珠，在人类步入21世纪——生命科学世纪的前夕，开始脱去玄学的外衣，穿过历史幽深的长廊，迈进了现代医学研究的范畴。从先秦到明清，无数先辈倾注了大量心血，潜心研究养生气功科学理论，几千年来流传的气功文献达1000余种，可谓汗牛充栋。"八仙"之一的吕祖洞宾就是气功理论的卓越贡献者之一。

吕洞宾（798—？），号纯阳子，唐代京兆人（一说河中府永乐县人）。他一生饱览祖国的大好河山，上武当，下洞庭，走长安，登华岳，终以慈悲度世为成道路径。在气功研究中，他一改丹铅与黄白之术为内功，对北宋道教教理的发展，元内丹派的形成，具有一定的影响，被全真道奉为北五祖之一。他在养生气功研究中最突出的贡献是《吕祖百字碑》，这也是他炼丹成仙的理论结晶。清人李西月重编的元明之际著名道士、武当内家拳之祖师、通微显化真人张三丰著《张三丰全集·玄机直讲》中曾对

《吕祖百字碑》进行注解，但由于历史原因，其注解显得晦涩、笼统、难懂。《吕祖百字碑》是气功养生理论的精华和实践经验的科学总结，认真、客观地分析和研究，将会对我们当代养生研究爱好者大有裨益。

1. 养气忘言守，降心为不为。

【释】大凡健身者，须先养气。养气之法首先是言少，并将意念集中在身体某个部位，即"忘言守一"。"守一之法，始思居闲处，宜重墙厚壁，不闻喧哗之音。"（《太平经》）忘言则气聚，守一则神不出。这样做可以使心火下降，肾水上升，维持阴阳动态平衡，达到清心养神的目的。平日，人心动荡不已。凡健身者，必须调心入静，人静则贵在制伏两眼，降伏心率，心沉于渊，处之以静，无所作为，心起则动，故降心则静。眼睛是人心灵的窗户，养气者须目合睑垂口闭，屏除一切杂念，使思想高度集中。为此，吕祖曾指出："时人若要学长生，先是枢机（指任督相通）昼夜行。恍惚中间专志气，虚无里面固元精。"他要求，练功时不要用耳朵去听外界的声音，要用心灵去听；再之，莫用心灵去听，而要用气去听，即"为不为"。气，它以空虚来对待万物，只有"道"才能把空虚集中起来。这种空虚就是内心的斋戒（寡欲），即"恬淡虚无"。"平易恬淡，则忧患不能入，邪气不能袭，故其德全而神不亏"（《庄子·外篇·刻意》）。归纳起来，其用功之法是：以眼视鼻，以鼻视脐，上下相顾，心息相依，意守丹田，降伏思虑。

2. 动静知祖宗，无事更寻谁。

【释】"动静"，就是阴阳，或曰刚柔。"祖宗"是指性命。"宗者是性也，祖者是命也，名曰祖宗。"（《重阳祖师授丹阳二十四诀》）心之下，肾之上，仿佛之内，念头全无。运气所到之处，即是祖宗。所谓动静，则是调和真气，安理真元。呼接天根，吸接地根。天根为鼻，天地灵气由此而入，天地神气由此而会；地根为口，纳百谷之气味，吐重浊之阴邪。即阖户为地，辟户为天，呼则龙吟云起，吸则虎啸风生。"养气不动真豪杰。"一阖一辟，一动一静，贵在心意不动。"起手须先炼己"（《吕祖沁园春》），"炼己"则是气沉丹田，任其真息往来，绵绵尚存，打成一片，调息于无息之息，神凝则丹就。"调息"就是给风，"意守"则是加火。"丹"则是练功养气的目的。

"无事"就是无为。若能养气忘言守一，降伏身心，神归气穴，内守而不外泄，混融如一气，如鸡孵卵，如龙养珠，念念不忘，须臾不离，如此日久功深，自然会出现幻觉、幻视、幻嗅、幻听等，灵明莫测。养气者到此功夫，精神则高度集中，用功时不再想其他事情，即到"无事更寻谁"的境界。

3. 真常须应物，应物要不迷。

【释】练气炼丹，应恬淡虚无，但对来临之物应稳重正确地应付和对待。若不应接则空寂虚无。必须来之应之，去而不留任何痕迹。要光明正大，绝不可迷于私欲。"无情生有情，虚灵彻洞天"（《类修要诀·吕纯阳祖师未生诗》）即指"不迷"。真性清静，心灵精神凝结。功家言：着意头头错，无为又落空。

4. 不迷性自住，性住气自回。

【释】大凡人性烈如火，喜怒哀乐，爱恶欲憎，变化无常。有时触景生情，便生妄想，难以静性。只有真惩愤才能火降，真寡欲才能水升。身不动乃是修炼元精，炼精则虎啸，人的本性常为杂念蒙掩，此时本性（即元神）则凝固了。心不动乃是炼气，在"气欲生时,腹中气氲,亦吸,复含(闭)气令平,想(气)从诸毛窍间出,勿令下出,名炼气"(《气法要妙至诀》)。炼气则虎吟,则元气存;忘言意守,心神不动,才能炼神,炼神则阴阳二气交,精、气、神混元归一。"抱一者治天下,守一者安性命。""人得一而滋生,万物得一而赋形"(《惕虑续集句》),元气精神则自回。养气者应物不迷,则元神自归,本性自住,性住则先天之气自回。即"至不呼吸而呼吸者,始系先天之气,此乃静极生阳之理"(《武术汇宗》)。正如古人所言:回光返照,一心中存,内想不出,外想不入。

5. 气回丹自结,壶中配坎离。

【释】养气者,不迷人间万事则气自回,将见阴阳二气升降于中丹田,阴阳配合于心肾,忽觉肾中一缕热气上升,心中情来归性,如痴如醉,阴阳二气旺盛,结成丹质;而气穴中水火相交,循环不已,神驾驭气,气留形。"坎离"是指水火。有诀曰:耳目口三宝,闭塞勿发通;真人潜深渊,浮游守规中(即中丹田)。直至丹田气满,且一定度量或时量的内服大药,则"丹自结"也。

6. 阴阳生反复,普化一声雷。

【释】正宗丹法,不管清静栽接,无不讲阴阳。《周易·系辞》指出:"一阴一阳之谓道",即指此理。吕祖有诗曰:"玄篇种种说阴阳,二字名为万法王。"《内经·素问·阴阳应象大论》中也说:"阴阳者,天地之道也,万物之纲纪,变化之父母,生杀之本始,神明之府也。"道家之修为,自始至终,不离阴阳。如能潜心练功,静心养气,到了一定程度,则神不外驰,气不外泄,神归气穴,水火已交,愈加愈烈。"致虚极,守静笃。"(《老子》)身静在沉寂而遥远的虚景之中，心则沉浸在清澈而无何所有的地方。这样一来，呼吸则不调自息，百脉自停，日月停景，似璇玑（指星斗）不行；阴阳静而生动，静中有动而不滞于静，动中有静而不偏于动；阳生于地，地就是腹部，即下丹田，又称曲江。吕祖曾指出："有人问我修行法，遥指天边日月轮。"即指阴阳大道。忽然见得一点灵光，有如黍米粒大小，光亮赫然，就像药物产生效力一般，两肾如汤煎，膀胱如火炙，腹内如烈风般嘶吼，其声如雷震。这时阴火初旺，"旺气烧炉"（《道家·丹鼎门》），"地逢雷处见天根"，必须进一步巩固心神，再以聚神助之，则其气如火逼金，行穿过尾骨之端，声如雷震。此时要轻轻用气，默默提肛；一团和气，升至上丹田，周身踊跃，阴阳不期而遇，由月窟至印堂；眉中开始露出云气，即太极动而生阴，化成神水甘露，内有黍米之珠，落在中丹田。"点我离中灵汞，结成圣相之体，行周天火候一度，烹之炼之"（《张三丰全集》），即"丹自结"，养气就有了初步收获。

7. 白云朝顶上，甘露洒须弥。

【释】养气练功到此，阴阳二气宛如调成羹状大药，这时关窍开通，火降水升，神、气满身周流；从太极中幼天根，过玄谷关，升二十四椎骨节，到天谷关月窟，实现顶通。阴生香甜美味，降下喉管，无休无息，使得津生满口。"津不断，气连绵，性命有主，返老还童理当然。"（《诣演涵论正本·先天传》）其津气味香甜异常，似天泉甘露，不断咽下，滋五脏，润肌肤，精气常留，面目有光。这即是"甘露洒须弥"。古人云：甘露满口，以目送之，以意迎之，送下丹釜，凝结元气以养之。

8. 自饮长生酒，逍遥谁得知。

【释】养气练功到此程度，骨节已开，口中津液不止，上下周流往来不息，吞咽津液（唾液）如饮醇酒，在心化血，在肝明目，在脾养神，在肺助气，在肾生精。"漱津三十六，神水（即口津）满口喷，一口分三咽，龙行虎自奔。"（《类修要诀·钟离祖师八段锦导引法》）"白玉齿边有玉泉，涓涓育我度长年。"对津液，古人还有"流珠灌养灵根性，修行之人知不知"之赞句。唐代医学家孙思邈在《备急千金要方》中，讲述了汉代有一道人，名叫蒯京，因每天早晨吞咽玉泉，面色红润，牙齿坚固，活了120多岁。因此，口津被称为"神水""长生酒"不无道理。

9. 坐听无弦曲，明通造化机。

【释】养气练功到了这般境界，似耳闻仙乐之音，又有钟鼓之韵，五腑真气归上丹田。如张三丰祖师所说："五气朝元随日长，三花聚顶逐时新。"此时须叠足端坐，潜神内守，不可一毫外用其心，使得五脏无漏，精、神、魄、意相互混融。"精、气、神之华合聚于上丹田，如草之开花，行将结子，而精聚于顶，炼精化气，炼气化神，炼神还虚，谓之三花聚顶"（《中和集》）；捧气贯顶，实现顶通，如傍晚乌鸦归巢之状，心田开朗，智慧自生，大地山河如在掌中。吕祖描述说："我自忘心神自悦，跨水穿云来相谒。不问黄芽肘后方，玄道通缴怎生说。"（《吕祖志》）此时似目视万里，鼻、眼、耳、身、舌、意上根不漏，即："……下用木座抵住谷道，所以使身根不漏也；上用木夹牢封鼻窍，所以使鼻根不漏也；齿唇相合，舌抵上颚，所以使舌根不漏也；一念不生，六尘不染，所以使意根不漏也。"（《大药过关服食天机·第六》）眼、耳、鼻、舌、齿、面、首、顶九通，须更加谦逊谨慎，排除一切私心杂念私欲。要"宠辱不惊，肝木以宁；动静以敬，心火自定；食欲有节，脾土不泄；沉默寡言，肺金自全；恬澹无欲，肾水自足。"（《道德·洞玄经》）练功者必须执守太和，休生闲气，以七情不生，六淫不畏，方能达到返老还童、延年益寿之目的。

10. 都来二十句，端的上天梯。

【释】此养气之诀，至此已二十句百字，全是吕祖养气练功的经验和体会，功夫无半点虚伪。"炼出一炉神圣药，五云归去路分明。"（《吕祖志》）养气者应以勤为本，明确练功之目的，这是登上养生健体长寿之殿的阶梯。只要长期坚持不懈，必定会收到健康延年的理想效果。

道家的养生修炼之术，是为了清心寡欲，凝神静虚，保持血气调和，从而使生命延长到应有极度，避免夭寿。道家把养生修炼叫作"炼丹"。丹有内外之分。内丹是指自身的修炼，外丹就是经过提炼的"药物"，服之可以保健。养生的道理纵有千条万条，但练功深浅程度全在自己，因之取得的结果也是不相同的。

这正是："玉炉烧炼延年药，正道行修益寿丹。"

1989年

（此文原载于《三秦道教》）

广告小议

前不久，西安市医药公司成药科门口挂出一块小木牌："凡糖尿病患者服用吉林辉南参鹿制药厂生产的'降糖舒'三个月（即三个疗程）以上时间效果不佳（胰岛素依赖型患者除外，疗效指改善症状和检查指标），患者可凭购药发票及当地医院证明，我科将按厂价退款。"这则宣传治疗糖尿病的药品广告引起了糖尿病患者的极大兴趣。一时间门庭若市，几百件降糖舒不几天就被购买一空。不久，又有许多患者和医疗单位纷纷打电话问询，来信感谢，要求为他们继续提供货源。一则商品广告，使开业不久的成药科信誉大大提高，生意也越做越活。

时下，广播、电视和报刊上带"最"字的广告比比皆是。听得多了，顾客就难免产生逆反心理。降糖舒销售广告却一反常态，短小精练，未用一个"最"字，却赢得了患者的信任。广告中如实介绍了产品的使用效能和质量保证措施及生产厂家等，对产品的本身价值却提得很少，不摆花架子，叫人一看就觉得没有"王婆卖瓜，自卖自夸"的感觉。

说真话是广告的生命。鲁迅先生在主编《乌合丛书》时曾写过一则广告:"大志向是丝毫也没有。所愿的:无非(1)在自己,是希望那印成的从速卖完,可以收回钱来再印第二种;(2)对于读者,是希望看了之后,不至于以为太受欺骗了。"这则不同凡响的广告不吹牛,不卖关子,也没有华丽的辞藻,坦率地承认了自己做广告的目的。正因如此,鲁迅先生主编的《乌合丛书》销路大开。

《辞海》讲,广告,是"向公众介绍商品,报道服务内容或文娱节目等的一种宣传方式"。在当今商品经济社会中,广告在促进生产,扩大流通,指导消费,沟通信息,方便人民生活,发展经济贸易等方面,都有积极的促进作用。但是,有些见利忘义之徒不能恪守广告的这一属性原则,"靓装出门,争妍卖笑",虚假广告,屡见不鲜,给广告宣传无形中蒙上了一层阴影。这种广告,只能在商品交换中做"一锤子"买卖,往往使自身的名誉受到损害。

1990年4月

买鞋遐思

在郊县工作的朋友来信，让我为他在西安买一双27码牛皮鞋，说他跑遍了县城大大小小的商店也没买到。为不让朋友失望，我跑了许多百货商店和鞋店，最后总算在小巷深处的一家个体小百货店里买到了朋友要的鞋子。

百货商店和鞋店经营鞋子，乃妇孺皆知。问题就在于跑了那么多鞋店和百货店竟然买不到一双大号鞋子，真不可思议。难怪有人总结了目前的商品市场出现的"六多六少"：年轻人的多，老年人的少；女性的多，男性的少；经营时髦商品者多，经营传统的大众商品者少；愿意经营"洋货"的多，经营"土货"的少；经营高档得多，经营廉价的少；追求经营效益的多，为顾客提供周到服务的少。

消费市场出现的"六多六少"现象，令人深思。在当今商品经济的社会里竞争，追求经济效益，经销适合顾客消费心理的商品，拾他人之遗，补市场之缺，这是无可非议的。但作为商业部门，我们首先必须想到我国的国情。经营一点"洋货"或高档商品完全可以，但一个商店只去追求新潮，那么生意是很难做下去的。售价一万元的李艳萍牌旗袍，也只能是日本首相夫人、著名歌星、新加坡总理夫人、海外巨商夫人享用，还没有达到小康水平的中国人如何能买得起？上百元一条领带，二百多元一件衬衫，三百多元一个电子打火机，四五百元一双老板鞋，五六百元一套进口化妆品，上千元一套进口西服……，如果阔富了去受用，未尝不可，但至少目前大多数人还达不到这个消费水平。当然也不乏少数的的确确勒紧腰带去热切追求时髦的小青年。

近日又偶闻一则80年代"削履适足"的新闻：某地一位在城里工作的女儿给乡下的母亲买了一双高跟鞋，老大娘试穿了几次，深感不适，拿在手里看了半天，原来是高跟在作祟，于是用刀子把高跟削去了一大截。她哪里料到，一双新鞋就坏在了她这"无情"的一刀，弄得前后高低比例失当，再也无法穿用了。

看来，走大众化、传统化的国货还得提倡，消费也要符合国情、民情，虽然"削履适足"实属偶然，但给人的启示不少。一方面，经营商品不能把眼光老盯在舶来品和名牌上，价廉的产品一样可以赚钱，一样可以享用；另一方面，我们应以使用国货为荣，倡导节约之风。那么，目前出现的这种"六多六少"的畸形消费现象就会得到抑制，艰苦奋斗的作风才能发扬光大。

1989年10月

建设农业科技示范园区要注意三个结合

农业科技示范园区、农业科技开发区、农业高新技术产业园区等，虽然在组织形式和运作方式上有一定区别，但其本质都是以现代科技为依托，按照农业产业化要求和科学管理方式发展起来的一种具有中国特色的新型农业发展模式。它的出现，对我国农业和农村经济发展起了很好的示范和带动作用，尤其在推动农业科技成果的转化和应用，探索农业产业化发展的模式和途径方面起到了先导作用。

以杨凌农业高新技术产业示范区为代表的我国农业科技示范园区从上20世纪90年代诞生至今，虽然只有不足十年时间，但是已经取得了显著成就，显示出强大的生命力。总结这些年的实践经验，笔者认为，建设现代农业科技示范园区，必须做到三个结合。

一、要把追求经济效益与改造传统农业、增加农民收入结合起来

胡锦涛同志在视察陕西时特别强调,"杨凌作为全国唯一的农业高新技术产业示范区,要充分发挥农科教基地的优势和农业科技示范区的作用,为推动我国农业高新技术产业做出贡献"。我国是一个农业大国,农民占总人口的大多数。这种情况决定了没有农业和农村的现代化,就没有中国的社会主义现代化;没有农民的富裕,就谈不上全国人民的共同富裕。因此,我们党始终把农民、农村、农业问题作为关系到党和国家全局的根本问题,作为现代化建设的重点和关键问题,放在非常重要的战略位置来抓。

我国是一个传统农业占主导地位的国家,许多地方的农业生产仍然主要依靠人力、畜力和传统工具,从事技术含量很低的简单手工劳动。面对世界高新技术浪潮的冲击和经济全球化趋势的加快,特别是加入WTO以后,我国农业和农村经济将面临新的严峻挑战。加之近年来,我国农业结构性矛盾日益突出,许多农产品相对过剩,价格下跌,农业的比较效益下降,农民收入增长缓慢。因此,实现传统农业向现代农业的转变,不但是农业生产力发展的客观要求,也是广大农民群众实现共同富裕战略目标的必由之路。

杨凌示范区正是适应农业生产力发展的要求和广大农民群众的迫切愿望产生和发展起来的。杨凌示范区依托杨凌自身的科技、体制和环境优势,在国家十八个共建部委的大力支持下,农科教、产学研等各方面都取得了显著成绩。目前已形成了以生物

工程、良种繁育、节水灌溉设备制造、农用化工、农副产品深加工等产业为主的发展格局,形成了自己独特的产业群体,成为陕西经济极具发展潜力的增长点和西部大开发的亮点。示范区的建设发展,不但引导和带动了周边农民掌握和运用农业科技,实现传统农业向现代农业的转变,而且吸纳了大批的农村剩余劳动力,促进了农民增收。

杨凌示范区成立几年来的巨大成就,充分说明了现代农业科技示范园区的建立,代表了我国农业的发展方向。它的发展,有利于生产要素的优化配置和农业资源的高效利用;有利于用高新技术改造传统农业,提高农业劳动生产率和农业经济效益;有利于农民增收和农村社会进步。只有把发展先进生产力、发展先进文化、维护和实现最广大人民群众的根本利益,贯彻落实到农业科技示范园区的建设之中,现代农业科技示范园区才会健康发展,才会不断壮大,才会保持旺盛的生命力。

任何一种新生事物,在其成长壮大的过程中,总会遇到自身的和外部的这样那样的困难和问题,总会有其幼稚、粗糙等不成熟、不完善之处。农业科技示范园区也不例外。目前存在的主要问题是,一些地方在建设现代农业科技示范园区时,背离了代表农业先进生产力的正确发展方向,所以出现了这样那样的偏差。有些农业科技示范园区的设计和建设脱离了我国农业生产力发展水平和现状,有的为了套取国家投资,贪大求洋,不计效益,造成浪费;有的花费巨额资金,盲目引进国外造价昂贵的成套设备和工艺,却没有掌握相应的操作技术,缺乏管理人才和管理经验,加上当地资源尚不配套,导致设备不能达到生产能力,运转成本高而效益低,难以继续维持,造成设备闲置,给国家造成重大损失；有的盲目攀比，搞政绩工程；搞建设方案重展示、轻实效，不讲可行性，工程建成以后，中看不中用，即使看，门票也很贵，农民看不起，结果是游离于当地农业生产之外，没有起到示范带动作用，更没有帮助农民增加收入，反而成了负担；有的以建设园区为名，行房地产开发之实，骗取政府支持，套取银行贷款，损害了农业科技示范园区的声誉和形象；等等。这些问题若不及时纠正，农业科技示范园区这个新生事物就不能健康发展。

当前，首要的任务是要按照胡锦涛同志视察陕西时的讲话精神，按照国家在"十一五"规划中提出的建设社会主义新农村的重大历史任务，统筹规划，着眼长远，坚持正确的科学发展观，加强对各类农业科技示范园区、产业园区和开发区的统一规划、科学管理和正确引导，把园区发展与改造传统农业的生产方式，大面积提高农业生产的科学技术水平，提高农业劳动生产率结合起来；把带动千家万户农民增加收入，与从传统走向现代、从温饱走向小康结合起来；把追求园区自身的经济效益与帮助农民增加收入结合起来；把园区发展与建设社会主义新农村结合起来。使各类农业园区融入我国农业和农村经济之中，成为其有机的组成部分。这应当是包括农业科技示范园区在内的各类农业园区健康发展的唯一正确方向。

二、要把园区的基础设施和服务体系建设与小城镇建设结合起来

进入21世纪，我国进入了全面建设小康社会，加快推进社会

主义现代化的新的发展阶段。在新世纪新阶段，发展要有新思路，改革要有新突破，开放要有新局面。要注重地区、城乡协调发展。这不但给今后全党的工作提出了更高的要求，也为农业科技示范园区建设指明了前进方向。

农业科技示范园区是适应我国现阶段农业发展的需要涌现出的现代农业发展新模式。它通过农业科技成果组装集成、孵化农业科技企业、联结农户与市场、进行农业科技示范和信息扩散等功能的发挥，带动农业科技成果的推广和应用，促进农业和农村经济持续、快速、稳定、健康发展。这些功能的发挥，要求农业科技示范园区有比较完善的基础设施和相对健全的服务体系，还要有产业聚集、人才优势、金融服务、物流配送等方面的软环境，特别要提高示范园区内的城市化功能，提高信息化水平和城市化水平，把现代农业示范园区建设成为产业发展、人才聚集、环境优美、功能齐全，适于居住的集生产、生活、休闲、娱乐为一体的区域型中、小城市，充分发挥示范园区的示范、辐射、带动作用，使之成为农业高新技术产业发展的重要基地，培养创新人才的基地和知识创新的源泉，以期成为现代农业的"生物谷"和"绿谷"。

当前，农业科技示范园区建设方面存在的问题是，由于这些园区一般都地处城郊农村，远离大中城市，水、电、路、气、通讯等基础条件差，城市化水平低，缺乏大型的商贸流通、第三产业等配套企业和服务体系，产业聚集、人才优势、金融服务、物流配送等方面的软环境建设普遍滞后。很多科技示范园区没有商场、没有宾馆饭店、没有学校、没有医院，也没有邮电、银行、保险等服务机构。不但生产、科研、管理人员的工作、生活十分不便，中介服务组织也难以立足，留不住项目、留不住人才。相当一部分农业示范园区白天上班时熙熙攘攘，晚上下班后冷冷清清，影响了园区示范功能的充分发挥。这种状况如不尽快改变，将会严重制约园区城市化建设的发展。农业科技示范园区的发展要求基础设施建设要配套，城市化功能等服务体系建设要有新思路和新举措。政府服务、产业聚集、土地资源的优化利用，人才优势的发挥以及金融服务、物流配送等软环境，已经成为开发区和示范区建设新一轮竞争的热点。

杨凌示范区不仅把基础设施建设与城镇建设结合起来，而且在政府服务、吸引人才、招商引资、金融服务、物流配送等服务体系建设方面也有成功的尝试。"九通一平"的基础设施、发达的文化教育事业、繁荣兴旺的商业服务业吸引了一大批农业科技企业在这里安家落户，邮电、通讯、金融、保险以及体育、卫生、旅游等行业也纷纷在此设立机构，已经具备了现代城市的雏形。

推广杨凌的成功经验，把现代农业科技示范园区建设与小城镇建设规划结合起来，纳入城镇建设规划，依靠社会各方面的力量来完成，不但是解决农业科技示范园区基础设施和服务体系建设的一个新思路，而且也有利于形成新的小城镇建设格局，加快小城镇建设速度，提高建设水平，为加快农业现代化和农村城市化进程找到有效途径。

党的十四届三中全会指出，"发展小城镇是一个大战略"。这个战略之所以如此受到重视，是因为小城镇有许多重要功能，在我国城乡经济社会发展中起着特殊的作用。小城镇是连接城市与乡村的桥梁和纽带，是一个区域的政治、经济、文化中心，发展经济是小城镇的基本功能，其中生产和贸易是两个重要功能。同时，小城镇还有信息传播、发展科技、教育、文化的功能和社会服务功能以及农村区域政治、经济、文化中心的功能。这些功能既是广大农村和农民所需要的，也是农业科技示范园区所必需的。小城镇不但日益成为农业现代化和农村城镇化的重要依托，而且在转移农村剩余劳动力，安排城市下岗职工，解决我国城乡改革发展中遇到的许多深层次矛盾和问题方面起着关键性作用。因此，应当把农业科技示范园区建设与小城镇建设结合起来。有些园区可以依托小城镇，在其附近规划和建设；有些园区也可以在现有基础上逐步发展为小城镇。采取这种思路，不但可以为园区基础设施和服务体系建设开辟新的途径，而且有利于发挥小城镇的作用，使园区与农民和农村更加紧密地结合起来，焕发生机和活力。

三、要把与时俱进、开拓创新的思想与艰苦创业、勤俭创业的精神结合起来

艰苦奋斗、勤俭创业是中华民族的传统美德。我们党正是依靠艰苦奋斗的延安精神，密切了党和人民群众的血肉联系，在极其困难的条件下，克服艰难险阻，夺取了抗日战争和解放战争的伟大胜利，建立了人民当家做主的新中国。建设农业科技示范园区必须始终坚持与时俱进、开拓创新。不但思想观念要跟上时代发展步伐，而且还要及时引进国外那些适合我国情况的农业先进技术和管理经验，为我所用。同时，要坚决抛弃随着国外技术和管理而来的资产阶级腐朽落后的思想观念和意识形态。要不断弘

扬中华民族的优秀传统，坚持和发扬艰苦奋斗、勤俭创业的延安精神。

农业科技示范园区是根植于农村和农民之中的，而中国农民是最能吃苦耐劳、最讲艰苦奋斗的。只有艰苦奋斗，才能与农民有共同感情和共同语言，才能得到农民的信任和支持，否则，将会被农民疏远甚至遭到唾弃。

杨凌示范区的开发建设之所以发展迅速，充满活力，就是因为示范区党工委、管委会带领杨凌人民始终保持着奋发有为、昂扬向上的精神状态，始终坚持艰苦奋斗，勤俭创业，与时俱进，开拓创新的精神。杨凌示范区成立之初是依靠陕西省政府给予的1000万元拨款和2000万元借款逐步发展起来的，目前已取得了辉煌的成就，成为中国政府向APEC组织开放的十大科技工业园区之一。但是，杨凌人始终保持着艰苦奋斗、勤俭创业的延安精神，保持着奋发有为、昂扬向上的精神状态。示范区管委会至今还没有单独的办公楼，很多机构依然靠租房办公。为了节约投资，避免决策失误和重复建设，示范区聘请了14名国内知名专家和学者作为管委会顾问，帮助管委会进行统一规划、科学管理和决策咨询。为了加快发展，示范区管委会提出了发扬延安精神、抓住入世机遇、坚持五个转变（从注重招商引资和优惠政策向主要依靠科技创新转变；从注重硬环境建设向注重优化配置科技资源和提供优质服务的软环境转变；努力实现产品以国内市场为主向大力开拓国际市场转变；推动产业发展规模由小而分散向集中优势发展特色产业和主导产业转变；从积累式改革向建立适应社会主义市场经济要求和高新技术产业发展规律的新体制、新机制转变）、明确四项任务（产业发展要上新台阶；创新创业环境要进一步优化；辐射带动作用要进一步增强；对外开放和国际化程度要有明显提高）、实施"二次创业"的可持续发展战略；结合政府职能的转换与高等院校建立良性互动的协调机制，开展管理体制的改革创新，优化创新创业政策环境；引导企业承担国家科技计划任务，争取863计划、攻关计划中的重大成果，建立国家科技计划产业化基地，办好国家级工程技术研究中心；发挥西北农林科技大学的智力资源，建设好西北农林科技大学科技园；争取科技型中小企业技术创新基金，提高企业孵化和培育能力，发挥生产力促进中心作用，为中小企业提供经营管理、技术转让、信息咨询、人才培训、成果转让及投资、融资方面的服务，支持评估机构与投资、融资有关的中介机构，促进智力要素与资本要素的结合；利用在美国、日本等国家和中国香港地区的窗口的作用，引进技术、人才和管理，提高高新技术产品出口，参与国际市场竞争；培训企业管理、知识产权保护、投资、融资、国际市场开拓、产权交易等专门人才，推进劳动人事和分配制度改革。通过不断弘扬自力更生，艰苦奋斗的延安精神，杨凌示范区走上了开发区建设高速发展的快车道。

这里，需要特别指出的是，与杨凌示范区相比，我国的许多农业科技示范园区在农业技术开发区的建设中，恰恰缺乏艰苦奋斗、勤俭创业的延安精神，贪大求洋、追求奢侈豪华、事业未成先享受的倾向比较盛行。这种倾向不但表现在示范园区工程项目建设中的铺张浪费方面，也表现在生活消费领域。有些园区办公场所十分高档，住宿条件要求达到星级以上，汽车要坐豪华型的，工资标准高出当地水平几倍甚至几十倍，并且美其名曰这就是高标准、高起点、上规模、上档次，是招商引资、吸引人才的需要。值得引起重视的是，有些地方这样的消费水平不是靠经营创造的收益维持的，而是慷国家之慨，花国家投资和银行贷款。至于这些钱花了用什么偿还，似乎并没有过多考虑。这种倾向的蔓延和发展，不但造成资金和其他经济资源的极大浪费，滋长享乐主义和懒惰思想，疏远与农民的关系，妨碍园区建设，而且使腐败分子有机可乘。为了农业科技示范园区建设的长远利益，为了勤劳朴实的中国农民能够走上科技致富的道路，为了中国农业和农村现代化建设事业，在农业科技示范园区的建设中，必须坚决纠正和制止任何形式的铺张浪费，必须大力弘扬艰苦奋斗、勤俭创业的民族精神，这是我们社会主义现代化建设事业，包括农业科技示范园区建设事业成功的重要保证。

（原载《人民日报》2002年11月21日第十一版，发表时有删节）

附 录
FU LU

打好创新牌　唱响"三农"歌

——杨凌《农业科技报》创新发展的做法和启示

中共陕西省委宣传部研究室

一份创刊时仅发行几百份的小报,缘何能在几年间创造发行量和广告收入数百倍增长,并实现跨省分印的奇迹?

一份办给基层群众的专业小报,缘何能在几年间发展成为综合实力跃居全国涉农报纸前列的佼佼者?

一份同样是市级党委主管的报纸,缘何能在全省绝大多数市级党报举步维艰中逆势而上,取得骄人业绩?

一份自收自支的小报,缘何能在党报依靠上级强推、大量公费征订的背景下实现自费订阅90%以上?

一份面向全国发行的报纸,缘何能在以农为本,不打"擦边球"、不跟风媚俗的坚守中,健步前行,声名鹊起?

……

带着这些疑问,按照胡悦部长指示要求,近日,我们对杨凌《农业科技报》近年创新发展实践进行了专题调研。

《农业科技报》前身是创刊于2000年11月，由杨凌示范区党工委主管、主办的《杨凌示范区报》。当时报社职工5人，仅一间集体办公室，报纸发行量394份，年广告收入几万元，经营不善，亏损严重。2001年7月，报纸经过重新定位，正式更名为《农业科技报》。同时面向社会公开招聘了社长、总编辑。

　　经过九年多的创新探索，《农业科技报》在中国报业整顿、压缩的大环境下，在省内外有多家同类报纸的激烈竞争中脱颖而出，报纸质量不断提高，广告收入大幅增长，影响力不断增强。目前报社已有职工91人，其中在编人员23人，自聘人员68人。内设记者、编辑、出版、通联、发行与读者服务、广告管理、策划等17个部门；在山东等五省区和我省七个市区建立了记者站、工作站。报纸发行量近12万份，自费订阅率达90%以上。发行范围遍及全国30多个省、市、自治区，在西安、郑州、石家庄三个省会城市实现同时分印。发行和广告量位居全国农业科技类报纸前五名。

　　报纸创新发展的成效，也得到了各级领导和社会各界的广泛好评。中央政治局委员、国务院副总理回良玉，中央政治局委员、中央书记处书记、中宣部部长刘云山等中央领导，省委书记赵乐际，省委副书记王侠，省委常委、宣传部长胡悦等省上领导先后做出批示给予肯定。

　　一、调整定位，突出"农"字特色

　　《农业科技报》创办之初，报社领导班子在充分调研和科学论证的基础上，提出要依托杨凌农科城的科技、人才优势，把报纸办成立足杨凌、面向全国、服务"三农"的涉农报纸。近年来，报纸坚持从宣传内容上突出为农民提供实用信息。及时准确地传递中央强农惠农的政策举措，深入浅出地解析急需的科技信息，不惜版面地推广实用的致富经验。开设了"种植在线""养殖天地""果农课堂""农业机械"等科技专题专栏，打造了诸如"致富金点子""科技110""示范基地""国外农业""专家热线""市场分析""科技快讯""农资展台"等品牌栏目，为广大农村读者提供真实可靠的致富信息和新特技术。从报道形式上重视为农民排忧解难。紧跟市场和节令，想农事解农忧。特别在农产品销售季节，还开设"服务热线""瓜果蔬菜帮你卖""群众服务台"等栏目，免费为农户刊登农产品销售信息。对见报的技术信息类稿件，尽可能地提供联系电话、通信地址，便于读者联系。在文字表述上多说农民爱听的俗语实话。见报稿件尽量说农民的话，让农民读得懂、用得上，更多地把理论性、专业性较强的话"翻译""加工"成老百姓喜闻乐见的语言，化繁为简，化难为易，化深奥为明了。例如"把千克换成公斤，把平方米换算成几亩几分"等。

同时，《农业科技报》还以报纸为依托，积极探索为"三农"服务新形式，进一步密切与读者、与农民群众的联系。成立了60多人的以杨凌农科专家为主体的"《农业科技报》专家顾问团"，几年来共回答全国各地读者技术咨询电话6500多个，回复读者来信2000多封。组织编辑丰富实用、通俗易懂、价格低廉的系列农业科技类图书，先后出版了《21世纪农民致富宝典》《致富金点子》《农村实用致富技术》《农民科技致富指南》《农村致富实用手册》等系列丛书，发行量达20多万册。创建了媒体主导农技推广新模式,采取"媒体搭台、专家指导、协会组织、企业参与、政府推动、农民增收"的运行模式,先后在陕西渭南、西安、宝鸡、咸阳以及山西运城等地建立了涉及6大产业的19个"农业科技示范推广基地",目前,基地面积已达4万多亩,涉及农户4300多户,为农民增收5000多万元。2006年8月,新华社《国内动态清样》抄送件403期刊登了"媒体推广模式"的具体做法后,回良玉、刘云山等中央领导做出重要批示。

二、创新机制,以改革增活力

建立完善行政管理、编采业务管理、经营管理、精神文明建设等五大类70多项规章制度,编印成《农业科技报社制度汇编》,用制度来管理、激励员工。一是改革人事制度,实行全员聘任制。上至社长、总编,下至普通员工,一律实行聘任制,中层干部年终按照年度考核指标完成情况统一考评,能者上、平者让、庸者下,优胜劣汰。二是改革分配制度。叫响"凭本事干活,靠贡献拿钱,用业绩保岗位"的口号,在全体员工中实行定岗、定员、定指标、定奖惩"四定"目标管理责任制,将个人收入与工作岗位、工作态度、工作质量、工作效率挂钩,根据岗位不同,确定不同薪酬标准,拉开分配档次。如2009年度,报社对广告业绩特别突出的经营标兵年终一次性奖励6万元,加上工资收入可拿到近20万元。三是建立考核机制,实行目标管理,分级考核。以部门为单位,报社依据任务完成情况对部主任考核,部主任对员工进行业务考核。对采编人员按月进行量和质的综合考核,规定每位记者30篇月采稿任务,完不成任务者扣分,所有稿件"按质论酬",总分达到一定标准进行奖励。设立优秀新闻稿件奖、好版面奖、好标题奖、好图片奖,每月一评,及时兑现奖金。四是改革采编运行机制。2003年4月,报社将原来的记者部、编辑部、出版部合并,组建编采中心,负责报纸的新闻采访和编辑出版工作,进一步理顺采、编、排的关系,增强编采部门的整体协调性和战斗力。

三、规范编审,确保报纸质量和品位

实行"五会"制度,每周召开选题策划会、编前会、评报会,不定期召开报纸质量座谈会、业务培训会,营造钻研业务的良好氛围。坚持"四审三校"制,即稿件由编辑、编辑部主任、值班主编、总编辑审签,重要稿件送上级主管部门审核把关;进入出版程序后严格执行报样"三校"制。实行"三评一审读",即刊后的报纸由编采人员自评、群众阅评、读者评报和专业人员审读。专门聘请审读员,定期出版《审读简报》,对报纸质量和品位进行全面监测阅评。严格执行差错责任追究制度,修订完善了19项管理制度及3项编采业务管理制度,涉及采、编、排,版面差错处罚、奖励及资料管理等各方面,以制度为准则,对版面差错事故实行责任层层追究。

为确保广告信息真实准确,维护好农民利益,在广告发布上坚持不符合《广告法》《医疗广告管理办法》和农业科技报社《广告管理办法》的广告一律不登;广告客户相关手续不全的一律不登;未经广告管理人员审核把关的一律不登。广告管理人员对广告用词用语严格把关和规范,不合乎刊发要求的必须修改才能刊发。实行责任倒查追究机制,对刊登违规广告的人员进行严厉处罚。

四、"营""销"并重,向市场要效益

1. 加强宣传推介,培育"农报"品牌。以各种方式策划开展报纸形象宣传。2002年初,以《农业科技报》名义主办了"中国杨凌首届春节联欢晚会"。在第八届、第九届"农高会"期间,与铁路部门联合开通了杨凌—渭南的"农业科技报号"铁路专列。同时,根据农民接受习惯,在高速路及重点省道、国道两旁刷写墙体广告。与广播电台合办服务"三农"栏目,与全国40多家报纸互换广告。利用"农高会"平台,每年都组织《农业科技报》青年志愿者"小红帽"流动小分队,为参会群众及企业提供讲座、咨询等免费服务。自第十五届"农高会"开始,以《农业科技报》的名义,举办"放心农资暨特色农产品"展示一条街系列活动;举办"二十一世纪农民致富大课堂""百名专家西部行""送科技下乡""农资打假护农、放心农资下乡"等多项公益性服务活动,开展活动100余场,足迹遍及全省30多个区县及河南、山西、甘肃等地,参与群众100多万。通过活动,进一步扩大报纸的影响力,增加群众的认可度。2007年,《农业科技报》荣获陕西省"著名商标"称号。

2. 拓展发行渠道,提高市场占有率。采取"邮发为主、多渠道发行为辅"的发行策略。一是充分发挥邮政大网的覆盖作用。与省内各邮局签订报纸包销协议书,与省外重点农业大省签订报纸代理发行或分印协议,先后与20多个省市签订了包销代理协议。二是组建专职发行队伍。招聘一批懂业务、会经营的发行人员，确定责任人，分解夯实任务。选择重点发行区域，敲门征订，真正把发行工作做到"家"。目前，报社在全国已累计发展特约通讯员、信息员200多人，建立发行站40多个。三是借力拓展发行空间。联合有实力的企业向全国县级以上主管农业和科技工作的领导赠报。积极开展创建"百报村"、有奖发行等活动。2009年《农业科技报》被国家新闻出版总署列为陕西唯一一家入选全国"农家书屋"重点报刊推荐目录的报纸。目前，《农业科技报》在陕西、河南进入农家书屋已达4000份。

同时，实行四项免费优惠政策，切实做好订阅服务。成立专门的读者服务部门负责读者的投诉处理，对部分邮局不能提供售后服务的，补寄漏发、缺版的报纸，并负责给读者回信，提高读者的满意度。

3. 多渠道吸引广告，增加市场收益。在广告经营上，采取灵活策略，根据广告量的多少，随时申请增减调整版面。在广告旺季或重要节会时，增版增刊，适当提高广告价格；在淡季，适当调低广告价格。通过公开招标，实行了广告代理，实现新闻宣传与广告经营的彻底分离，从根本上杜绝采编人员参与广告经营的问题。

同时，组织专家顾问团为基地农民进行技术培训和田间指导，推介诚信企业的优质农资产品，刊登销售信息，进一步增加广告收入，实现报社、农民、企业、政府的多赢。围绕中国杨凌农高会、中国杨凌苗交会、示范区成立纪念日等重大活动，积极策划运作重点广告项目。近年来，这些活动的广告收入已占到报社广告年收入的1/3。特别是近两年，在受国际金融危机影响，涉农企业普遍紧缩广告投放的情况下，报社策划举办了"农资渠道掌控力提升培训会""中国肥料市场高峰研讨会""中国农药发展趋势高峰论坛会""农民合作经济组织发展趋势研讨会""年度重点客户战略合作表彰会"等大型会议活动20多场次，及时为重点客户和潜在客户提供增值服务，同时也稳定壮大了客户队伍，带动了广告经营收入。

《农业科技报》发展壮大的探索和实践，给我们提供了重要的借鉴和启示：

1．必须准确定位目标受众，这是报纸发展壮大的前提。《农业科技报》充分依托国家级农业高新产业示范区的科技优势、信息优势、人才优势，以农民群众中的高端人群，即那些有文化、想致富、无门路的农民朋友，发展农村经济的决策者、农村致富带头人、涉农企业老板与广大经销商以及农民中的意见领袖为目标受众，明确了报纸服务农业、农民、农村的定位，提出"打造中国涉农报纸一流品牌"的目标，从办报到经营都突出"农"字特色，走出了一条专业类报纸发展壮大的成功之路。

只有搞清自己的优势是什么，办什么样的报纸，办给哪些人看，不奢求100%的市场占有率，准确定位目标受众群体，让其得到最大满意，增强自身的比较优势，才能在激烈的报业竞争中站稳脚跟。

2．必须创新体制机制，这是报纸发展壮大的内在动力。农业科技报社坚持把改革的思路贯穿始终，在办报理念上，创新栏目设置、版面定位、报道内容、服务方式；在管理机制上，改革人事制度、分配制度、考核制度；在发展方式上，以改革增活力，靠服务塑品牌，向市场要效益，通过各个方面大胆的探索创新，激发出了强大的活力,使报社逐步进入科学、良性的发展轨道。

改革是解放和发展文化生产力的根本途径。尤其是传统媒体,必须通过深化内部改革,创新体制机制,进一步明确责任,提高效率,增加活力,在激烈市场竞争中争得主动,赢得发展先机。

3. 必须选好领头人,这是报纸发展壮大的关键。在《农业科技报》危难之际,示范区党工委、管委会果断任用了熟悉新闻业务,善于经营管理,具有创新精神的李成砚担任报社社长、总编辑,在他的带领下,创新办报思路,改革体制机制,拓宽发行渠道,短短几年间使报纸实现了跨越式发展。同时,也为报社的后续发展,培养、锻炼了一支优秀的管理班子和工作团队。

人才资源是第一资源。人才是第一生产力。在新的形势下,任用和选拔文化单位的领导,必须着眼于事业发展,放开视野,不拘一格,大胆起用既懂文化,也善于经营管理的创新型、复合型人才。克服仅仅从职级考虑,论资排辈,对干部在文化单位做安置性、平衡性安排,或者只考虑专业对口,偏重专家学者的用人观。只有这样,才能确保文化单位在激烈的市场竞争中有活力、有闯劲、能干事、干成事。

4. 必须办出特色,做大品牌,这是报纸发展壮大的重要途径。《农业科技报》通过在办报思路、新闻策划、稿件采编、文风转换等各个环节的探索和创新,彰显了以农为本,为农服务的特色。通过广泛宣传推介,使广大读者在亲近、实用、必需的感受中,逐渐强化农民致富好参谋,农民群众"贴心报"的形象,使自己成长为全国性的涉农品牌大报。

专业报在办报思路上不必大而全,而应发挥自己优势,加强策划，做足特色亮点，增强核心竞争力。另外，报纸也要通过提高质量和品位，规范从业人员行为，扩大自身影响等各个方面，精心打造媒体品牌，让读者了解、认可，想看、想买，最终依靠良好的品牌形象，拓展发展空间。

5. 必须面向市场，尊重规律，这是报纸发展壮大的根本出路。《农业科技报》按照"政治家办报、企业化管理、市场化经营、社会化服务"的原则，在坚持正确导向的前提下，把报纸作为产品，用产业发展的思路去经营，按市场规律办事。围绕读者需求拓展服务项目，提高服务水平，按市场经济规律，主动做好发行推介和广告营销，使报社取得了良好的社会效益和经济效益。

市场经济条件下，包括媒体在内的所有文化单位要发展壮大，绝不能置身于市场之外。尤其是传媒，只有把好导向，尊重新闻规律，才能生存。只有尊重市场规律，实现报纸经营向经营报纸的转变，才能做大做强，更好地履行社会责任，实现更大的社会效益。

（此文刊发于《新闻知识》2010年第9期，《陕西日报》2010年10月18日第一版，《今传媒》2010年第12期）

一张涉农报纸的崛起历程

董惠安

这里讲述的是一个中国涉农报纸绝境逢生的故事。

2001年7月,李成砚调任农业科技报社社长、总编辑时,报社举步维艰:

报社的办公室是临时借用杨凌示范区管委会的一间25平方米的会议室,固定资产仅有一辆小面包车和三台照相机,银行账户上的流动资金仅剩 3500元,还拖欠着编辑、记者五个月的工资,报纸的发行量仅仅只有394份……

2001年6月,示范区党工委毅然决定将创刊仅仅七个月的《杨凌示范区报》更名为《农业科技报》,委派李成砚出任社长、总编辑。

四年后的2005年,《农业科技报》终于创造了奇迹。

报纸由对开四版黑白版面发展成为对开八版彩色大报,从杨凌这个只有16万人口的"弹丸之地"走向全国。报社还创办了《农业科技报》网站和《农业科技报》数字报,形成了"两报一网"的发展格局。《农业科技报》在西安、郑州、石家庄实现省级分印，创造了我国区域性涉农报纸跨省发行分印的奇迹。

到了2008年，《农业科技报》发行量增长了270倍，广告经营增长了92倍，固定资产增长了20倍，综合实力已跃居全国涉农报纸前十名，成为名副其实的全国性涉农科技大报。《农业科技报》被中国邮政物流总公司指定为合作媒体，被全国新闻核心期刊《新闻知识》称之为"一张成长性良好的报纸"。2007年，《农业科技报》被有关部门认定为"陕西省著名商标"。2008年，《农业科技报》成为陕西省"名刊大报"重点培养对象。

山西昔阳县大寨村党支部书记郭凤莲在接受《南风窗》记者采访时说，他们准备给大寨的每家每户订一份《农业科技报》，帮助大寨人依靠科技致富。

不是所有的事物都能逢凶化吉，然而《农业科技报》遇难呈祥了。

成功的奥秘何在？

匠心独运——要让农民朋友知道杨凌有个《农业科技报》

2001年7月，李成砚走马上任。上任伊始，他一方面向党工委汇报自己的工作思路，一方面筹措资金，招聘编采、发行、广告人员，使《农业科技报》这架沉寂的机器很快运转起来。

如何才能把《农业科技报》做强做大，让它从这间简陋的编辑室中插翅起飞，像春燕一样飞入"寻常百姓家"呢？

李成砚绞尽脑汁想出了一个既省钱，宣传效果又好的"土"办法——刷墙体广告！

一周后，杨凌及其周边的周至、武功、扶风、眉县、兴平、户县的乡街村巷以及西（安）宝（鸡）高速公路、312国道两边，到处都有《农业科技报》的墙体广告。这一招可谓多快好省！新生的《农业科技报》，由此进入了人们的视野。

让《农业科技报》名声大噪的，则是李成砚和他的同事们在不久后的匠心独运——

2002年春节，农业科技报社独家承办了杨凌示范区首届春节联欢晚会；

2003年、2004年，连续两届"农高会"期间，农业科技报社与西铁分局协商，开通了渭南—杨凌的"农业科技报号"铁路专列，向乘客免费赠阅《农业科技报》；

2005年，《农业科技报·数字报》开通并举办庆祝晚会，报社邀请辽宁铁岭民间艺术团和《刘老根》剧组部分著名演员来杨凌献艺演出，许多外地读者还被邀请到农业科技报社做客；

2002年以来，农业科技报社先后参与承办了第三届、第四届、第五届杨凌"苗交会"，协办了山西省植保信息交流暨农资新产品展示展销会、中国西部国际装备制造业博览会、第二届北方肥料"双交会"、第五届中原肥料（农资）产品交易暨信息交流会；

2005年、2006年，农业科技报社连续协办了第六届、第七届山西运城农业新技术新产品展示展销会后，2007年、2009年农业科技报社"反客为主"，连续参与主办了第八届、第九届山西运城农业新技术新产品展示展销会，引万众瞩目。

2008年以来，农业科技报社先后主办了中国肥料市场研讨会、2009中国果业发展趋势研讨会、中国农药市场发展研讨会、首届农资经销商渠道掌控力提升培训大会、2009中国肥料市场发展趋势研讨会暨农资经销渠道提升培训会,受到广大与会代表的高度赞誉。第十五届"农高会"期间,报社主办了"农资一条街"活动,为农资企业展示展销搭建了平台,成为本届"农高会"靓丽的风景线。

有人纳闷,《农业科技报》缘何能左右逢源、呼风唤雨?

李成砚的回答是:"只要能想到,就要想办法做到。我们要让农民朋友知道,杨凌有个农民自己的报纸——《农业科技报》。"

经过几年的努力,如今在杨凌、在陕西、在全国,《农业科技报》的品牌越来越亮,知名度也越来越高。

拿什么奉献给你?——我的农民朋友

《农业科技报》姓"农",这在农业科技报社内部早已形成共识。可是,如何让这份报纸受到农民热切欢迎?通过何种快捷的渠道把报纸送到农民手中,浸润农民朋友渴望科技的心田,并让他们爱不释手?编辑记者众说纷纭。社长、总编辑李成砚别出心裁——让全体编辑记者从卖报开始体验和思考。

做出这一决定时恰逢"农高会",杨凌大街小巷人流如潮。编辑、记者手里拿着沉甸甸的报纸,与读者进行面对面交流。他们体味着办报人的艰辛,也体味着读者的热切期盼。大家在总结卖报经验时不约而同地意识到,如果办不出一张能给农民朋友带来致富希望、农民迫切需要的、实惠实用的、喜闻乐见的报纸,就对不起我们的父老乡亲!

可是,天南海北的农民朋友的需求是什么?要解决这个问题,必须调查研究。

陕西澄城县有一位基层农技推广干部,风尘仆仆来到报社,愿帮助《农业科技报》扩大发行。报社让他先在当地调研,看农民爱读哪些内容,需要什么信息,对《农业科技报》有什么要求。此人身在农技推广一线,很快征集了厚厚一大本意见,交给了报社。

随后,《农业科技报》刊发"读者意见调查表",向全国广大读者公开征求意见和建议。

面对农民的渴求,李成砚对于报纸的未来发展走向好一番苦思:要办好《农业科技报》,必须在"农"字上大做文章。《农业科技报》地处杨凌农科城,读者信任度大、期望值高,不能"抱着金碗讨饭吃"。因此,报纸除了向广大读者提供农业实用技术外,还必须提供广泛的信息资讯服务。

以此为发端,《农业科技报》开始大"变脸"。报社开始组建由西北农林科技大学、杨凌职业技术学院及山东、山西河南等地农林院校的60多名农科专家为主体的"《农业科技报》专家顾问团",为广大读者提供咨询服务。开辟了"科技110""牵线搭桥""致富金点子"等一批深受农民欢迎的栏目和专版。编印了《21世纪农民致富宝典》《致富金点子》《农村致富实用手册》《农民科技致富指南》《农民致富实用技术》等一批以种植、养殖、农副产品加工为主要内容的各类致富"口袋书",深受农民欢迎。

报纸既为广大读者提供资讯和技术,还为农民朋友排忧解难、提供服务。

陕西眉县首善镇张赵村贫穷落后,是个远近闻名的"上访告状村"。新选举的村干部励精图治,谋划着通过种植西瓜,带领全村人脱贫致富。可是,西瓜在即将成熟上市之时突发根腐病。村干部拨通了《农业科技报》的"科技110",很快,报社记者带着科技人员上门服务。瓜熟蒂落之时,西瓜销路又成了问题,《农业科技报》立即在头版开辟农产品销售"服务热线"专栏。经广泛联系,将该村西瓜每斤以高出当地市场价格0.1元卖给了四川成都的批发市场。昔日的"上访告状村",很快成为《农业科技报》的"西瓜科技示范推广基地"。2006年,仅种植西瓜一项,就为全村300多户增收100多万元,该村当年还被评为陕西省"一村一品"示范村。

据不完全统计,《农业科技报》创办八年多来,先后刊登各类销售、技术信息1万多条,回应全国各地读者咨询电话7000多个,回复读者来信2500多封,帮助农民群众解决了大量脱贫致富的难题。作为回报,《农业科技报》的发行量大幅上升,发行范围覆盖了山西、山东、河南、河北等省的广大农村。

和农民"三贴近"——通过"科技下乡",
建立传媒与读者的"鱼水深情"

贴近读者,赢得读者,是《农业科技报》成功的秘诀之一。但是,要真正让《农业科技报》成为权威的涉农传媒,仅仅靠城市"遥控"农村或者是用城乡"两地书"的形式还是不够的。

2002年下半年,报社组建了以西北农林科技大学教授为主体,有秦腔、曲艺等演艺人员参与的《农业科技报》"心连心"科技服务团,"送科技下乡"活动正式启动。

山西永济市卿头镇素有"三晋植棉第一镇"之称。《农业科技报》"心连心"科技下乡服务团来到卿头镇那天，热爱科技的农民朋友把卿头街道围了个水泄不通。有的农民顶着烈日步行20里，手里拿着患了病的禾苗和树枝，挤到专家跟前咨询，他们渴求科技的眼神，深深地打动着报社科技下乡服务团工作人员的心……

然而，专家的语言和当地农民朋友的乡音在沟通上出现了障碍，专业的术语和标准化的计量单位更让农民朋友如坠云里。

从山西回来后，李成砚组织编委会认真研究，要求报纸要"说农民的话，为农民说话"，让农民"读得懂，记得住，用得上"，比如把"平方米"换算成"几亩几分"，把"公顷"换算成"亩"等；在开展"心连心"科技下乡活动中，专家与当地农民朋友交流，必须讲老百姓能听懂的地方语言，依此来消除与农民沟通时的语言障碍。

2004年3月，西安市临潼区小寨村的农民反映他们的石榴园品种老化，病虫害严重，加之管理落后，果农入不敷出。农业科技报社立即组织杂果专家进行科技下乡服务。专家们到石榴园实地考察，针对存在问题现场诊断讲解，并当场拿起剪刀指导果农修剪果树，传授用药施肥技术。在专家的悉心指导下，这些石榴当年获得了大丰收。

《农业科技报》开展的"送科技下乡"服务活动，注重实效，因地制宜，深受农民朋友欢迎，已成为报社服务"三农"的一个品牌。八年来，他们先后在河南三门峡，山西运城，陕西渭南、西安、咸阳、宝鸡、延安、汉中等地开展"科技下乡"活动100多场，受众达60多万人次。

建立农业科技示范推广基地——实现农民、专家、农资企业和涉农传媒的多方共赢

李成砚认为，作为涉农报纸，只有积极转变报业经营理念，不断探索服务"三农"的新途径，充分体现服务"三农"的办报宗旨，才能在广袤的农村大地和广大农民朋友的心目中站稳脚跟。

于是，从2005年下半年起，《农业科技报》采取"媒体搭台、专家指导、协会组织、企业参与、政府推动、农民增收"的"媒体推广模式"，开始创建"《农业科技报》农业科技示范推广基地"。报社围绕主导产业建基地，发挥媒体优势促示范，组织农资企业把优质农资产品及时送到田间地头，专家顾问团的农科专家全面负责技术指导，报社为基地农产品销售提供市场信息，牵线搭桥，促进基地农产品销售，把政府、企业、专业协会、农科专家和农户组织起来，发挥各自优势，形成了农民、专家、农资企业、涉农传媒共同参与，多方共赢的局面。

陕西省合阳县路井镇雷庄村的赵占山，曾担任村支书十几年，一度由于带领村民致富受挫而落选。后来，他积极推动"《农业科技报》优质西瓜科技示范推广基地"建设，还组建了瓜果棉协会，并任基地负责人。《农业科技报》将雷庄村的上千亩瓜田列为"优质西瓜科技示范推广基地"，向基地推荐了新红宝无籽西瓜，为基地引进了防治西瓜重茬病的"赛众28"配方肥，并请来了西瓜专家现场指导。2006年，陕西大部分地区出现了"卖瓜难"，在《农业科技报》的帮助下，雷庄西瓜不仅没有

出现积压,而且卖了个好价钱。瓜熟时节,四川、西藏、贵州、云南等地的客商蜂拥而至,在品尝过雷庄西瓜后,客商给出的收购价比邻村的西瓜每公斤高出0.1~0.3元。

这年夏天,赵占山抱着新红宝西瓜兴冲冲地参加了当地的"赛瓜会"。由于基地的新红宝瓜型端正,瓤沙味甜,赵占山一举摘得"瓜王"桂冠,雷庄西瓜从此名声大振。

这一年,赵占山重新当选村支书。

谈起村上近几年的快速发展和基地建设,赵占山逢人便说:"这些年,《农业科技报》不仅改变了雷庄村的命运,也让我活得像个人了!"

《农业科技报》建立的"科技示范推广基地",从省内建到省外,在不到一年时间里,先后在陕西乾县、礼泉、淳化、大荔、合阳、三原、眉县和山西运城、临猗等地已发展到19个,面积达到4.5万亩,涉及农户4500多户,当年为农民增收6000多万元。

"媒体推广模式"不仅为农民带来了实实在在的经济效益,也使报纸赢得了良好的声誉,报纸的有效订户得到不断巩固,读者群快速扩大。基地群众成了《农业科技报》的"铁杆"读者群体。

《农业科技报》创建的"媒体推广模式",不仅丰富了我国农业科技推广模式,也为我国涉农媒体切实体现办报宗旨,服务社会主义新农村建设探索了新路。此举也引起了中央有关领导同志的高度关注。2006年8月,新华社《国内动态清样》抄送件第403期刊登了新华社记者采写的《陕西探索媒体主导农技推广新模式》。中共中央政治局委员、国务院副总理回良玉,中共中央政治局委员、中央书记处书记、中宣部部长刘云山在《国内动态清样》抄送件上专门做出重要批示，对《农业科技报》创建"媒体推广模式"，积极服务"三农"的做法予以充分肯定。新华社《内参选编》2007年第2期以《陕西杨凌探索媒体主导的农技推广新模式》为题，全面介绍了《农业科技报》依靠示范基地带动农民增收，农技服务注重实效，科技推广取得双赢的典型经验。

扩大发行，推陈出新——"邮局就是我们的销售科"

利用邮局的发行渠道，与邮局在发行方面实现双赢，是《农业科技报》持续发展的重要保证。

一年一度的报刊发行会上，其他媒体老总同邮局谈发行，开口闭口都是"扣点"，李成砚却大谈报纸质量。他说，报纸要扩大发行，质量十分重要。假如报社是生产科，报纸是产品，邮局就是销售科。《农业科技报》作为一份涉农专业报，必须在内容上吸引读者，把它办成农民朋友自己的报纸。报纸办好了，广大农村读者才喜欢看，邮局才能把报纸大量地销售出去。

这番"公道话"引起邮局同志的强烈共鸣，双方展开密切合作。几年来，《农业科技报》先后与全国30多个省、市、区的200多个市县级邮局建立了良好的合作关系。经国家邮政总局批准，2005年1月1日起，《农业科技报》在西安、郑州、石家庄实现省级分印。在各地邮局支持下，八年多时间，报纸发行量增长了270倍，发行范围覆盖全国30多个省市。

在与邮局合作发行报纸的同时，李成砚又有一个大胆的创新想法：报社能否在与邮局合作的同时，建立一个自己的报纸发行网络？

2008年，经过深思熟虑，《农业科技报》决定建立基层发行站，完善发行网络，解决部分基层农民的订报难问题。经过深入调研建立起来的《农业科技报》基层发行站旗开得胜，仅2008年下半年就在陕西、河南、青海等省建立了县级发行站，使《农业科技报》发行量又迈上了新台阶。

将涉农报纸卖进大城市，堪称《农业科技报》与邮局合作的又一突破。这一大胆的"逆向思维"，是李成砚从一个活生生的事例中受到的启发。沈阳下岗职工谢晓辉2003年在《农业科技报》上看到一篇《封闭式速生豆芽新技术》的文章，使用后立竿见影。后来，谢晓辉又通过读报引进了多项技术，经济上很快翻了身。

李成砚认为，不少有文化的农民进城打工，人在城里，却心系农村，这是一支不可忽视的读者群体。城市中的干部、工人、学生，祖辈或亲戚都与农村有着千丝万缕的联系，这也是一支可以争取的读者群体。《农业科技报》要"登堂入市"，必须借助邮局星罗棋布的零售报亭这条腿走进城市，扩大发行。

2007年7月，《农业科技报》开始在西安等大中城市实现报纸零售，反响果然强烈，一个报亭一天竟能卖出30多份《农业科技报》！

制胜绝招——打造一支特别有执行力的传媒团队

八年岁月，"弹指一挥间"。《农业科技报》三迁社址，规模不断壮大。

《农业科技报》最大的成功,是铸就了一支优秀的传媒团队,一支特别有执行力的编采、经营、发行队伍。

他们制胜的绝招并不神秘。

首先,报社要求每个编辑、记者进了《农业科技报》的大门,就必须挚爱这项"与农共舞"的职业。

其次,每个人必须都处在严格的规章制度的约束之下。农业科技报社的规章制度汇编了厚厚一本书。在这些规范的规章制度面前,每个人都有公平展示自己才能和竞争的机会。你有某项建议和创意,好,你就参与甚至主持实施。实施得好,报社就给你奖励;如果你的创意实施后没有实效,那你还是踏踏实实去干自己的本行。

具体的创意策划怎样才能变成良好的结果,这就要看实施者的执行力了。杨凌示范区成立十周年在即,报社要编一本图文并茂的专刊,需要一部分广告赞助,怎样才能在短短十天内完成?报社在"农高会"期间要开通渭南—杨凌的"农业科技报号"铁路专列,怎样才能得到铁路主管部门的支持,怎样制定运作方案才能既方便群众参会,又能扩大报纸影响?《农业科技报·数字报》开通时,报社将辽宁铁岭民间艺术团和《刘老根》剧组的部分著名演员从东北邀请到杨凌来演出东北"二人转",日程安排、演出场地、费用支出、门票发售等环节,怎样才能做到天衣无缝?

上述策划经过报社的精心组织,样样精彩。成功的背后是一支具有强大执行力的传媒团队。这支传媒团队无论是在农村一线采访,还是在发行、广告市场上征战,都堪称是一支特别能吃苦、特别能战斗、特别能打硬仗的涉农传媒奇兵。

如今，《农业科技报》已经拥有3400平方米的办公场所，报社队伍由最初的6人发展到100多人。电脑、照相机、采访车，职工收入逐年增长，大多数人有了住房，许多人还购买了私家车……

李成砚的大胆创新，锐意进取，多次受到上级部门和领导的充分肯定和表扬。近年来，他先后被国家新闻出版署授予"全国新闻出版行业服务社会主义新农村建设出版发行先进个人"称号，被陕西省报业协会授予"陕西省报业发展突出贡献个人"和"改革开放三十周年陕西报业创新发展先进个人"荣誉称号，被陕西省新闻工作者协会授予"陕西省优秀新闻工作者" 荣誉称号，并多次荣获"优秀共产党员""优秀干部""先进工作者"、"精神文明先进个人"等多种荣誉。农业科技报社连续五年被评为"先进单位""示范区文明单位"，报社党支部多次被评为"先进党支部"。《中华新闻报》《今传媒》《新闻知识》等刊物先后报道了报社和李成砚的先进事迹。2007年，《农业科技报》被评为"陕西省著名商标"。2008年，《农业科技报》被陕西省新闻出版局作为"名刊大报"重点培养对象，上报国家新闻出版总署。

虽然李成砚和他经营的《农业科技报》取得了骄人的业绩和荣誉，但在李成砚的脸上，始终看不出多少成就感。他认为，自己最多是个初入涉农媒体的"涉农报业经理人"，自己的涉农传媒征途才刚刚开始……

（此文原载《今传媒》2009年第09期）

李成砚：用思想拨响报业的弦歌

来向武　赵战花

报社门前的道路宽敞而整洁，两旁新移植来的树木，正在融入原有的绿化体系中。这是从李成砚的办公室向外看去，开阔视野中的景物。

总有人匆匆忙忙地进来出去，谈话不时被打断。李成砚说，六年间，报社员工增加了十多倍，但当初创业时的好作风完全被保持了下来。六年来，报社形成了自己独特的发展道路，盘子扩大了近百倍，一些成绩受到中央领导的重视。一切都太快了，快得让人的思路常常转换不过来。抚之切切，慨而思歌。正是思考，能产生强大的力量，能产生奇妙的效能啊！

支　点

《农业科技报》由《杨凌示范区报》改版而来，最初的定位是杨凌农业高新技术产业示范区的党工委机关报。但是现在，它已完全变了模样。就像羽化成蝶，就像凤凰涅槃，经过了一个艰难的历程，李成砚开始带着它飞跃了。

李成砚说，人们常常争论一个问题，是成业难，还是守业难？当然可能有一个哲学层面上的结论，但他以为不能笼统而言，一个重要的决定因素是条件，是环境。所谓因势利导，势已至，则利导易。反之，就是违背规律，就会很难。

《杨凌示范区报》于2000年11月初创时，主要靠财政拨款，先为周三报，两个月后不得不改为周报，再后变为不定期出刊。风急雨骤，步履维艰。

2001年6月，这个襁褓中的报业新生儿被更名为《农业科技报》，以图重生。

一个月后，李成砚出任社长兼总编辑。

比起半年前，没有揭牌，没有剪彩，所有的资源只限于五六个可供调遣的人，3500元流动资金，一辆小面包车和一枚公章，办公室是借用的一个小会议室，拖欠工资已近五个月。李成砚面对的是一个悲怆式的开始……

但是，比起克服艰苦的条件，更紧要的是打开困窘的思路。刚开始那些日子，李成砚在许多时候更愿意把自己埋在具体的事务之中，他选择这种逃避式的忙碌来减压。而到了晚上，他要面对自己，要紧张地思索：突破点在哪里？方法是什么？

回顾报业的发展，从20世纪80年代初开始，各种行业报、机关报、专业报纷纷创办。20世纪80年代末，星期刊、法制类报纸先后兴盛，其后晚报一统报业。从20世纪90年代中期起，都市类报纸横空出世，将中国报业带入到一个高速发展的时期。在这个过程中，兴替更迭，风云变幻，一个时期有一个时期的中心，一波浪潮必然淹没前一波浪潮。现在，2001年的夏天，一份机关报，一份涉农行业报，该怎样蹒跚起步？怎样找到自己的生存点？

显然，不能再按行业报的方式来办报，机关报的优势也早已不复存在，必须为这张报纸确定一个面向市场的定位，必须因地制宜，整合出一套最适合自己的办报模式。

整　合

第一步往往最难，但李成砚似乎只是几个简洁的奇智奇效，对一些竞争方式进行适于自己的整合运用，就在半年内站住了脚跟。首先是品牌宣传，利用成本最低的办法：刷墙体广告，让《农业科技报》的广告在各主干道两旁高频度出现。同时，配以"送科技下乡"活动，请来农科专家，请来演艺人员，搭起科技宣传的舞台，献上农业科技大餐。每到一地，都备受欢迎，数万人喜赶科技大集，可谓人山人海。岁末，《农业科技报》策划并主办了杨凌首届春节联欢晚会。那段时间，杨凌的市面街道，临近县区村镇，刮起了一股强劲的《农业科技报》旋风。人们开始认识报社这位年轻的当家人的魄力和手段。

发行数字开始节节攀升，局面初步打开。紧接着，在"中国杨凌·农高会"隆重召开之际，出特刊、编专辑、开通"农业科技报号"铁路专列，真正实现品牌传播。

但这些似乎还不能表现李成砚的思维特点。他认为，作为领导者，就是要不断地为从事的事业创新发展思路、谋划未来。办报环境在不断变化，需要及时分析，不断调整思路，才能立于不败之地。

初步成功后的李成砚，要在更高的层面上整合更大的资源，谋求新的发展方式。

他做出了一个重要的举措，创办《杨凌时讯》，承担机关报的职责，以使《农业科技报》能更加放开手脚，在市场中拼搏，通过增量盘活存量。而要面向市场，面向与农业相关的最广大的受众，新的《农业科技报》还需要从内容、报道方式等方面予以改变。

真的是浴火重生！

李成砚以严格的类似工业化标准的方式，设定一些基本规则。比如农民熟悉的计量方式是斤、两，而不是多少升、多少毫升；比如记者去采访，必须提前20分钟到场，不能接受迎送；比如如何与以农民居多的受众在版面上建立有效的沟通方式，如何能最快地为农民解忧，等等。目标清晰了，办法的选择也就好进行了。李成砚说，就是要做得更纯粹，更实心实意地为读者着想。

发行是涉农报纸的共同难题。广阔天地，难于作为。依托杨凌周围密集的关中村落，以前的办法可以收到一些效果，但《农业科技报》要走向更大的市场，发行手段还要创新，要想办法把可以利用的资源都整合进来。他们以各种方式同邮政部门合作，同农村信用社、商店、农资经销商合作，尽可能地利用农村的各种网络。李成砚强调，农村发行就是要更扎实、更灵活、更方便农民订阅，各种现代的或传统的办法都用上，十八般武艺尽显其能。

几年间，《农业科技报》的发行量呈现出倍数式增长。现在，已经可以做到计划发行、控量发行，从提高发行数量转到提高发行质量。

中央将"三农"问题确定为国民经济发展的重点，这使李成砚备受鼓舞。他认为，一份农业类的报纸不仅仅是传递信息的工具，在发展"三农"的大背景下，依托报纸的平台，可以更全面地融入这场农村社会的变革中去。通过逐步试行，李成砚最后确立了一条独特的"媒体推广模式"。

首先是报社通过当地政府和协会，将一批瓜田果园确定为"科技示范推广基地"。然后，报社请专家作为技术指导，农资商通过报纸推广品牌，并将产品服务提供到田间地头，报社又通过报纸为农产品提供销售信息。几年间，已在杨凌周边及其他省建立基地19个，占地4.5万多亩。据不完全统计，截至2007年年底，光为农民增收即达6000多万元。

这样，报社以积极的方式介入生产销售流程，拓展产业链，形成多方共赢的合作模式。李成砚将其总结为"媒体搭台、专家指导、协会组织、企业参与、政府推动、农民增收"。

将各个利益相关方组织在一起，形成一个以信息和品牌为核心的全新模式的产业链条，不仅丰富了我国农业科技推广模式，也为我国涉农媒体服务社会主义新农村建设探索了新路。

2006年8月，新华社《国内动态清样》抄送件第403期刊登文章《陕西探索媒体主导农技推广新模式》。中共中央政治局委员、国务院副总理回良玉，中共中央政治局委员、中央书记处书记、中宣部部长刘云山对此专门做出重要批示，充分肯定"媒体推广模式"。新华社《内参选编》2007年第2期刊发文章，报道这一模式。

思　路

审视《农业科技报》的发展，它所留下的完全是一种创新超越的轨迹。如今，报社已有"两报一网"，出版各类图书十余种。在杨凌这样一个规模小、结构单一的城市里，《农业科技报》的运作发展似乎已经超出了与之相匹配的程度，呈现出更强劲的活力和创新力。寻根探源，决定因素在于一系列独到的措施。作为这些措施的提出者和决策者，李成砚在这个过程中表现出了一种值得研究和借鉴的思考方式。

《农业科技报》是涉农类报纸，不懂得报业规律不可能有好的发展，但做到一定程度，就会发现，许多问题仅仅限于报业的圈子内思考是无法很好解决的。怎么去理解农业、理解农民，成为一个制约性的因素。李成砚来自于农村，对农民、农业、农村环境，不仅仅是熟悉，而是带着深刻的感情去理解。为什么《农业科技报》能多次及时地为农民施以援手，动辄为其带来成百上千万元的收益？你能仅仅将其理解为是一种"报人"的行为吗？

有了这样的理解，再去看很多问题，就会有一种融通变化。李成砚说，比如中央文件说发展"三农"要怎样怎样，都是对的，但是要落实，你会发现每个具体环境还需要具体深入的理解。说科技是第一生产力，没有问题，但如果都在农民这里套这一点，就不完全。农民，至少我们周围的农民，现在最缺的不仅是科技，更重要的是市场信息。科技指导，科学耕种，是长线，可以从容来学习。而市场信息瞬息万变，不注意市场供求，很有可能"增产不增收"。所以在宏观上，国家要发展科技，而在这里的微观环境中，重点是为农民抓市场，市场里有农民的直接利益。

再比如，这些年《农业科技报》一直在高速发展，许多政策在不断调整，所以，灵活思考的方面表现得多一些。但是，从长远看，许多思考的结果要固定下来，变为制度，这有利于报社更长远的发展。所以，报社不胜其烦，整理编制了12万字的管理制度汇编。李成砚说，这是报社长治久安的事，要避免因暂时的利益或者个人的原因而可能导致的波动。所以，这几年来，报社一直能持续发展，队伍不断成熟，连年被评为先进单位、文明单位，《农业科技报》成了"著名商标"，报社员工捧回了新闻奖，他本人也获得了"全国服务社会主义新农村建设出版发行先进个人""报业发展突出贡献个人""精神文明建设先进个人"等一系列荣誉。引来外地很多单位来学习，全国各地的报业同行不断来取经。

报社现在的主要平台还是纸媒，农民可能也是中国非网民中最大的群体，但《农业科技报》还是要积极地搞数字报业，动作一点也不能慢。李成砚讲，这绝不是赶形势、跟潮流，而是有现实的思考。农民是一个非常大的群体，哪怕其中很少的一部分人可以接触到数字报纸，那也很庞大。最重要的是，这些人，是农民中的先进者，是优质目标受众，必须要抓住他们，抓住他们事半功倍。

感 悟

李成砚偶尔也会写写书法，气韵在胸，落笔有道。他喜欢毛泽东的诗词。他说，有时候吟诵几句，可以悟出许多东西，比如战略和战术的问题，比如决策和执行力的问题，等等。他强调思考，但思考的结果总要亲自去实践，比如寻找发行的新路子，他思考成熟了，然后实际去检验，几天几夜驱车几个省。他也喜欢看着办公室里的高大花枝，油绿绿地绽放着希望，很有生命的感觉。花的枯荣周期总是很快，人能从这中间感悟到生命的一些共通景象。

李成砚的办公室，常常引来各方人士光临。这很重要。李成砚讲，要能和各方面的人交朋友，接受各方面的信息，撞击思路，这样的方式，受益匪浅。2005年到2007年，报社远至山西，多次协办、主办山西运城"农展会"，这里有报社品牌的作用，更不可回避地有密切合作的朋友式的和谐。报社在全国有好几处分印点，没有朋友式的交往，能在激烈的竞争中有效地抗击风险吗？

他去荷兰考察，回来啧啧称道的是那里的农民自发组织的"学习俱乐部"。他对报社的管理者讲，不光要使自己的队伍虎虎有生气，还要不断交流学习，要从短处入手。

读李成砚的文章，无论是对日常生活的感悟，还是理论问题的思索，往往会让人产生与之谋面交谈的冲动。或是文风使然吧，也许还有其他原因。

李成砚喜欢他的儿子，愿意听儿子分析一些问题，有时候会有很欣慰的感觉。他常常有意识地把家庭和工作分开来，家庭要有温情，要静一些。生活有多侧面，内容很丰富，在很多时候要享受成功，但也要有淡泊的一面。

《农业科技报》已经成为李成砚生活中重要的一部分，人生的一个重要阶段,这一段,李成砚用自己独特的技法,奏出了一段美妙的弦歌,这奏鸣引人入胜,也更让人期待。

(此文原载《今传媒》2008年第6期)

后　记

我的故乡庙湾，是我不得不说的地方。

庙湾位于甘肃陇东北部的庆阳市华池县怀安乡小城子村，北邻陕西省吴起县长官庙镇，东接吴起县白豹镇。地理位置非常独特，是当年革命活动的重要区域，有着浓郁的红色印记。

20世纪初，我的高祖从陕北府谷逃荒南下，辗转落脚庙湾。二三十年代，各地土匪刮票子、抢民财，迫害百姓，十分猖獗。土匪邵营绑架了我的太爷李怀智，借机敲诈大量钱财，家中多年积蓄被洗劫一空。我的爷爷李应珊和几个弟兄千方百计，东挪西凑，又从吴起水泛台富户齐姓人家借高利贷才赎回了我的太爷，致使本来就不殷实的家庭顿时陷入生活的困境。1929年，高祖李富因不满土匪骚扰民众，怒斥土匪抢劫行径，被土匪捉拿捆绑，从山上推下滚落致死……

贫苦的庙湾人期盼着革命的到来。

1945年秋收时节，为了消灭陇东一带国民党民团及残余势力，延安骑兵第一师教导队来到山形地貌独特的庙湾。当时居住在庙湾的李氏家族中，就有六人参加了革命。庙湾村民积极拥戴革命队伍，不仅将储备的粮食以及石碾、石磨全部贡献出来，还给他们提供了较好的住宿条件。驻扎在庙湾的教导队有七八十人，带来了十几匹军马和大量武器弹药，他们通过电台与外界联系。教导队设有机关办公室、教马场和供给部等。教马场设在湫沟壕，供给部设在后庙湾。一个多月后，三边医院和陇东地委也先后迁居庙湾办公，新增了地委办公室、医院手术室、药房、住院部等。为了加强安全防范，四面山顶上都设有安全岗哨；办公驻地的窑洞内挖有地道，以确保党的机密文件和人员能够秘密撤离。为了丰富红军战士和当地老百姓的文化生活，教导队组建了文艺队，农忙时帮助农民搞生产，闲暇时说书唱戏，搭台为群众演出节目，宣传党的路线方针和政策。

1947年农历四月初，中国人民解放军西北野战军第一纵队部分战士从延安来到陇东，经过庙湾时，受到驻扎在这里的陇东地委、教导队、三边医院医务人员和当地老百姓的热烈欢迎。为了摸清并消灭盘踞在菩萨山一带的国民党马鸿宾部，我本家的两位爷爷李应和、李应树及我的大伯李生元主动报名做向导，随教导队侦查员侦察菩萨山敌情。农历四月初十晚，在陇东军分区骑兵团配合下，解放军对盘踞在菩萨山的国民党军马鸿宾部发起总攻。此次战役我方伤亡惨重，很多红军战士献出了自己宝贵的生命。受伤的红军战士全部转移到位于庙湾的三边医院进行医治，许多受伤的战士因流血过多而体质虚弱，又没有营养补给，导致伤势更加严重。我的本家爷爷、村长李应甲看到后，就动员家族先后捐献了六头猪、四十多只羊、四头牛和六千多斤粮食。

1949年秋天，根据上级安排，陇东地委迁到庆阳办公。1950

后 记

年春,三边医院改名为和平医院,后随教导队一起撤到延安。至今,庙湾还存有当时解放军战士用过的一些生活用品、磨盘、部队喂马的转槽等遗物。

中华人民共和国成立前后,庙湾先后有二十多人投身革命事业,我的爷爷辈中参加革命就有李应甲、李应明、李应珊、李应升、李应庚、李应庭、李应述、李应和等八人。

我的爷爷李应珊1940年2月参加革命,1947年攻打菩萨山时,他任担架队队长,同时负责筹备、运输粮草补给。他出生入死,奋勇支前,出色地完成了任务,受到部队首长的褒奖。此后,他曾在中央党校银川分校参加学习,先后任华池县人民政府第二区区公所区长、华池县元城区委书记、县人大代表。他具有丰富的农村工作经验,带领群众积极发展生产,改善人民生活,深受群众爱戴。他始终以共产党员的标准严格要求自己,刚正不阿,大公无私,两袖清风,断事公道,被当地群众亲切地称为"李青天"。1957年9月,他因病退职,却依然心系桑梓,回到庙湾后积极支持发展教育事业。由于当时师资匮乏,他毅然放弃休养,在庙湾学校任代课老师,发挥余热。后来由于患半身不遂,身体每况愈下,不能再任代课教师。1958年,"大跃进"时期,庙湾许多村民赴平凉华亭参加大炼钢铁会战,爷爷亲自为他们送行,并拿出自己仅有的退职金,送给每人两元钱做路费,这在当时可不是一个小数目。"文革"期间,爷爷与当时在甘肃陇西外贸公司任经理的我的六爷李应述一起受到冲击,家庭被错划为富农,直到党的十一届三中全会后才得到纠正。

我的外公李生江也是一名坚定的革命者。外公是怀安乡坪庄村赵湫沟人,他1933年1月参加革命,任游击队副中队长。他与

293

中队长赵明发率三十多名队员,在甘肃华池坪庄、元城、柔远、乔河和陕西吴起二道川、三道川一带,打击民团,消灭土匪,发动群众打土豪、分田地,扩充游击队,深受贫苦农民拥护和支持。1933年3月19日,他和赵明发等在赵湫沟召开游击队干部会议时,因叛徒刘二吹手告密,被国民党军马鸿宾部三百多人包围,终因弹尽无援被俘。马匪将我外公和赵明发吊在赵湫沟村前的大柳树上,轮番拷打,严刑逼供,外公义正词严,痛斥蒋军暴行。马匪把二人拴在马后,一直拖到二十五公里之外的元城。3月21日上午,外公和赵明发被马匪杀害。马匪将他们的头颅悬挂在元城北街高杆上示众,并加岗布哨,不许收尸。26日晚,元城群众和游击队杀死敌军哨兵,夺回了他们的遗体,将二人安葬。外公英勇就义时年仅二十七岁,赵明发年仅二十三岁。此时外公唯一的孩子,也就是我的母亲只有三岁。中华人民共和国成立后,外公李生江的英名被当地政府镌刻在华池县悦乐革命先烈纪念碑、南梁革命纪念馆革命烈士纪念碑上。

从少年时代起,我就常常被生活在这片土地上的父辈们自强不息、忍辱负重、乐观豁达的精神所感动。这种精神始终伴随我,激励我前行。我的第一份工作就是在庙湾村学任民办教师。从那时起,我便开始了我的文学梦。我把"庙湾"作为这本书的书名,以此表达我对这片土地的热爱,她是我人生的起点,是我心灵的寄托,那里有我的父老乡亲,有我的根!

收入本书的绝大部分作品,是20世纪90年代我在媒体工作期间创作和采写的,这些作品曾发表在《文艺报》《陕西日报》《西北信息报》《西安晚报》《中国西部发展报》《当代陕西》《青年生活导报》《金秋》《东江潮》等报刊上。虽有的作品还显得稚嫩，但她毕竟是我的足迹。

需要说明的是，2001年7月，我调入杨凌示范区，在那里工作了近十七个春秋，先后担任过《农业科技报》社长、总编辑，杨凌示范区党工委宣传部部长，党工委管委会秘书长等职务。这个时期，我把全部身心都投入到了工作当中。特别是在创办《农业科技报》的日子里，我与同事一道白手起家，艰苦创业，开拓创新，使报纸先后在西安、郑州等国内四个省会城市实现分印，发行范围遍布全国三十多个省、市、自治区，报社综合实力跃居全国涉农报纸前列，受到广泛关注。新华社《国内动态清样》和《国内动态清样》抄送件、新华社《内参选编》先后对我主持创立的"媒体推广模式"、报纸通过搭建农技推广平台实现双赢进行全面报道，受到时任中共中央政治局委员、书记处书记、中央宣传部部长刘云山，中共中央政治局委员、国务院副总理回良玉等中央领导同志的批示和肯定。2009年12月，科技部、陕西省人民政府呈送国务院的《调研报告》中指出："杨凌示范区主办的《农业科技报》成为我国发行量最大的农业科技类报刊。"2010年6月26日，刘云山来杨凌考察时，对《农业科技报》再次给予充分肯定。7月13日，中央宣传部《新闻阅评》专文对《农业科技报》服务"三农"的经验给予全面总结和高度肯定。时任中共陕西省委书记赵乐际等领导先后做出重要批示，予以充分肯定。2010年8月16日，中共陕西省委宣传部转发专题调研报告《打好创新牌　唱响"三农"歌——杨凌〈农业科技报〉创新发展的做法和启示》，要求全省各市委宣传部、省直宣传文化系统各单位结合实际认真学习借鉴，推动党报等媒体以及文化单位创新发展。《农业科技报》连续两次荣获陕西省"著名商标"称号，报社被中央文明委命名表彰为"全国文明单位"。我把与此相关的三篇文章收入附录，算是对这段经历的一个反映。

由于工作原因，我曾三次到美国、两次到加拿大考察学习，还考察过澳大利亚、新西兰、韩国及欧洲一些国家和中国台湾地区。每次归来，我都对出行认真梳理和总结，形成出访考察报告。本书只选取了《访欧散记》，其他文字因与本书风格不符，则未收入。《访欧散记》是我2004年12月赴欧洲荷兰、比利时、卢森堡、法国、摩纳哥、意大利等六国考察归来后撰写的一篇文字，我把她收入书中，算作我出访考察报告的代表之作。

本书的出版是对我过去人生中几个重要阶段和经历的总结，好在过去多年我始终笔耕不辍，将生活的点点滴滴记录了下来。感谢为本书出版付出辛勤劳动的出版社和责任编辑。因为书中收录的作品时间跨度较大，许多人物和事件都有可能发生了一些改变，因此对其中不完善或不尽如人意的地方，还望广大读者鉴谅。

作　者

2018年12月26日于西安